Juan Valera

Morsamor

Peregrinaciones heroicas y lances de amor y fortuna de Miguel de Zuheros y Tiburcio de Simahonda

Barcelona 2024
Linkgua-ediciones.com

Créditos

Título original: Morsamor.

© 2024, Red ediciones S.L.

e-mail: info@linkgua.com

Diseño de cubierta: Mario Eskenazi.

ISBN rústica: 978-84-9816-330-8.
ISBN ebook: 978-84-9897-957-2.

Sumario

Créditos _____ **4**

Brevísima presentación _____ **9**
   La vida _____9
   El mundo de las ilusiones _____9

Al excelentísimo señor Conde de Casa Valencia _____ **11**

En el claustro _____ **13**
   I _____13
   II _____15
   III _____20
   IV _____23
   V _____26
   VI _____29
   VII _____31
   VIII _____36
   IX _____40
   X _____46

Las aventuras _____ **53**
   I _____53
   II _____56
   III _____61
   IV _____67
   V _____71
   VI _____76
   VII _____79
   VIII _____82
   IX _____87
   X _____90

XI	92
XII	99
XIII	106
XIV	109
XV	112
XVI	116
XVII	119
XVIII	122
XIX	127
XX	131
XXI	133
XXII	136
XXIII	142
XXIV	147
XXV	151
XXVI	154
XXVII	157
XXVIII	161
XXIX	163
XXX	168
XXXI	171
XXXII	175
XXXIII	179
XXXIV	181
XXXV	184
XXXVI	188
XXXVII	190
XXXVIII	194
XXXIX	198
XL	201
XLI	204
XLII	209
XLIII	211
XLIV	214

Reconciliación suprema _____ **217**
   I _____ 217
   II _____ 218
   III _____ 222
   IV _____ 224
   V _____ 227

Libros a la carta _____ **231**

Brevísima presentación

La vida
Juan Valera (Cabra, Córdoba, 1824-Madrid, 1905). España.
Político y diplomático, fue un hombre culto y refinado, con numerosas aventuras amorosas y amistades literarias. Se inició en el servicio diplomático con el duque de Rivas cuando este era embajador en Nápoles, y allí estudió griego. Más tarde estuvo en Portugal, Rusia, Alemania, Brasil, Estados Unidos, Bélgica y Austria.

El mundo de las ilusiones
Esta novela parece una parodia del relato del dean de Santiago.
Hacia 1520 fray Miguel de Zuheros vive en un convento sevillano y lamenta su vida sin riesgos. El padre Ambrosio de Utrera le propone reiniciar su vida, bajo su antiguo nombre de Morsamor. Ambos conquistan en Lisboa a Donna Olimpia y Teletusa, con quienes embarcan a la India y allí defienden a los portugueses y a los brahmanes de los musulmanes.

Morsamor se casa con la bella Urbasi y tras perderla marcha al país mogol, donde conoce al sabio Sankacharia, amigo de fray Ambrosio.

Decide entonces regresar a España, y en el viaje de vuelta naufraga...

Despierta en su convento, junto a fray Ambrosio: ha entendido el lenguaje de los sueños y muere en paz entre sus amigos.

Al excelentísimo señor Conde de Casa Valencia

Mi querido primo: Para distraer mis penas egoístas al considerarme tan vicio y tan quebrantado de salud, y mis penas patrióticas al considerar a España tan abatida, he soltado el freno a la imaginación, que no le tuvo nunca muy firme, y la he echado a volar por esos mundos de Dios, para escribir la novela que te dedico.

Tomando por lo serio algunos preceptos irónicos de don Leandro Fernández de Moratín, en su lección poética, he puesto en mi libro cuanto se ha presentado a mi memoria de lo que he oído o leído en alabanza de una época muy distinta de la presente, cuando era España la Primera nación de Europa. Así he procurado consolarme de que hoy no lo sea, si bien escribiendo la más antimoratinesca de mis composiciones literarias. Bien puedo asegurar que hay en ella

> Cuanto puede hacinar la fantasía
> En concebir delirios eminente:
> Magia, blasón, alquimia, teosofía,
> Náutica, bellas artes, oratoria,
> Brahmánica y gentil mitología,
> Sacra, profana, universal historia.

Y otras mil curiosidades.

Si a pesar de tanta riqueza de ingredientes el pasto espiritual que doy al público resulta desabrido o empalagoso, no te negaré que he de afligirme, pero me servirá de consuelo lo inocente de mi trabajo. Nada más inocente que componer un libro de entretenimiento aunque no entretenga. Con no leerle evitará toda persona discreta el mal que involuntariamente pudiera yo causarle. Yo no trato de enseñar nada ni de probar nada. Si alguien deduce consecuencias o moralejas de la lección de este libro, él, y no yo, será, responsable de ellas. Yo solo pretendo divertir un rato a quien me lea, dejando a los sabios enseñar y adoctrinar a sus semejantes, y dejando a nuestros hombres políticos la difícil tarea de regenerarnos y de sacarnos del atolladero en que nos hemos metido.

He de confesarte, sin embargo, que a veces tengo yo pensamientos algo presuntuosos, porque creo que el mejor modo de obtener la regeneración de que tanto se habla, es entretenerse en los ratos de ocio contando cuentos, aunque sean poco divertidos, y no pensar en barcos nuevos, ni en fortificaciones, ni en tener sino muy pocos soldados, hasta que seamos ricos, indispensable condición en el día para ser fuertes. Ser fuertes en el día es cuestión de lujo. Seamos, pues, débiles e inermes mientras que no podemos ser lujosos. Imitemos a Don Quijote, citando quiso hacerse pastor después de vencido por el Caballero de la Blanca Luna. Mientras que unos esquilan las ovejas y mientras que otros recogen la leche en coloduras y hacen requesones y quesos, aumentando así la riqueza individual, y, por consiguiente, la colectiva, nosotros, o al menos yo, incapacitados por la vejez para tan útiles operaciones, empleémonos en tocar la churumbela, el violón u otro instrumento pastoril para que se recreen las ovejas.

De pacer olvidadas escuchando,

o quizás consolándose de que poco o nada les dejen que pacer los rabadanes. A fin de vivir contentos en esta forzosa Arcadia, recordemos vuestras pasadas glorias, no superadas aún por los pueblos más pujantes y engreídos que hay ahora en el mundo, y compongamos con dichos recuerdos y con el buen humor que no debe abandonarnos historias como la que yo te ofrezco, la cual, si no es amena, es, por su benigna y candorosa intención, digna de todo aplauso. Date tú el tuyo, defiéndeme con indulgente habilidad de los que me censuren, y créeme siempre tu afectísimo amigo y pariente,
Juan Valera.

En el claustro

I

En el primer tercio del siglo XVI, y en un convento de frailes franciscanos, situado no lejos de la ciudad de Sevilla, casi en la margen del Guadalquivir y en soledad amena, vivía un buen religioso profeso, llamado fray Miguel de Zuheros, probablemente porque era natural de la enriscada y pequeña villa de dicho nombre.

No era el padre alto ni bajo, ni delgado ni grueso. Y como no se distinguía tampoco por extremado ascetismo, ni por elocuencia en el púlpito, ni por saber mucho de teología y de cánones, ni por ninguna otra cosa, pasaba sin ser notado entre los treinta y cinco o treinta y seis frailes que había en el convento.

Hacía más de cuarenta años que había profesado. Y su vida iba deslizándose allí tranquila y silenciosa, sin la menor señal ni indicio de que pudiese dejar rastro de sí en el trillado camino que la llevaba a su término: a una muerte oscura y no llorada ni lamentada de nadie, porque fray Miguel, aunque no era antipático, no era simpático tampoco, se daba poquísima maña para ganar voluntades y amigos, y, al parecer, ni en el convento ni fuera del convento los tenía.

En vista de lo expuesto, nadie puede extrañar que hayan caído en el olvido más profundo el nombre y la vida de fray Miguel.

Ya verá el curioso lector, si tiene paciencia para leer sin cansarse esta historia, las causas que me mueven a sacar del olvido a tan insignificante personaje.

Son estas causas de dos clases: unas, particularísimas, que se sabrán cuando esta historia termine; y otras, tan generales, que bien pueden declararse desde el principio y que voy a declarar aquí.

Todo ser humano, considerado exterior y someramente, es indigno de memoria si no ha logrado por virtud de sus hechos o de sus palabras, habladas o escritas, influir poderosamente en los sucesos de su época, haciendo ruido en el mundo. Los que ni por la acción ni por el pensamiento, revestido de una forma sensible, logran señalarse, pasan como sombras sin dejar rastro ni huella en el sendero de la vida y van a hundirse en olvidada

13

sepultura, sin que nadie deplore su muerte y sin que nadie, al cabo de pocos años, y a veces al cabo de pocos días, se acuerde de que vivieron.

Y, sin embargo, cuando por cualquier medio o estilo acertamos a penetrar en las profundidades del corazón y en los más apartados y oscuros aposentos del cerebro del personaje al parecer más insignificante, todo suele cambiar de aspecto en la idea que formamos de él, ya que descubrimos allí multitud de pensamientos maravillosos y de soberanas aspiraciones, y un mar tempestuoso de apasionados sentimientos, que ora sean buenos, ora sean malos, si llegan a ser grandes, dan valer e importancia a la persona que los concibe e inspiran hacía ella un interés acaso mayor del que nos han inspirado los más famosos varones al saber sus altas hazañas o al leer sus inmortales escritos.

Fray Miguel, al empezar este relato y al presentarle yo a mis lectores, no era escritor, ni predicador, ni por nada se distinguía. Cualquiera otro fraile de su mismo convento era más notable que él.

Antes de entrar en la vida religiosa, tampoco había conseguido señalarse. Tenía ya setenta y cinco años cumplidos, y para todos sus semejantes, no pasaba de ser una de las innumerables unidades que forman la gran suma del linaje humano.

En el convento se sabía poco y a nadie le importaba saber de la vida pasada de fray Miguel antes de que fuera fraile.

Como otros muchos hombres, en aquel largo período de anarquía, discordias y guerras civiles que precedió al reinado de los Reyes Católicos, había buscado por diversos caminos la notoriedad, el poder y la fortuna, y no había logrado hallarlos.

Fray Miguel había sido soldado y poeta, que eran las dos profesiones, por las cuales, no siendo clérigo o fraile, podía un hombre del estado llano en aquella edad encumbrarse o darse a conocer al menos.

Fray Miguel había trabajado en balde. No decidiremos aquí si fue la capacidad o si fue la ventura lo que le faltó en su empresa. Su ambición y sus propósitos no debieron de ser pequeños si los calculamos por la significación del nombre que él, como trovador y aventurero de armas tomar había adoptado.

Fray Miguel se había llamado Morsamor en el siglo.

Sus versos fueron tan malos, o fueron tan infelices, que no entraron en ningún Cancionero, aunque en muchos Cancioneros abundan los detestables, tontos o fríos. Sus hazañas, si las hizo, no le dieron riqueza, ni valimiento, ni poder, y no hubo cronista que hablase de ellas en sus narraciones, ni épico callejero que escribiese un mal romance para referirlas y ensalzarlas. Dice el refrán que el lobo, harto de carne, se mete fraile. Morsamor no fue como el lobo. Morsamor no cogió la carne: apenas columbró la sombra. La desilusión, la esperanza perdida, le trajo a la vida monástica.

En ambos reinos, unidos ya bajo el centro de Isabel y Fernando, había cambiado todo y era menester que Morsamor también cambiase. La paz y el orden con enérgica severidad habían venido a sobreponerse a la confusión y al alboroto que estimulaban tanto la ambición y la codicia. Los falsos antiguos ideales de la Edad Media habían caído por tierra como ídolos quebradizos, desbaratados y rotos bajo los certeros golpes del cetro de hierro de los nuevos soberanos. Morsamor no acertaba a descubrir nuevos ideales: nuevos objetos, término y meta de la ambición humana. A sus ojos solo quedaba en pie el venerando e indestructible ideal religioso, que se alzaba como elevadísima y solitaria torre en medio de un campo arrasado y lleno de ruinas. Lo único que quedaba como refugio, consuelo y fin de la vida de Morsamor era la religión. Hízose, pues, religioso por no saber qué hacerse. Y ya se comprende que esta manera de hacerse religioso de poco o de nada podía valerle así en la tierra como en el cielo.

Harto se comprenderá también, se explicará y se justificará por lo dicho, el pobre papel que fray Miguel de Zuheros hacía entre los demás frailes.

Solo Dios sabía lo que guardaba él en el centro del alma. En lo exterior, la figura inconsistente de fray Miguel, sin color, sin energía y sin carácter propio, se esfumaba en el espacio e iba lenta y desabridamente a desaparecer en el tiempo.

II

De vez en cuando, creciendo en importancia y en frecuencia e interrumpiendo la monotonía de la vida claustral, llegaban al convento noticias vagas y confusas que revelaban una pasmosa renovación en la vida social de la recién formada nación española. Los ideales, por susto de cuya ausencia se había refugiado fray Miguel en el claustro, brotaron entonces en el suelo fecundo de España, le cubrieron todo y vinieron a llamar con estrépito en su celda al desengañado solitario. Mientras que fray Miguel vivía vida contemplativa y oscura, una vida fecunda en acciones maravillosas se había desenvuelto en toda nuestra Península, salvando sus límites y confines y derramándose con irresistible expansión por el mundo todo. Los reyes unidos de Aragón y Castilla habían vencido a los portugueses en Toro, Vengando la afrenta de Aljubarrota; habían conquistado el hermoso reino de Granada; habían expulsado de Italia a los franceses, enseñoreándose de Nápoles y de Sicilia. Un aventurero genovés había ofrecido llegar a Cipango y al Catay, atravesando con sus naves el nunca surcado y tenebroso mar de Sargaso, y el aventurero había descubierto extensas y hasta entonces incógnitas regiones, donde había ido a plantar la cruz del Redentor y el pendón de Castilla, dejando entrever y haciendo augurar que la tierra en que vivimos es mayor de lo que se pensaba y que todo lo oculto y misterioso que hasta entonces había habido en ella iba a revelarse y a manifestarse a nuestros ojos y a ser dominado por castellanos y aragoneses.

En competencia con ellos y movidos por idéntico impulso, los Portugueses habían persistido en su casi secular empeño de navegar hasta el extremo Sur de África, de ir más allá navegando y de llegar a la India y de apoderarse allí del comercio y de la riqueza de que hasta entonces habían gozado árabes, persas, venecianos y genoveses.

Iba fray Miguel enterándose vaga y confusamente de todas estas novedades. Como era Poco comunicativo no decía a nadie la impresión que le hacían; pero la impresión era profunda, acrecentando su profundidad y su fuerza la reconcentración y el sigilo con que en el centro de su alma lo escondía todo.

Cualquier ser humano, como no sea depravadísimo tiene el amor de la patria, del pueblo, de la tierra en que ha nacido y de la gente a que pertenece. Este sentimiento es tan natural y tan general, que no he de hacer yo el elogio de fray Miguel porque le tuviese. Me limito a afirmar que le tenía. Los triunfos de su nación, el verla trocada de sociedad desquiciada y anárquica en potencia temida, influyente y gloriosa, lisonjeaban el orgullo de fray Miguel y le tenía muy satisfecho y orondo. Por nada del mundo hubiera anhelado él que lo que era no fuese; que de todas las glorias, grandezas y triunfos su nación resultasen falsedad y sueño vano de la fantasía. Su corazón se alegraba de que fuesen reales; pero al mismo tiempo, por extraña aunque frecuente contradicción de nuestro espíritu, había en el suyo vergüenza y abatimiento de no haber contribuido a la elevación nacional de que se admiraba y se enorgullecía. Ni con sus humildes rezos, ya en el templo solitario, ya en su mezquina celda, había contribuido fray Miguel a ninguna de las altas empresas que se habían llevado a cabo. Su corazón, falto de fe y de esperanza, y su mente inclinada y torcida a no prever sino lo peor, no habían podido pedir ni habían pedido al cielo lo inasequible, lo absurdo, lo que no habían concebido ni en sueños comprendiéndolo solo al verlo en realidad efectiva. España, pobre, desgarrada por discordias civiles, sin dominio y sin influjo en lo exterior, se había transformado de repente en la primera nación del mundo, y fray Miguel que en sus verdes mocedades había aspirado a llenarle de su ama, como trovador y como guerrero, tenía entonces que confesarse a sí mismo en amargo vejamen, que ni como devota fraile, con oraciones y súplicas, había contribuido a tan maravillosa transformación y a tan no prevista ni imaginada grandeza.

Los nombres gloriosos de navegantes intrépidos, de dichosos e invictos capitanes, de habilísimos políticos, de negociadores que sabían ganar ajenas voluntades e imponer la propia, y de administradores juiciosos y atinados que encontraban recursos sin esquilmar a la nación, todo esto, a par que halagaba el alma de fray Miguel en lo que tenía de alma española y en lo que era como parte del alma superior y colectiva de su pueblo y de su casta, lastimaba, hería y destrozaba su alma individual, colmándola de amargo abatimiento y de ponzoñosa envidia.

Durante muchos años, desde que se retiró fray Miguel al claustro hasta mucho después, el completo menosprecio del mundo, o sea, del linaje humano en general y de su pueblo en particular, había estado en perfecta consonancia con el menosprecio de sí mismo que fray Miguel sentía, de donde resultaba una tranquilidad fúnebre. Fray Miguel había estado, durante muchos años, fúnebremente tranquilo, pero el reciente alto concepto que de su patria había formado y la consideración del valer, de las hazañas y de la gloria de los hombres que habían encumbrado su patria, se contraponían ahora al menosprecio de sí mismo que no podía menos de seguir sintiendo, y esto levantaba en su alma una tempestad de celos y hacía retoñar y reverdecer en ella la antigua ambición de su mocedad, volviendo a ser ambicioso con más de setenta y cinco años cumplidos. Su corazón latía con violencia lleno de extrañas aspiraciones bajo el humilde sayal franciscano. Su corazón se agitaba en la vejez acaso con más poderosas energías que en la juventud. En su juventud había habido siempre algo de vano en todos sus propósitos ambiciosos; había puesto la mira en fines confusos o efímeros y poco elevados; en distinguirse en un torneo o en alguna otra empresa caballeresca atrayendo la atención o conquistando el afecto de alguna dama hermosa, encumbrada y noble. Ahora los fines que se proponían, que buscaban y que alcanzaban los hombres de acción, eran más consistentes, eran más altos, y no por eso menos positivos y substanciales. El mundo, ignorado antes, había venido a revelarse con una grandeza real hasta entonces no percibida y por toda ella iban a extenderse y a triunfar la religión de Cristo y la civilización de Europa, llevadas par los hijos de Iberia hasta las regiones más remotas, ya entre gentes bárbaras y selváticas, que, separadas del resto del humano linaje, no habían seguido su marcha progresiva, y hasta habían olvidado la nobleza de su origen común; ya entre los pueblos de Oriente, donde persistían y florecían aún la poesía y el saber y el arte de las edades: divinas, cuando entendían los hombres que estaban en comunicación y trato con los dioses y con los genios, por todas partes, entre todas las lenguas, tribus y gentes, así entre aquellas, que olvidadas de las primitivas aspiraciones y revelaciones se habían hundido en una vida casi selvática como entre aquéllas que, combinando y fecundando esas aspiraciones y revelaciones primitivas con los ensueños de una exuberante fantasía, habían creado una portentosa cultura, en cuya ponderación y admiración permanecían inmóviles.

Si nos figuramos a todo el humano linaje como inmensa hueste que marcha a la conquista de una tierra de Promisión, los pueblos selváticos y rudos que hacia el Occidente se habían descubierto eran como parte de la hueste que se había extraviado en el camino, y que no solo había desistido de la empresa, sino que la habían olvidado. Por el contrario, los pueblos que los portugueses habían vuelto a visitar en el Oriente, abriéndose camino por los mares, se diría que, embelesados en el regalo y deleite de encantados jardines y orgullosos de su primitivo saber y del rico florecimiento de la antigua cultura, permanecían aún parados e inertes.

Misión providencial de los hijos de Iberia era, sin duda, sacar a los unos de la abyecta postración en que habían caído y despertar a los otros del sueño secular, del profundísimo letargo en que estaban.

Esta parte de la misión parecía especialmente confiada a los portugueses. Habían, como el gentil caballero del antiguo cuento de hadas, venciendo mil obstáculos y dificultades, penetrado en los deliciosos jardines y luego en el encantado palacio, donde, desde hacía muchos siglos, la hermosísima princesa estaba dormida.

El modo que los portugueses emplearon para despertarla del sueño no fue a la verdad tan dulce y tan delicado como el del cuento; pero la realidad tiene sus impurezas y aquellos tiempos eran más rudos que los de ahora. Valga esto para disculpa de los portugueses.

Como quiera que ello sea, ya las noticias de nuestros triunfos en Italia, ya las vagas y confusas narraciones de los descubrimientos que hacia el Occidente hacían los castellanos de grandes y fértiles islas y de un dilatado continente, habitado todo por tribus salvajes y decaídas que no habían llegado o que habían retrocedido hasta el extremo de no tener animales domésticos, de no ser pastores, de vivir en un estado de humanidad más rudimentario que el de los pueblos errantes de Asia y de África; ya las expediciones, victorias y conquistas de Portugal en la India, que renovaban o eclipsaban las glorias fabulosas del dios Ditirambo y las hazañas y empresas reales del Macedón Alejandro y que oscurecían las leyendas de los siglos medios, todo entusiasmaba y solevantaba a fray Miguel de Zuheros; pero lo que más le seducía, lo que ejercía fascinador influjo en su ánimo y le atraía poderosamente, era el éxito de los portugueses en la India.

Acostumbrado fray Miguel a disimular sus emociones, a no confiarse a nadie y a no desahogar confesándolo lo que tenía en su pecho, no mostraba en lo exterior ni para cuantos le rodeaban alteración ni cambio.

Como, además, fijaba poco la atención y todos le tenían por persona menos notable de lo que era nadie advertía el cambio imperceptible y lento que en él se había realizado. Fray Miguel estaba más retraído y silencioso que nunca. De sus labios no brotaban sino las indispensables palabras que

19

la necesidad o la cortesía nos obligan a pronunciar en la vida diaria, y no sonaba su voz en más largos discursos que los de las devotas oraciones que rezaba en el coro.

III

En contraposición a la insignificancia y oscuridad de fray Miguel, había en el mismo convento otro fraile cuya fama y alta reputación de sabio se extendían por toda la Península y aun trascendían a Italia y a otras naciones. Se llamaba éste el padre Ambrosio de Utrera. No había disciplina ni facultad en que no se le proclamase maestro. Era gran humanista, diestro y sutil en las controversias, teólogo y jurisconsulto, y muy versado en el estudio de los seres que componen el mundo visible. Se suponía que de magia natural, astrología y alquimia sabía cuanto podía saberse en su tiempo, y que él, además, a fuerza de estudios, meditaciones y experiencias, había descubierto grandes misterios y secretas propiedades y leyes de las cosas creadas, de lo cual revelaba algo a sus contemporáneos y ocultaba mucho, por considerar que el humano linaje no alcanzaba aún la madurez y la capacidad, convenientes para que pudiera confiársele sin profanación o sin gravísimo peligro la llave de aquellos temerosos arcanos de los que, sin embargo, se valía él para aliviar muchos males, corregir muchos vicios y mejorar la condición y la suerte de sus semejantes, los demás hombres.

El padre Ambrosio había ido por orden superior y en misión secreta a Roma.

No importa a nuestra historia, ni sabríamos declarar aquí, aunque importase, cuál había sido el objeto de la misión del padre Ambrosio. Baste saber que estuvo siete años en Roma, bajo el pontificado de León X, y que volvió a su convento de Sevilla el año de 1521 en que va a empezar la historia que aquí referimos.

A pesar de su grande autoridad como hombre de ciencia y a pesar de la austeridad de sus costumbres, el padre Ambrosio era benigno y afable con todos los hombres y más aún con los desatendidos y desdeñados.

De aquí que fray Miguel de Zuheros, si de alguien había recibido muestras de cariñosa simpatía, había sido del padre Ambrosio, y si algo los interiores tormentos de su espíritu había revelado a alguna persona, esta persona había sido el mencionado padre.

Durante su ausencia, pues, fray Miguel había vivido más aislado y mudo que nunca.

Con frecuencia, en las horas de recreo y solaz que en el convento había, cuando ni los padres ni los novicios estudiaban, meditaban o rezaban, en el extremo de la huerta donde había árboles de sombra y asientos de piedra, el padre Ambrosio se sentaba rodeado de muchas personas que componían un atento auditorio, y con fácil palabra les relataba lo que llamaríamos hoy sus impresiones de viaje.

Describía el padre elocuentemente las magnificencias de la Ciudad Eterna: sus palacios, sus templos y sus majestuosas ruinas.

El padre Ambrosio no consideraba, sin embargo, a Roma como ciudad-relicario, museo de antigüedades, residuo maravilloso, pero inerte, de poderío y grandeza jamás igualados antes ni después en la historia. Roma para él había sido siempre, y entonces era más que nunca, porque volvía deslumbrado y hechizado por el esplendor, la elegancia y el lujo de la corte de León X; Roma era para él en realidad la Ciudad Eterna, la reina de las ciudades, la capital del mundo. El pensamiento profundamente católico y español del padre Ambrosio, si no auguraba, si no se atrevía a profetizar una monarquía universal, la creía posible y hasta probable y creía ver en el giro de los sucesos y en el desenvolvimiento que iban tomando as cosas humanas que todo se encaminaba la formación de tan gloriosa monarquía, si monarquía podía llamarse, y no debía darse otro nombre a lo que imaginaba el padre. Él imaginaba que el sucesor de San Pedro, vicario de Cristo y cabeza visible de la Iglesia, había de ser y era menester que fuese el Soberano que dominase sobre toda la tierra y gobernase y dirigiese al humano linaje como único pastor a una sola grey. Pero el padre Santo era principal ministro de un Dios de paz: en vez de cetro y espada tenía cayado. No eran sus armas visibles ni capaces de herir el cuerpo, sino los espíritus: sus armas eran la bendición y el anatema. Determinando mejor su concepto, el padre Ambrosio miraba todos los territorios, donde se había plantado la Cruz redentora, como redil amplio, gobernado por el sucesor del príncipe de los apóstoles, pero gobernado por la persuasión y por la dulzura y realizando la paz perpetua. Antes, sin embargo, de llegar a término tan deseado, era menester el empleo de la fuerza material para traer a Cristo las cosas todas, para impeler a entrar en el aprisco a las ovejas descarriadas, y para combatir, matar o domar a los leones bravos y a los hambrientos lobos que amenazaban el rebaño y, que no le dejaban vivir y pacer tranquilo. El Padre Santo, pues, a pesar de su inmenso poder espiritual, necesitaba aún, y así estaba prescrito y decretado en el plan divino, de la historia, un poderoso y enérgico brazo secular que le ayudase en su empresa, que le valiese para la pacificación de la tierra toda y para lograr que Roma, al cabo, transfigurada y purificada, en nada se pareciese a la antigua Babilonia, sino a la Jerusalén refulgente, que el Águila de Patmos vio descender del cielo, ricamente ataviada con admirables joyas y con la vestidura nupcial y con las regias galas de la esposa de Cristo. Para el padre Ambrosio, en suma, el Padre Santo, en nuestra Ley de Gracia, y en la nueva Era, en cuyo principio creía él vivir, parecía permanente y más dichoso Moisés, que no había de ver la tierra prometida desde lo alto del monte Nebo y allá a lo lejos, sino que había de entrar en ella y dominarla para bien de todo nuestro linaje. A este fin, el Moisés permanente pedía al cielo un Josué activo y belicoso, cuya espada desbaratase y rompiese las huestes enemigas y al son de cuyos clarines cayesen derribados con espantoso fragor los muros de las fortalezas infieles, cuya poderosa hacha de armas quebrase y derribase todos los ídolos y cuyo brazo infatigable acabase por plantar la Cruz del Redentor en todas las latitudes y en todas las alturas, haciendo que las gentes fieras y las más remotas y bárbaras naciones, desconocidas antes, cayesen ante ella postradas de hinojos.

Este brazo secular, este permanente Josué con que el padre Ambrosio soñaba, era el pueblo español y era su soberano: flamante pueblo de Dios y nuevo e inmortal caudillo que la providencia suscitaría a fin de que se cumpliesen sus altos designios, de todo lo cual la lozanía juvenil de todo Portugal, Aragón y Castilla era como signo precursor, era como primavera riquísima en flores, que alegraban el corazón y ya le daban en esperanza segura el venturoso y sazonado fruto.

Tales eran en cifra los ensueños y las ideas con que a su vuelta de Roma trajo el padre Ambrosio embargado el espíritu.

IV

En su trato y relaciones, así con la gente seglar y profana como con la mayoría de sus hermanos los religiosos, el padre Ambrosio de Utrera, si bien mostraba, sin vanidosa ostentación y cuando convenía, la ciencia teológica que con sus estudios había adquirido y que atesoraba su inteligencia, todavía guardaba, en lo más hondo y arcano de su mente, cierta filosofía oculta que la prudencia, y tal vez compromisos y deberes de secta, le prescribían no revelar por completo a nadie. Algo solo podía comunicar a los adeptos e iniciados, según los grados de la iniciación que tuviesen y según las pruebas que hubiesen hecho.

Con dificultad hablaba y reconocía el padre Ambrosio en las personas con quien trataba las prendas y requisitos necesarios para la iniciación.

En el convento solo había tres frailes con los cuales el padre Ambrosio se entendía, uniéndolos a él por virtud de misterioso lazo y haciéndolos participantes con profundo sigilo de sus doctrinas esotéricas, no del todo ni por igual, sino a cada uno según la aptitud y el vigor de entendimiento y de voluntad que en él reconocía.

No se presuma, con todo, que él padre Ambrosio imaginase que su saber oculto se oponía en lo más mínimo a las ortodoxas afirmaciones en que por fe creía y que forman la base de la religión de que era ministro y sacerdote.

Sencillo y mero narrador de esta historia, no afirmaré ni negaré yo que hubiese o no hubiese error en el pensamiento del padre Ambrosio. Solo diré lo que él pensaba, dejando que la responsabilidad sea suya. Verdad incontrovertible era para él cuanto está contenido en las Sagradas Escrituras, interpretadas recta y autorizadamente por los Santos Padres, por los concilios y por la cabeza visible de la Iglesia: pero, con independencia de esta verdad, contra la cual nada podía prevalecer, veía el padre Ambrosio una amplia extensión, un inmenso y casi ilimitado campo, por donde la inteligencia, la voluntad ansiosa de descubrir misterios y hasta la fantasía creadora que forjando hipótesis tal vez los explica y los aclara, podían volar libremente, sin ofender a Dios, antes bien, ensalzándole y glorificándole hasta donde es capaz de ello la pobre criatura humana.

Para el Padre Ambrosio la revelación era de varios modos y no acababa nunca. Con frecuencia salían de su boca estas palabras que San Juan, en su evangelio, pone en los labios de Cristo: Aún tengo que deciros muchas cosas; mas no las podéis llevar ahora. Muchas cosas quedaban aún por revelar. De algunas de ellas suponía el padre Ambrosio que él tenía conocimiento, pero este conocimiento era incomunicable, al menos para la generalidad de los hombres, porque ahora, entonces, en el momento en que el padre Ambrosio hablaba y pensaba, no las podían llevar, esto es, no podían comprenderlas.

Así fundaba el padre Ambrosio su ocultismo en un texto sagrado.

Y no por eso desconocía los peligros a que se hallaba expuesto, penetrando con su espíritu por medio de hondas e inexploradas tinieblas en busca de nuevas verdades.

Hasta por prudencia, hasta por caridad repugnaba que le siguieran en tan peligroso camino los que no tuviesen valor probado y la serenidad y la elevación de juicio convenientes para no extraviarse, y en vez de hallar nueva luz, caer en transcendentales errores como en profundísima sima.

En la mente del padre Ambrosio había, además, otro motivo que justificaba la no transmisión de mucha parte de su ciencia La palabra alada no podía llevarla materialmente y atravesando el aire desde un cerebro humano a otro cerebro humano. No había frase, ni giro, ni idioma capaz de expresar y de formular de modo sensible lo que el padre suponía haber aprendido o descubierto allá en las raíces y abismos de su mente cuando tan hondo penetraba. A resurgir de allí su espíritu se figuraba que volvía, no ya bañado, sino impregnado de luz vivísima, que solo podía pasar inmediatamente a otras almas y no mediatamente por los sentidos corporales y groseros. Quien anhelase poseer aquella ciencia y el poder que ejerce sobre la naturaleza quien la posee, no podía adquirirla por la enseñanza oral o escrita de hombre alguno, sino descendiendo en su busca hasta los abismos donde quien la traía consigo la había alcanzado.

En suma, el padre Ambrosio podía enseñar, y enseñaba, toda aquella parte más vulgar de su magia, que se fundaba en el conocimiento experimental del organismo de los seres animados, de hierbas y de metales, de linimentos y pociones; pero la potencia mágica de su alma, la fuerza que había tomado el espíritu en la propia raíz de su ser y con la que avasallaba las substancias materiales y dominaba la naturaleza, esto no podía transmitirse. Ni por difusión ni por intensidad cabía en esto adelanto o mejora en la serie de los siglos. Hermes sabía y podía más que el padre Ambrosio. En su ciencia intransmisible no había habido ni podía haber habido progreso. El progreso, la difusión por enseñanza era dable para los menos iniciados en no pequeño conjunto de noticias, de secretos raros y de atinada averiguación de propiedades de los seres.

De los tres adeptos que el padre Ambrosio tenía, el más adelantado era el hermano Tiburcio, humilde lego, aunque señaladísimo y estimadísimo en el convento por su ferviente piedad religiosa.

Esta piedad había hecho que en un principio mirase el hermano Tiburcio con repugnancia y hasta con horror al padre Ambrosio por la fama que con vaguedad le acusaba de hechicero; mas vencida al cabo la repugnancia, la doctrina del padre Ambrosio penetró con ímpetu en el espíritu del hermano Tiburcio, arrollando toda contradicción y produciendo allí vivísima fe y devoto entusiasmo.

El mayor recelo del hermano Tiburcio se había disipado. Había pensado él que la doctrina ortodoxa debía circundar y encerrar el espíritu como fuerte muro flanqueado de eminentes torres, y temía que al salir de él el espíritu orgulloso le derribase, o al menos le quebrantase, apagando los faros luminosos que en las torres resplandecían, y que el espíritu entonces, perdido, sin guía y sin luz en las tinieblas, jamás volvería a encontrar su santo refugio.

A esta objeción había contestado el padre Ambrosio valiéndose de un símil semejante. Así había dominado el temor del hermano Tiburcio.

—Mi fe religiosa —le había dicho el padre Ambrosio—, es, sin duda, como fortaleza inexpugnable, mas no para que yo me quede encerrado en ella cobarde y ocioso, sino para que me valga como apoyo y como centro de mis más atrevidas excursiones y de mis conquistas más gloriosas por las inmensas e ignoradas regiones, donde el pensamiento humano ha de erigir un día su trono y ha de fundar su imperio. Sin duda, con la fe y con el amor, ayudado de los dones sobrenaturales de la gracia, el alma puede llegar hasta Dios mismo y unirse en cierto modo con él; pero mi ciencia profana, sin contradecir la obra sobrenatural de las divinas virtudes: tiene distinto objeto, que agrada también a Dios, aunque en muy inferior grado. Yo no soy, ni merezco ser, un santo; pero ¿por qué no he de ser un sabio, un conocedor de aquella magia, que sin ofender al cielo, sin buscar el auxilio de genios o de ángeles réprobos, y valiéndose solo de medios naturales, acierta a producir prodigios pasmosos? En esta ciencia te iniciaré yo, porque te creo capaz de estudiarla y de alcanzarla. Y bien puedes estar seguro de que esta mi ciencia profana no se opone ni a la santidad ni a la pureza de la fe ni a la perfección ascética y mística a que puedas elevarte. En suma, tantas y tales razones alegó el padre Ambrosio, que el hermano Tiburcio hubo de quedar convencido, convirtiéndose en su más apasionado discípulo y en su más constante satélite.

De los otros dos iniciados que tenía el padre Ambrosio no se fiaba tanto, aunque también les comunicaba algunos de sus menos hondos secretos.

Para los demás frailes y para el resto del humano linaje no iniciado, el padre Ambrosio jamás hablaba de su ciencia oculta, pero discurría con fácil elocuencia, sobre todo cuanto del saber paladino o no oculto se alcanzaba en su época, y trataba de viajes, de planes políticos y de cuanto presumía que había de suceder en el mundo o que convenía que sucediese.

Tales eran en cifra los ensueños y las ideas con que a su vuelta de Roma trajo el padre Ambrosio embargado el espíritu.

V

El padre Ambrosio era inagotable en las descripciones y pinturas de cuanto había visto en Roma y de los grandes sucesos que allí había presenciado o que había allí comprendido mejor por encontrarse él en el centro del mundo.

Cada día, en el extremo de la huerta, bajo los álamos frondosos, hacía el padre Ambrosio un largo discurso que frailes y novicios escuchaban en religioso silencio. No siempre comprendía la mayoría del auditorio todo cuanto el padre describía o contaba; pero hasta lo menos comprendido tenía un no sé qué de peregrino y poético que deleitaba y cautivaba la atención.

Los discursos del padre Ambrosio eran como una serie de lecciones, en las cuales instruía a sus oyentes y les mostraba el estado del mundo en la edad aquella y contemplado todo desde el foco mismo de la civilización cristiana. A veces pintaba el padre el florecimiento de las artes, y encomiaba las obras pasmosas de Leonardo de Vinci, de Rafael y de Miguel Ángel, que venían a eclipsar las obras del arte antiguo, o a competir al menos con las que resurgían y se extraían del seno de la tierra, en donde habían estado sepultadas durante largos siglos de oscuridad y de barbarie. Pugnaba el arte nuevo por imitar el antiguo, pero la misma no vencida dificultad de la imitación daba ser a un arte distinto.

Algo semejante ocurría en ciencias y en letras humanas. Comentando, explicando e interpretando los antiguos filósofos como Platón y Aristóteles, se formaba una nueva filosofía, se abrían espléndidos y dilatados horizontes y se descubrían caminos y términos con los que Aristóteles y Platón jamás habían soñado. Como o si la tierra de Italia estuviese fecundada por un espíritu nuevo, hasta los prófugos de la antigua Bizancio, que habían traído como penates la ciencia y las letras de los antiguos, las transformaban, al transmitirlas y enseñarlas a los italianos, en algo lleno de novedad, de vida y de sugestión poderosa. Esos mismos prófugos, que sin dejar huella, mudos e inactivos, hubieran acabado en el viejo imperio de Bizancio por disiparse como sombras y por hundirse en el olvido, arrojados de su patria y en el nuevo suelo que les daba hospitalidad, habían cobrado inesperada energía, y, difundiendo su saber, cumplían alta misión civilizadora y dejaban en pos de ellos un imperecedero y luminoso rastro. En la magnífica puerta de la edad moderna, arco triunfal que daba entrada a una nueva Era, esos hombres, escapados de las ruinas de un destrozado Imperio y como exhumados y vueltos a la vida, figuraban y resplandecían ahora entre los fundadores de nueva y mayor civilización, entre los hierofantes de la ciencia del porvenir. Bessarión, Láscaris, Teodoro Gaza, Juan Argirópulos, Chrisoloras, Jemistio Pletón y no pocos otros fueron los iniciadores y maestros del saber antiguo y como los paraninfos que procuraron y concertaron las fecundas bodas del poderoso genio del renacimiento y de la musa helénica.

En otros días pintaba el padre Ambrosio el esplendor y la magnificencia de la corte de León X, a quien rendían tributo todas las naciones y prestaban respetuoso homenaje los más altos príncipes y poderosos monarcas. Dábale esto ocasión para ensalzar al pueblo y a los soberanos de España, que pasmosamente cumplían su misión de dilatar por el mundo el imperio de la fe cristiana. Entusiasmado con esto el padre Ambrosio, pintó a los frailes la pompa triunfal con que Tristán de Acuña entró en Roma. Tal vez desde los tiempos en que volvió el andaluz Trajano de conquistar la Dacia, moviendo por última vez al dios Término para que ensanchase el imperio de Roma, Roma no había presenciado espectáculo más grandioso. Esta vez los nuevos romanos, los fuertes hijos de Lusitania, habían llevado al dios Término más allá de donde le llevaron o soñaron en llevarle Osiris, el hijo de Semele y Alejandro de Macedonia. Le habían llevado más allá del Indo y del Ganges. El tremendo conquistador Alfonso de Alburquerque había recorrido victorioso los mares de Oriente, desde Adén hasta Borneo; había conquistado y destruido reinos, había hecho tributarias o entrado a saco populosas y ricas ciudades desde Ormuz, emporio de Persia, India y Arabia, hasta Malaca, en el extremo sur de Sián. Para capital de los nuevos dominios portugueses había tomado dos veces por asalto a Goa, en el vecino reino de Villapor, realizando increíbles hazañas y cometiendo inauditas crueldades. Había visitado a Ceilán, tierra encantada de las piedras preciosas, delicia del mundo, patria de la canela y, de las perlas. El apóstol Santiago, montado en su caballo blanco, se aparecía en las más sangrientas batallas de Alburquerque e iba matando moros. Cristo mismo para dar testimonio de la misión divina que a Alburquerque había confiado, le mostró en el cielo una gran cruz luminosa, hacia el lado de Arabia, convidándole y excitándole a Conquistar a Adén, a ir luego a La Meca a incendiar y destruir el templo de la Caaba, y a dirigirse por último a Jerusalén para libertar el Santo Sepulcro. La muerte sorprendió a Albuquerque en medio de estos últimos colosales proyectos; pero antes de morir había realizado tan grandes cosas, que el rey don Manuel, su augusto y dichoso amo, se complació en darlas a conocer al Papa de un modo digno y solemne, y para ello le envió como embajador a Tristán de Acuña, quien había precedido a Albuquerque en el mando de la India y bajo cuyas órdenes al principio Albuquerque había militado.

De esta gloriosa embajada portuguesa, que el Padre Ambrosio presenció durante su permanencia en Roma, hizo el padre a los frailes un entusiasta relato.

VI

La fama, decía el padre Ambrosio, había anunciado por toda Italia la novedad singular de la Embajada portuguesa, gran multitud de forasteros de todas las repúblicas y principados de Italia acudieron a Roma. Calles, plazas, balcones y azoteas estaban llenas de gente que se apiñaba, y empujaba para coger buen sitio y ver pasar la procesión desde la puerta del pueblo hasta el punto en que León X debía recibirla. Era a fines de marzo: una hermosa mañana de la naciente primavera. Rompían la marcha varios heraldos a caballo con los estandartes de Portugal. Seguían luego, a caballo también, los trompeteros y los músicos tocando clarines y chirimías. Trescientos palafreneros, vestidos de seda, llevaban de la rienda otras tantas briosas y bellísimas alfanas, ricamente enjaezadas con gualdrapas y paramentos de brocado y caireles de oro. Iba en pos vistosa turba de pajes y de escuderos. Luego todos los portugueses, eclesiásticos y seculares, que entonces residían en Roma. Luego los parientes del Embajador, todos en caballos, que ostentaban ricos jaeces. Eran los jinetes más de sesenta hidalgos, que lucían sedas y encajes, collares y cadenas de oro y de piedras preciosas, y en los sombreros, cubiertos de perlas, airosas y blancas plumas. Para mayor decoro y ostentación de la Embajada, marchaban enseguida muchos empleados y gentileshombres asistentes al solio pontificio, y la guardia de honor de Su Santidad, compuesta de arqueros suizos y de lanceros griegos y albaneses. Capitaneaba la segunda parte de la procesión el caballerizo mayor del rey, Nicolás de Faría, quien montaba un magnífico caballo con arreos cubiertos de oro y tachonados de perlas.

Inmediatamente marchaban dos elefantes, en cuyas torres iban los presentes que el rey don Manuel enviaba al Papa. Con fantásticos y vistosos trajes, naires de la India, montados en el cuello de aquellos gigantescos cuadrúpedos, los iban dirigiendo. Después aparecía lo más espantoso de aquella pompa. Montado en un soberbio alazán de Persia iba un domador de Ormuz, que llevaba a las ancas, en el mismo caballo y, casi abrazado con él, un tigre domesticado. En carros, y encerrados en jaulas, iban después leopardos y otras alimañas feroces que el rey don Manuel regalaba al Papa, además de las joyas, de la canela, de la pimienta, del clavo, de las armas y de los tejidos y bordados del Oriente. La Embajada venía en pos de todo esto formando un conjunto deslumbrador. Marchaba primero el ilustre poeta García de Resende, recopilador del Cancionero que lleva su nombre, y Secretario de la Embajada, y le seguían los reyes de armas de Portugal con sus lucientes cotas y los maceros del Papa, que precedían al Embajador Tristán de Acuña. Éste, por la riqueza de su traje, por su gentil y noble presencia y por la pujanza y hermosura del corcel en que cabalgaba, dejaba eclipsados a todos los caballeros y personajes que iban en torno de él formando comitiva; al Gobernador de Roma, al duque de Bari, a los Obispos y a los Arzobispos y a los Embajadores de Alemania, Francia, Castilla, Inglaterra, Polonia, Venecia, Milán y otros Estados.

Al ir desfilando esta procesión, la multitud entusiasta lanzaba sonoros vivas y altos gritos de admiración y de aplauso, mientras que estremecían el aire el estruendo de las salvas de artillería y el repique de campanas de todas las iglesias de Roma.

El Padre Santo aguardó la Embajada y la vio venir desde el balcón principal de la Mole Adriana o Castillo de Santángelo, donde se parecía cercado de cardenales, príncipes y altos dignatarios. Los elefantes, cuando estuvieron a la vista del Papa, metieron las trompas en unas calderetas de oro, que para el caso iban preparadas y llenas de exquisita agua de olor, y lanzaron luego el líquido que en las trompas habían absorbido, perfumando a la muchedumbre.

Al referir todo esto, el padre Ambrosio encumbraba el concepto que de Portugal debía tenerse; pero en su mente era más alto aún el concepto que Aragón y Castilla le merecían. El Papa Alejandro VI había repartido y dividido el mundo entre las dos monarquías de la Península. Por lo pronto, Portugal brillaba más; pero la empresa de Aragón y Castilla era más sublime, gloriosa y difícil, y por lo mismo tardaba más en realizarse. Ambos pueblos iban buscando la cuna de las primeras civilizaciones; los orientales alcázares del Sol, donde le recibía en su tálamo la Aurora; el imperio en que se cría la seda, y la tierra fértil de las especial y de los aromas. Los portugueses habían llegado ya, caminando hacia Oriente. Los castellanos, caminando hacia el Occidente, ansiosos de circunnavegar el planeta, habían hallado un imprevisto obstáculo, un valladar inmenso, un continente extensísimo que se dilataba millares de leguas, casi desde un polo a otro, y que les cerraba el camino de Cipango, del Catay y de la India. El mundo resultaba mucho mayor de lo que se habían imaginado. En la realidad, o más bien en el concepto de los hombres, era ya más que doble. Colón, creyendo hallar la India y la China, había hallado un nuevo mundo. A los castellanos incumbía civilizarle, erigir en él la cruz de Cristo, edificar en él templos y palacios y fundar en él ciudades y repúblicas. La tarea era más ardua, aunque al principio menos lucida. Todo ello, no obstante, no se oponía, y ya el padre Ambrosio lo pronosticaba, a que, salvado el valladar del enorme continente nuevo, surcasen las quillas castellanas más largos y desconocidos mares, diesen la vuelta al mundo y encontrasen, caminando siempre hacia el ocaso, a los portugueses en el extremo Oriente victorioso.

Agitado por inspiración profética, el padre Ambrosio predecía ya como muy cercano, como muy próximo a realizarse este glorioso acontecimiento, el mayor y el más trascendente de la historia humana después de la tempestuosa proclamación de la ley antigua en la cumbre del Sinaí y después del tremendo drama del Calvario que redimió a los hombres, y que con sangre divina lavó sus pecados y confirmó la ley nueva.

VII

Con mayor atención que nadie, y con avidez reconcentrada y silenciosa, oía fray Miguel todos los discursos del padre Ambrosio, y su alma ardía cada vez más en el fuego de dos violentas pasiones. Una de ellas, el orgullo de nación y de casta, plenamente satisfecho, ensanchaba su corazón y tal vez le hacía latir, brioso y alegre, como allá en los años de su juventud primera. La otra pasión era de envidia, de creciente abatimiento, de rabia y de menosprecio de sí mismo, al considerar su oscura insignificancia, y sus ocios viles y abyectos, durante mis de cuarenta años, en los cuales se había renovado el mundo, se había revelado y más que duplicado a los ojos de las asombradas naciones europeas, y España había surgido entre ellas y se había levantado por cima de ellas, triunfante, cubierta de laureles, abriendo ancha entrada y largo camino a un porvenir de mayores glorias y conquistas. Este segundo sentimiento predominaba en el alma de fray Miguel y le ponía más tétrico y silencioso. Ninguno de los frailes, sus compañeros, notaba ni por indicios el tormento infernal que desgarraba el corazón del ambicioso fray Miguel, y que para un observador perspicaz y que sintiese por él algún afecto, se vislumbraba en su pálido y demacrado rostro, en las muecas nerviosas y como de réprobo que involuntariamente hacía de vez en cuando, y en el brillo calenturiento de sus hundidos negros ojos, a los cuales, así como a la despejada y blanca frente, daba casi siempre sombra la capucha.

El padre Ambrosio fue el único que entrevió el tempestuoso estado del ánimo de fray Miguel y la ambición y la envidia que le devoraban y que el propio padre Ambrosio, al principio irreflexiva e involuntariamente, había con sus discursos soliviantado y exacerbado.

El padre Ambrosio tuvo compasión de fray Miguel; pensó en consolarle y hasta en curarle, y anheló en esta obra de misericordia desplegar todos los poderes que su ciencia oculta le había dado y acudir a los misteriosos recursos de la magia, de la alquimia y de otras artes adquiridas por él a fuerza de estudios y de largas vigilias.

El padre Ambrosio jamás había ejercido ni querido ejercer cargo en el convento. Hubiera podido ser guardián, pero era sencillamente un fraile como otro cualquiera. Su extraordinaria reputación inspiraba, no obstante, el respeto más profundo. Y más que el padre guardián, por su dignidad y oficio, se hacía él respetar, obedecer y temer por las singulares prendas de su carácter, por su inteligencia, por su saber y por los poderes sobrenaturales que se le atribuían.

Movido a compasión como ya hemos dicho, y excitado también por la curiosidad y el empeño de penetrar en el fondo oscuro de un corazón humano, cuya profundidad vislumbraba, el padre Ambrosio, después de uno de los discursos que solía pronunciar bajo los álamos, citó a fray Miguel para que fuese a hablar con él en su celda.

—Tengo —le dijo— no pocas cosas que confiarle y muchas más que preguntarle, a las que quiero que en puridad me responda sin reserva ni disimulo.

Fray Miguel acudió a la cita a altas horas de la noche, entre completas y maitines.

El padre Ambrosio aguardaba en su celda. Sobre la mesa de nogal ardía una lámpara que iluminaba el rostro del padre Ambrosio. Era el padre más anciano que fray Miguel. Su frente calva y su barba luenga y blanquísima le daban muy venerable aspecto. Sobrela mesa, además de la lámpara, había recado de escribir, un crucifijo de metal sobre una cruz de ébano, varios libros manuscritos e impresos y una calavera.

Cuando entró fray Miguel, el padre Ambrosio le indicó para que se sentase un sillón de brazos, al otro lado de la mesa y enfrente al que él ocupaba.

Sentado fray Miguel y en silencio, el padre Ambrosio habló de esta suerte.

—Hermano, mi vista, que penetra y escudriña los corazones, ha penetrado en el tuyo y ha visto que está lleno de ambición, de codicia, de sed de deleites, honores y poder, y de desesperación, porque en tu mocedad no pudiste alcanzarlos, y hoy, abrumado por la vejez, no te queda ni la más leve esperanza. Por despecho, hace ya más de cuarenta años, abandonaste el mundo y la vida activa, creyéndote capaz de la vida contemplativa y mística. Mas por el pensamiento eres menos capaz de elevarte que por la acción, y ahora, al ver cuánto han conseguido por la acción los hombres de tu edad y de tu pueblo, aunque como español te enorgulleces, te acibaran el patriótico orgullo y te roen las entrañas la envidia de esos hombres y la contemplación de la oscura y estéril inercia en que tú has vivido. Si yo creyese que se aproximaba la plenitud de los tiempos y que el linaje humano en las vías que sigue, trazado por el mismo Dios, se hallaba cerca del término que deseo y que considero infalible, yo condenaría esas pasiones que te agitan y te atormentan. Pero como hay mucho que combatir y muchos obstáculos que vencer todavía, tal vez durante siglos, yo aplaudo los poderosos estímulos que en ti hay, y, aunque renacidos tan tarde y tan fuera de sazón, no quiero sofocarlos, sino darles pábulo y hasta satisfacción en cuanto esté a mi alcance, valiéndome para ello de mi ciencia portentosa. Yo, al contrario que tú, he desdeñado siempre la acción material; en vez de dominar el mundo, me he satisfecho con contemplarle, pero al contemplarle, le he comprendido, y, comprendiéndole, me he enseñoreado de él con poder más amplio y más hondo y seguro que el de los más poderosos soberanos. Ellos, además, no dominan sino lo presente; el término de su vida ha de ser el término de su imperio. Yo, hasta cierto punto, domino también en el porvenir. Mi dominio es de dos modos: uno por el conocer; en los casos humanos hay una parte que indefectiblemente se cumple en virtud de leyes eternas y de plan divino.

33

La marcha de los sucesos es como el curso de los astros: no hay potencia humana que los desvíe de la senda que tienen trazada desde la eternidad, en el tiempo y en el espacio, en la tierra y en el cielo. Pero al comprender yo la ley que siguen, mi inteligencia se enseñorea de la ley como si la impusiera, porque mi voluntad coincide en tan elevado punto con la inteligencia y con ella se identifica. Dentro de esta ley, dentro de la amplia senda que siguen los sucesos, se mueve con holgura el libre albedrío del hombre, y caben determinaciones y hechos, que nosotros podemos modificar o producir.

En esta parte secundaria puedo yo valerte. Acudiré a una comparación a fin de que mejor lo entiendas. Figúrate que la historia de nuestro linaje es como drama maravilloso, compuesto por un divino poeta, el cual ni consiente ni puede consentir que se altere, ni se cambie ni una sílaba, ni una tilde de lo que ha compuesto. El drama ha de representarse sin modificación, sin supresión y sin añadidura: tal como lo escribió el poeta; pero tal vez el sabio empresario, tal vez el director de escena pueda repartir a su gusto los papeles. La sabiduría eterna, que todo lo prevé, previó también esta repartición, pero no la dispuso. Dejó que la libertad humana la dispusiera. Ahora bien, yo creo, o, mejor dicho, yo doy por seguro que, en virtud de mi ciencia y por los poderes que mi ciencia me otorga, puedo conceder o dar un papel brillante a quien mejor me parezca, aunque no ciegamente, sino después de ciertas pruebas y examen que justifiquen mi elección y que me demuestren a las claras ser digno de ella el elegido. Las pruebas son terribles. ¿Querrás tú, podrás tú someterte a esas pruebas?

En el rostro de fray Miguel, al escuchar con atención el anterior discurso, se pintaban muy diversos sentimientos que ya se sucedían, ya coexistían, combatiendo unos contra otros por la posesión de su alma. Interrogado por el padre Ambrosio, le contestó de esta manera:

—Me deleita y me pasma lo que dices; pero he de confesarte que entiendo algo de ello de un modo confuso, que hay algo que no entiendo de ningún modo, y que sin dudar de tu buena fe, dudo del poder de tu ciencia y recelo que el amor propio te lleve a dilatar fantásticamente sus límites mucho más allá de donde en realidad llega su imperio. No negaré yo que tú has leído en mi alma como en un libro abierto y sabes cuanto en ella hay. No admiro, sin embargo, tu penetración. Antes de que años ha te fueses a Roma, ganaste mi confianza y lograste que te descubriera yo entonces parte de las pasiones que me agitaban. No lo has olvidado. Después ha sido fácil y es poco pasmoso, aunque yo nada te he dicho, que hayas adivinado que mi mal, en vez de remediar se ha ido en aumento. De lo que yo dudo ahora es de que esté en tu mano dar a mi mal remedio. Ni mi mal le tiene ni tú se le buscas ya por medio de la religión. Lo repugna mi espíritu cada vez más pervertido y agriado. Cuando abandoné el siglo y el mundo y vine a refugiarme en el claustro, me impulsaban y halagaban ambiciosas esperanzas que también al fin se han desvanecido. En la tierra no había logrado yo, o por caprichos de la adversa fortuna, o por mengua de mi entendimiento, o de mi voluntad, elevarme entre los demás hombres por fama, poder o riqueza, pero confiaba en que con las energías de mi anhelo podría yo conquistar el reino de Dios y alcanzar en él bienes superiores a todo el poder que en la tierra despliegan los hombres, a toda la riqueza de que gozan y a toda la fama y crédito que conceden. En el día de hoy estoy ya desesperado. Reconozco que todo fue vana ilusión de mi orgullo. Ignoro si es culpa mía o de mis hados adversos. Bien puede ser que mi entendimiento carezca de alas para elevarse a ciertas alturas, que no ha ya impulso en él para penetrar en el abismo de lo sobrenatural, ni que mi alma acierte a hundirse en él valerosamente por un arranque de abnegación y por la irresistible fuerza del amor divino. Ello es que yo, y perdóneme Dios el concepto grosero que formo de su reino, ello es, repito, que aun suponiendo que, acrisolado y purificado por mil tormentos, que hacen un purgatorio de mi vida, logre entrar en el ciclo, haré en él tan insignificante, vil y desairado papel como el que en la tierra he hecho. ¿Qué seré yo al lado de los santos gloriosos, de los heroicos mártires de los que asombraron al mundo con sus penitencias, de los que difundieron por cuantos son sus climas y, regiones la hermosa doctrina del Cordero inmaculado? En el cielo, pues, será delirio de mi imaginación perversa, pero aun cuando yo me ponga, me pongo entre la más baja plebe y mi envidia, y mis celos, y mi rabia, en intensidad y en duración, toman las colosales proporciones de la vida eterna, y me burlan y me convierten el cielo en infierno. A extremo tan horrible ha venido a parar mi fe religiosa, que hasta imaginándome salvado, soy precito. Mi ser íntimo está formado de suerte que nunca, en mi sentir, ni en otra vida mejor, como nunca no atine yo a ganarlas en ésta, podrá hallar satisfacción, paz y ventura. El desengaño amargo, el conocimiento de mi impotencia, el recuerdo ponzoñoso de mis derrotas, subirán conmigo a la gloria, aunque yo suba a la gloria, y me la trocarán en espantoso infierno. Sí, padre, el infierno está en mi alma; en lo más profundo de ella he querido esconderle; pero no he podido engañar a Dios; Dios lo ha visto y no me llevará a su cielo cuando el infierno está en mí. Yo me explico la abnegación, yo me siento capaz de todo sacrificio, yo desdeñaría honras, poder y deleites, y lo dejaría todo, y haría vida penitente y me abrasaría entonces en amor divino; pero necesito antes tener esas honras, alcanzar ese poder, tener en mi mano cuantos deleites y venturas hay en la tierra, para poder luego desdeñarlos y sacrificarlos. Pero no teniéndolos, ¿qué desdeño ni qué sacrificio? Yo me he metido fraile creyendo que no servía sino para fraile. Luego he descubierto con horror y, asco de mí mismo que ni para fraile sirvo. Ahora quisiera yo desgarrar y tirar mis hábitos, volver al mundo y acometer y llevar a cabo empresas tales que justificasen mi ambición, que la justificasen a mis propios ojos y que anonadasen el desprecio con que a mí mismo me miro y con que al mirarme me mato; pero con muerte que no tiene fin y cuya horrible eternidad está en mi conciencia.

—Singular extravío de tu espíritu —interpuso con calma el padre Ambrosio— fue el que te trajo al claustro, confundiendo y tomando el despecho por verdadera y santa vocación. Pero tú eres tan valiente como ambicioso, si nada te asusta ni te arredra, yo podré, no remediar tu mal, pero ponerte en situación de que tú mismo le remedies, de que satisfagas tus ambiciosos propósitos, de que apartes de ti la duda que puedes o de que no puedes y de que realices los esfuerzos de tu voluntad, haciéndolos fecundos. Mi ciencia, por ti, puede hacer un milagro. Te advierto, no obstante, que no puede hacerle ni le hará mi ciencia sin tu auxilio. En la producción del milagro, por tanto, o por más que mi ciencia han de entrar y han de ser parte tu fe, tu plena confianza en mí, tu firme decisión y tu brío. He de poner a prueba tu valor. Veremos si desfalleces.

VIII

El padre Ambrosio, en pago de la confianza que a fray Miguel infundía, quiso mostrarse no menos confiado.

—Yo no puedo revelarte —le dijo— mi oculto saber. Se oponen a ello, por sentencia unánime los iniciados y maestros. En el estado que hoy tiene la sociedad humana, divulgar mis secretos sería causa de una perturbación espantosa. El gran Raimundo Lulio amenaza con la condenación eterna a quien los divulgue. La doctrina debe permanecer oculta y solo transmitirse entre los iniciados por medio de misteriosos símbolos y para el vulgo indescifrables figuras. La llave del tesoro ha de confiarse solo a quien sea capaz de custodiarla. La ciencia no es un sueño vano. Todo está escrito desde hace más de sesenta siglos; pero son pocos, muy pocos, los que entienden lo escrito y lo interpretan. Hermes, tres veces grande, con un buril de diamante hecho ascua grabó todo lo sustancial de la ciencia de esmeraldas y dejó escondida la lámina en la mayor de las pirámides de Egipto, en recóndito y estrecho aposento, adonde no podía llegarse sino por un revuelto e inextricable laberinto o bien por la violencia de un héroe conquistador, de sobrehumanas facultades. Alejandro de Macedonia halló la lámina de esmeraldas, pero no la comprendió. Ni Aristóteles ni ninguno de los sabios que después ha habido la han interpretado y comentado como se debe. Yo me lisonjeo de entender todo su sentido; pero no quiero ni puedo explicártele ni me entenderías aunque te le explicase. El que le entiende, la lámina misma lo declara, tendrá toda la gloria del mundo y de en torno suyo se apartarán las tinieblas. Yo no puedo darte la ciencia. La ciencia que poseo es intransmisible, pero puedo y quiero darte los bienes que de la ciencia dimanan, que yo desdeño, porque soy superior a ellos, pero que sujeto a mis ordenes. Sígueme si tienes valor; sube conmigo a mi laboratorio y allí verás cómo se agitan los misteriosos poderes y cómo las energías ocultas realizan transformaciones y van más allá, y trasmutan las sustancias, y de lo sólido y duro sacan el oro, y en lo aéreo y difuso hallan el movimiento y la fuerza y los medios de renovar y de reconstituir la vida. Si tienes valor, si presencias sin temblar y sin desmayarte mis tremendas operaciones y te sometes a ellas, yo te prometo que te devolveré el vigor de la mocedad y los medios de ponerte a prueba por segunda vez, y sin perder tiempo ver de un modo definitivo si vales o no vales.

Dicho esto, el padre Ambrosio, tomando en la mano la lámpara que ardía sobre la mesa y sirviendo de guía, hizo entrar a fray Miguel en la mezquina alcoba donde tenía su cama. Allí había, en el ángulo formado por las paredes del fondo y lado derecho, una estrechísima escalera de caracol, por donde ambos frailes subieron más de treinta escalones. Al extremo de ellos había una compuerta, que el padre Ambrosio levantó con facilidad. Ambos se encontraron entonces en un espacioso camaranchón, lleno de extraños objetos que provocaron la admiración y el asombro y despertaron la curiosidad de fray Miguel de Zuheros. En varios anaqueles, multitud de vasijas de barro, ampolletas de vidrio, redomas y pomos, que contenían sin duda extrañas drogas; arrimados a la pared o suspendidos de ella, dos esqueletos humanos y pájaros y reptiles disecados; en diversos poyos, en mesas, en hornillas y en anafes, retortas, embudos y vasos de metal y de arcilla; en la gran chimenea de campana, que estaba en la pared opuesta al sitio por donde habían entrado, ardía un poco de leña en medio de rescoldo y ceniza. En el centro de la estancia, una lámpara de bronce, pendiente del techo por una cadena, derramaba luz más viva, clara e intensa que la producida por la combustión de la cera y del aceite. Casi debajo de la lámpara había un atril y en el atril un gran libro manuscrito en pergamino. El padre Ambrosio se acercó al libro y dijo:

—Ésta es la Alegoría de Merlín.

Luego leyó, extractando e interpretando en nuestra lengua vernácula, el contenido de las páginas por donde el libro estaba abierto:

«Él quiso beber del agua que le agradaba. Se la trajeron y bebió. Se puso muy pálido. Sintió grandes dolores como si le arrancasen con tenazas pedazos de su cuerpo. Invadieron su ser la pesadez y la fatiga. Cayó por último en profundo letargo. «Ha muerto —decía la gente—. El médico que le dio el agua le ha envenenado. Menester será enterrarle o quemarle antes de que se pudra e inficione toda la tierra.» Pero el sabio médico no consintió que le enterrasen. Le puso en una caja de hierro en forma de cruz, ungiéndole antes con raros linimentos y olorosos bálsamos. Cercó de fuego y de llamas el féretro metálico, y pronto, muy pronto, volvió a la vida el que parecía muerto, y volvió tan lleno de hermosura y de fuerza, que todos le amaban y los reyes y los poderosos de cuantas naciones hay en el mundo le honraban y le temían.»

El Padre Ambrosio cerró entonces el libro y continuó hablando de esta suerte:

—Algo semejante al procedimiento alegórico del sabio puedo yo hacer contigo. De tu confianza en mí y de tu valor depende el logro de tu deseo. Un extracto, una quinta esencia de la piedra filosofal es ardiente líquido que puede y debe dar, ya que no la inmortalidad, juventud, fuerza y plena duración de vida. Si te sometes, me atrevo a hacer en ti la peligrosa experiencia. Hay quien afirma que mi maestro Lulio consiguió remozarse, que Alán de la Isla vivió cerca de dos siglos, que Nicolás Flamel vivió cuatro, y que frisó en la edad de mil años el sabio Artefio. Algo de esto entiendo yo que podré hacer contigo si tú te prestas y si Dios me ayuda.

Fray Miguel de Zuheros permaneció en silencio por no saber qué contestar, lleno de dudas y recelos. Era naturalmente incrédulo y desconfiado, y su corta ventura y los muchos y tristes años que había vivido habían arraigado en su alma y acrecentado más cada día la incredulidad y la desconfianza. Ora dudaba del saber del Padre Ambrosio, atribuyendo a jactancia sus ofrecimientos; ora recelaba de un modo confuso que el padre Ambrosio intentaba hacerle juguete de una burla cruel para reprimir y humillar su ambición impotente e inveterada.

Notando el padre Ambrosio que la vacilación, que el recelo causaba el silencio de fray Miguel, habló de nuevo, y dijo:

—Te callas y vacilas, y no lo extraño ni lo censuro. Para que yo haga contigo lo que puedo hacer, se necesita que te fíes de mí por completo, que me rindas todas las potencias de tu alma, que seas entre mis manos, mientras duren mis operaciones mágicas, como masa inerte, sin voluntad, sin entendimiento y sin sentido. No bastaría que yo, por fuerza o por astucia, te despojase de todo. Se requiere que tú mismo te despojes y te sometas a mi poder con abnegación sin límites. Y no quiero ni exijo yo que esto sea de repente y como por sorpresa. Te concedo tres días para que lo pienses y lo decidas. Al cabo de ellos, ven por aquí, a la misma hora en que has venido esta noche, a decirme la determinación que hayas tomado. Ahora vete a tu celda.

Respondiendo solo con una profunda inclinación de cabeza, obedeció fray Miguel; bajó del camaranchón antes que el padre Ambrosio, y despidiéndose de él atravesó los oscuros claustros, levemente iluminados por la luz de las estrellas y por una lamparilla que ardía ante un crucifijo pendiente del muro, y se retiró a su celda, todo conmovido por los mil encontrados pensamientos, deseos y temores que combatían por la posesión de su alma.

IX

Desde que se retiró a su celda fray Miguel de Zuheros hasta que pasaron los tres días y se cumplió el plazo señalado por el padre Ambrosio, la agitación del ánimo de fray Miguel fue grandísima, y apenas le dejó pocos instantes de reposo. Su sueño fue breve y lleno de extrañas visiones. La destemplanza de su sangre y la excitación de sus nervios ya le hacían tiritar con intenso frío, ya sofocarse hasta sudar con el calor de la calentura. Motivo y no pretexto tuvo para no asistir por enfermo ni al coro ni al refectorio. Acudió, no obstante, aunque sin comer apenas y casi sin desplegar los labios sino para murmurar sus rezos.

Fray Miguel no habló con nadie, pero habló mucho consigo mismo, en aquella conversación interior y profunda, cuyas palabras y frases no es menester que suenen o en la que tal vez se dice y se representa todo de un modo más directo y más vivo, sin acudir a los signos arbitrarios de las frases y de las palabras.

Punto menos que imposible es reproducir aquí lo que fray Miguel pensó y se dijo. En todo discurso, si se enuncia por el lenguaje humano, las imágenes, las pasiones y los pensamientos van tomando forma, sucediéndose y mostrándose con cierto orden y gradación, unos en pos de otros. En fray Miguel no era así: en silencio exterior estaba él, sin voz y sin acento que pudiesen percibir los sentidos; pero allá en los abismos de su alma se levantaba tempestad espantosa. Recuerdos, esperanzas, dudas y desengaños; todo acudía en tumulto y asaltaba y atormentaba su mente. Fray Miguel, por involuntario impulso, hacía un raro examen de conciencia.

El bien y el mal de cuanto había hecho se le aparecían como presente y no como desvanecido y pasado, y al mismo tiempo hacían irrupción en su espíritu, en tropel contradictorio y confuso, triunfos y derrotas, crímenes y virtudes, gloria y oprobio y mil portentosos lances y sucesos, que flotaban sin encadenamiento que los ligase, en un porvenir nebuloso.

Arduo sería penetrar en el espíritu de fray Miguel y descubrir cuanto en aquel momento le agitaba; pero aún es arduo el empeño de distinguir lo que bullía en aquel caos y darlo a conocer por medio de la palabra escrita. Haré, no obstante, un esfuerzo, a fin de que se sepa algo de lo que entonces fray Miguel sentía y pensaba. Lo que en su mente era simultáneo no podrá menos de sucederse en el soliloquio; pero lo que él interiormente se hablaba, carecía de conclusión y de principio y se manifestaba todo a la vez.

Desesperado de lograr en el mundo la fortuna que buscaba, fray Miguel, a los treinta y cinco años de su edad, se había refugiado en el claustro. Su última derrota había sido en la batalla de Toro, donde militó en defensa de doña Juana, en las huestes portuguesas.

Ya en el claustro, pensó que la paz le bastaría. Se propuso no aspirar sino a la paz, pero conoció pronto que la paz no le bastaba. Su ambición y su codicia de riquezas, bienes, poder y deleites materiales, le alejaron del mundo, mas no para hundirse y perecer, sino para buscar su satisfacción más allá del mundo: en algo tan sublime y tan luminoso que todas las excelsitudes y resplandores del mundo fuesen, en su comparación, ruindad, misericordia y sombra. En la fertilidad y verdura de los campos, en las umbrías solitarias, durante las horas meridianas, cuando vierte el Sol a torrentes sus rayos esplendorosos, en el augusto silencio de la noche, en la amplitud del cielo lleno de estrellas, en el movimiento y en la vida de los seres, en la hierbecilla que pisaban sus pies, en la flor silvestre que deshojaban sus dedos y en el astro remoto que sus ojos apenas distinguían, en lo más cercano y en lo más distante, fray Miguel buscó la clave del misterio, quiso hallar la cifra de un nombre incomunicable, pugnó porque se le apareciese y se le revelase lo sobrenatural y lo sobrehumano. Sin duda era el orgullo y no el amor quien impulsaba a fray Miguel; fray Miguel no consiguió nada.

Entonces apartó el sentido y distrajo la atención de todo lo creado, de cuanto se muestra en lo exterior a nuestros ojos o resuena en nuestros oídos. Como buzo que baja en busca de coral y de perlas al fondo de los mares, hundió su mente en la íntima contemplación de su propio ser, buscando allí la raíz por donde estaba asido y como pendiente de lo infinito. Tampoco así halló nada, sino oscuridad vacía y lúgubre.

Volvió el pensamiento de fray Miguel al mundo exterior. Desechando la idea de estar poseído, concibió la esperanza de poder estar obseso. ¿Era él tan vil y tan indigno que no lograse ponerse en comunicación con seres inteligentes que no formen parte del linaje humano? El universo está lleno de tales seres. ¿Por qué eran tan groseros sus sentidos que no los percibían? ¿No podría él evocarlos, formar parte y alianza con ellos y adquirir virtudes, poder y fuerzas superiores a cuanto posee la generalidad de los mortales de su misma especie?

Cuando se paraba fray Miguel en esta impía imaginación, solía caer en el más hondo abatimiento, y tal vez exclamaba:

—Sin duda no me ha faltado ni la intención, ni el propósito, ni el valor de darme al diablo, pero el diablo no me quiere y me desdeña. Yo no consigo lo que consigue cualquiera vieja ignorante y estúpida. Las puertas que defienden la mansión del milagro, ya celestial, ya infernales, están cerradas para mí. Llamo a ellas y nadie me responde.

La reacción del orgullo venía luego a levantar su espíritu y a elevarle al extremo contrario: al mayor grado de soberbia.

—Ningún demonio viene y me ayuda —decía—, porque son inferiores a mí porque no pueden darme lo que me falta porque yo valgo más que ellos. En balde me humillo pidiéndoles que me socorran. Lo que me conviene es buscar el camino del lugar hasta donde mi aptitud y mi predestinación pueden conducirme, y, desde allí, llamarlos y sujetarlos a mi mandato, no tomándolos como protectores, sino como siervos sumisos.

En estas y en otras cavilaciones, que entonces se presentaban juntas en la mente de fray Miguel, habían pasado muchos años en su vida claustral. Su orgullo no había consentido que fuese un santo; pero también su orgullo se había opuesto a que ningún poder infernal viniese a dominar su alma, ocupada y dominada toda por su orgullo mismo.

En el espíritu de fray Miguel había, además, poco briosas facultades que le habilitasen para conquistar y dominar nada por medio del pensamiento. Era distraído, poco insistente, ambicioso de ciencia como de todo, pero sin la paciente perseverancia que se requiere para adquirirla. Fray Miguel, si era algo, si algo valía, era como hombre de acción, aunque su poca fortuna o su mucha torpeza le habían extraviado en el camino, encontrando solo cuando se cansó y se hartó de andar por él, el desengaño más negro. Aborrecía la vida; pero tenía miedo de la muerte. Así por la época de fe en que vivía como por la natural condición de su espíritu en la cabeza de fray Miguel no cabía imaginar que fuera la muerte la aniquilación del individuo, la desaparición de la persona, el olvido de todo. Él veía en el término de su vida mortal, no sueño eterno, sino tránsito a vida nueva. Y no le asustaba tanto el temor de ser condenado y no salvado cuanto el humillante recelo de ser tan insignificante en la vida futura como en la vida presente, y de que así en el cielo como en el infierno, se le hiciese poquísimo caso, se le tratase con el mismo desdén con que en este mundo sublunar sus semejantes le habían tratado.

La monotonía y la uniformidad de la vida habían hecho que el tiempo pareciese que pasaba con inaguantable lentitud, según iba pasando, pero, pasado ya, transcurridos los cuarenta años de convento, fray Miguel volvía la vista atrás y no veía el larguísimo camino que había seguido y la enorme distancia que del punto de partida le separaba. Como no tenía variedad de sucesos con qué llenar, diversificar y distinguir aquella larga serie de años, toda ella le parecía soplo, relámpago fugitivo, desmayo y letargo que, al disiparse, se lo había llevado todo consigo, esperanzas y proyectos y hasta la posibilidad de forjarlos de nuevo. La horrible vejez había caído sobre él sin sentir. Su cabeza se había cubierto de canas y su rostro de arrugas. Cascada y temblona estaba su voz, sin brío sus brazos, flojas y vacilantes sus piernas. La luz hería y lastimaba sus ojos, sin dejarle ver con distinción claridad y deleite las formas y los colores. Y aun esta amarga luz, que le ofendía más que le iluminaba, estaba amenazándole con abandonarle para siempre y sumirle en tinieblas. Y ya sabía, él por sus experiencias y por sus frustrados conatos anteriores que por mucho que penetrase y ahondase en estas tinieblas, no lograría romper su duro y tupido velo y bañar su espíritu en el infinito y luminoso mar donde le habían dicho que se bañan las almas, si se reconcentran en ellas mismas y se desprenden de lo terrenal y caduco.

Su vida iba tocando a su fin: hasta entonces había sido lastimosa y estéril, y, sin embargo, él daba inmenso precio a la vida. En esta baja tierra, encerrado nuestro espíritu en este cuerpo mortal y flaco y asistido y servido por sus órganos durante breve tiempo, que huye para nunca volver, fray Miguel entendía que era menester conquistar el respeto, la nombradía y el valor y el mérito que por toda una eternidad hemos de poseer, siendo por ello remunerados o castigados, glorificados o despreciados. Tan alta era la importancia que fray Miguel daba a nuestra existencia efímera y transitoria en este planeta. De mucho dudaba fray Miguel, en mucho no creía; pero, como roca cuyo cimiento y raíz se hunde tanto en el seno de la tierra que no hay impetuoso torrente que la derribe y la arrastre, así su firme creencia en el valer de la vida humana, en este mundo, para preparación y prueba y para conquista de otra más alta vida, se conservaba firme y arraigada en su espíritu contra todas las tempestades y contra todas las avenidas de dudas y pasiones que habían pugnado y que pugnaban aún por arrancarla de allí y por sepultarla en la vana región de los sueños.

Cuán enorme no sería el pesar de fray Miguel, que tamaña importancia atribuía a la vida, al ver que la suya iba ya a consumirse, tocaba a su fin, sin que persistiese más en ella que la energía de atormentarse y de desesperarse.

Si el padre Ambrosio no se burlaba de él, si no se jactaba en vano, si por medio de sus artes mágicas podía volverle la mocedad, fray Miguel estaba seguro de que sabría aprovecharla y no perderla sin fruto como había perdido la mocedad pasada. Ahora tenía él más claro concepto del valor de la vida y de los fines a que podía y debía aspirar en el mundo. La ociosa y larga meditación de sus cuarenta años de vida claustral, las estupendas novedades y sucesos, cuya resonancia había llegado a conmoverle y alborotarle en su retiro, la explicación que el padre Ambrosio hacía de todo y de que él se había penetrado con pasmo oyendo sus discursos, todo le persuadía de que se mostraba ante sus ojos el blanco adonde le importaba dirigir la mira, el digno empleo de su resucitada actividad, la misión que le tocaba cumplir secundando el propósito y cooperando al plan de la Providencia.

Con lógica inconsecuencia, fray Miguel estaba lleno de dudas, y por momentos de negaciones, cuando en lo interior de su propio ser buscaba la verdad; pero, no bien su pensamiento salía fuera de sí y se extendía sobre la faz de la tierra, todo era en fray Miguel fe y esperanza en los sublimes destinos del humano linaje y en el papel principal y brillante que le tocaba hacer a su pueblo. La fe del padre Ambrosio había sido como llama voraz que había incendiado su alma haciéndola de luz y de fuego. El entusiasmo le poseía, pero hasta entonces la envidia, nacida a par del entusiasmo, le había desgarrado el pecho y le había devorado las entrañas. Vivir y morir en la oscuridad y en la inercia cuando tan grandes cosas realizaba el esfuerzo de los hombres, para fray Miguel era insufrible.

Resolvió, pues, someterse a todas las pruebas y a todas las operaciones mágicas de que el padre Ambrosio había hablado a fin de remozarse y de lanzarse de nuevo en la palestra y tomar parte en la lucha. La agitación y el estruendo de esta lucha penetraba en el claustro, rompían su silencio, llamaba a la puerta de su celda y le excitaba y le convidaba a armarse y a ir al combate. Se le antojaba a veces que resonaba en sus oídos como la trompeta del día del juicio y que le resucitaba de entre los muertos.

El portentoso poema épico que el padre Ambrosio fantaseaba en sus discursos iba verificándose y desarrollándose en la consistente realidad de la historia, y fray Miguel no se contentaba con ser oyente o lector del poema, sino que anhelaba ser uno de sus héroes. Y ora fuese por severidad de juicio, ora porque fray Miguel no quería que ningún individuo descollase mucho sobre él, fray Miguel ponía como héroe principal del poema a todo su pueblo, mirándole como pueblo elegido, como nuevo pueblo de Dios que había de vencer a todos los enemigos de su ley, que había de arrostrar todos los peligros, y que había de dar cima a mil inauditas empresas.

Fray Miguel no veía ni se forjaba en la mente un campeón que todo lo dirigiese y que se llevase la palma. Por bajo del pueblo estaban o surgían todos los campeones. Alborotados los reinos de Castilla y Valencia por las comunidades y germanías, allá en su pensar sigiloso fray Miguel no estimaba mucho al joven, extranjero y ausente Emperador. Sospechaba que había de heredar algo de la extravagante locura materna y de la ligera futilidad de su padre, y que una inquietud sin propósito había de tejer la tela de su vida. Pero el pueblo español era grande, y de su seno surgirían adalides que venciesen y dominasen. Ellos derrotarían al turco, que amenazaba la cristiandad; ellos, con armas temporales y espirituales, lograrían sofocar la herejía que estaba naciendo en Alemania, y que, barbarie mental, ansiaba derrocar el imperio de Roma en los espíritus, como los antiguos bárbaros habían destruido el imperio material de Roma. España, con sus héroes y con sus santos, había de sostener y conservar la unidad divina que informa y da vigor a la civilización europea. Y esta civilización poderosa y benéfica había de continuar difundiéndose por todos los climas y regiones, tierras y mares del mundo que habitamos.

Fray Miguel había ya oído hablar con horror y sabía las audacias del fraile Martín Lutero y sus propósitos infernales, pero, en el fervoroso espíritu de fray Miguel estaba ya la convicción profunda de que Dios había suscitado en España un gigantesco contrario al sajón heresiarca para arrebatarle sus conquistas. Entretanto, seguían extendiéndose magnificándose las de nuestra fe y nuestras armas en los más apartados y hasta entonces inexplorados países, y entre gentes infieles y selváticas, alucinadas por el demonio y entregadas a crueles supersticiones y a monstruosos y nefandos ritos. A esta difusión de la luz y de la verdad, aunque más por medio de las armas que por medio de vanos discursos, se consideraba llamado y predestinado fray Miguel, en cuanto el padre Ambrosio realizase en él el prometido milagro de remozarle.

Fray Miguel tendió, pues, a la celda del padre Ambrosio, resuelto a todo, y en la noche y en la hora convenidas.

X

El padre Ambrosio estaba aguardándole. Saludó a fray Miguel con una leve inclinación de cabeza, y, sin decir palabra, le indicó que le siguiese. Ambos subieron por la escalera de caracol a la ancha cámara que ya conocemos.

Todo estaba en ella como lo hemos descrito antes. Solo había tres objetos que por su novedad llamaron enseguida la atención de fray Miguel. En la chimenea en vez de no haber más que rescoldo y cenizas, ardía bastante leña, que levantaba llamas, en cuyo centro, sobre unas trébedes, se veía una retorta de cobre, donde empezaba a hervir un líquido. El tubo encorvado, con que terminaba la cobertera de aquel pequeño alambique, iba a parar a una urna de vidrio suspendida en la pared y llena de agua clara. Dentro de la urna o refriante se veían las toscas de la culebra de metal. La cabeza de la culebra aparecía fuera de la urna en su parte baja.

No lejos de la chimenea estaba por el suelo un féretro abierto y vacío. Y por último ocupado en mullir y arreglar los almohadones, donde había de reposar la cabeza la persona que en el féretro se encerrase, estaba el hermano Tiburcio, predilecto y aprovechado discípulo del padre Ambrosio.

Encarándose éste con fray Miguel, apenas dejó caer la compuerta por donde había entrado, le dijo con gravedad solemne:

—Si fuera lícito valerse de palabras sagradas, aplicándolas a lo profano, con el único propósito de hacerse entender mejor, yo me atrevería a decirte, a fin de inspirarte denuedo y a fin de infundirte omnímoda confianza en mí, que yo soy resurrección y vida, y que si crees en mí, vivirás cuando mueras.

—A todo estoy dispuesto. Mátame, si es necesario o conveniente a nuestros fines.

—A decir verdad y desechando toda jactancia, la muerte que yo te dé ha de ser aparente y no real. La virtud de volver a la vida a quien la pierde no es dada aún, ni acaso sea dada nunca, a la ciencia meramente natural y humana. Y yo, conviene que así lo entiendas, no acudo ni quiero ni puedo acudir a medios sobrenaturales para obrar mis prodigios. Mi magia es toda natural y lícita, aunque es de dos maneras: la que se funda en el conocimiento de hierbas, de drogas y de otros recursos enteramente materiales, en la cual está instruido el hermano Tiburcio, que como ves, ha venido a ayudarme, y la magia superior, incomunicable y pura, cuyo poder estriba en el centro del espíritu, en el ápice de la mente, en la raíz misma por donde nuestro limitado pensamiento, no solo toca, sino está asido a lo infinito. De esta más elevada ciencia, aunque todavía natural y nada más que humana, el hermano Tiburcio tiene pocas nociones. Yo solo soy quien la posee. De ella depende el éxito de mi empresa. Y no debo ocultarte que si bien tengo yo el éxito por seguro reconozco modestamente que puede engañarme el amor propio. Si así fuese, si el amor propio me engañase, yo te mataría sin querer, pero te mataría. Ya ves a lo que me aventuro. ¿Quieres tú también aventurarte?

—Quiero —contestó sin arrogancia y con tranquilidad fray Miguel.

—Para el rejuvenecimiento —continuó el padre Ambrosio— que ha de verificarse en ti, se requiere algo parecido a la muerte, aunque no sea muerte, ¿Te sometes a ello?

—Me someto.

—Pues bien, dentro de poco te sumiré en letargo profundísimo: el hermano Tiburcio y yo te ungiremos; las sienes y la frente con un precioso bálsamo; te tenderemos y te encerraremos en ese féretro que miras abierto en el suelo; y al cabo de poco, si no son falsas mis teorías, aunque nunca corroboradas aún por la experiencia, así como la crisálida rompe la tela que la envuelve y sale convertida en mariposa, aparecerás tú, mozo robusto y capaz, si tienes bríos en el alma, de acometer y dar cima a las empresas más arriesgadas y espantables. Veo con satisfacción que estás muy animado. Ya no dudo de tus bríos espirituales. Pero, aunque el espíritu sea fuerte, la carne flaquea, es menester que se fortalezca tu mísera carne. Así, antes de remozarte, a par que sientas el deseo en el alma sentirás en tu cuerpo debilitado ya por los años el prurito de que se remoce. Para ello has a tomar una poción preparatoria, sabiamente compuesta de substancias eficacísimas, con tal habilidad y tino combinadas y templadas, que no se neutralizan sus encontrados efectos, sino que se armonizan y conspiran todos al mismo fin.

Dirigiose, entonces el padre Ambrosio hacia un ángulo de la estancia donde había un pequeño velador y sobre él una bandeja, un jarro y una ancha copa de plata. Llenó luego la copa del líquido que el jarro contenía, y, llamando a fray Miguel y dándosela para que bebiese, le dijo:

—Con esto se fortalecerá tu cuerpo y se hará apto para las operaciones ulteriores. Es un elixir exquisito, en cuya composición entran el nepenthes que dio Elena a Telémaco para disipar su melancolía; la flor del cáñamo de la India; el soma, o licor divino de los antiguos brahmanes; el hongo de Siberia, que infunde furor bélico, y el zumo de las mandrágoras, con que Lía amó y deseó con mayor vehemencia a Jacob y se hizo de él amada y deseada.

Fray Miguel tomó la copa, y, casi de un solo trago, apuró todo el licor que contenía.

El hermano Tiburcio que lo presenciaba y miraba todo en silencio, aproximó un taburete e indicó por señas a fray Miguel que en él se sentase. Enseguida tomó con los dedos cierto linimento oloroso, que había en un pomito de vidrio, y ungió con él lo más alto de la cabeza, la frente y las sienes del fraile.

Mientras se verificaba la untura, el padre Ambrosio recitó no corta serie de palabras y frases, al parecer de un lenguaje exótico y punto menos que inaudito. Al extraño son de aquellas palabras, o acaso por obra del linimento, fray Miguel imaginó que todo brincaba. Y giraba en torno suyo con rapidez vertiginosa; que los muros y el suelo amenazaban derrumbarse, y que el edificio no estaba parado y fijo sobre su cimiento, sino que iba lanzado por el espacio sin límites.

Por dicha, cesó pronto en el cerebro de fray Miguel aquel a modo de marco. Y, terminada también la serie de conjuros ininteligibles, oyó que el padre Ambrosio le decía:

—No es todo alucinación mental lo que acabas de experimentar ahora. En gran parte, es efecto de las palabras mágicas que he pronunciado. Nada, sin embargo, más natural. No receles artes ni prestigios diabólicos. Las palabras que he pronunciado ignoro yo lo que significan, pero me consta que nada hay en ellas de pecaminoso. Se han ido conservando por tradición oral entre varones piadosos aficionados a la magia lícita, y son palabras del idioma primitivo que se hablaba mucho antes de Abraham, en Ur de los caldeos, y aun antes en el imperio que fundó Nemrod en el centro del Asia. La clave de este idioma se perdió siglos ha, y acaso no vuelva nunca a encontrarse. Yo he oído referir que un antiguo rey de Nínive, llamado Asurbanipal, siete siglos antes de nuestra Era, formó una biblioteca de libros escritos en esta lengua, que era ya una lengua muerta, como el latín hoy entre nosotros. Pero los libros reunidos por Asurbanipal, sepultados hoy entre las ruinas y escombros de antiquísima ciudad y regio alcázar, eran ya de una época de gran decadencia cuando el mencionado primitivo idioma estaba corrompidísimo, y la alta filosofía que le había informado viciada y cuajada de supersticiones. En cambio, las palabras que yo he dicho son del idioma primitivo y puro, y no son signos arbitrarios, sino que tienen relación íntima y substancial con los objetos que expresan o designan. De aquí el alboroto, la agitación y el tumulto de todas las cosas creadas cuando tales palabras se pronuncian. Juzgo de mi deber explicarte todo esto para que no te des a sospechar que soy brujo, que me valgo de prestigios o que ando en tratos con el diablo. Aunque peque yo de sobrado llano y pedestre diré, para mayor claridad, que juego limpio.

Fray Miguel estaba tan impaciente y tan ansioso ya de rejuvenecerse, que las explicaciones del padre Ambrosio le parecían inútiles y le cansaban.

Por el debido respeto, sin embargo, no se atrevió a dar la menor señal de impaciencia. El padre Ambrosio se complacía en perorar, y prosiguió de esta suerte:

—Ten calma y espera. La destilación del maravilloso filtro, que va a remozarte, se está verificando en ese pequeño alambique, Apenas empiece a salir por la boca de la culebra la refinada quinta esencia, acudiré a recogerla en la misma copa en que bebiste la poción preparatoria, y tú la beberás sin vacilar.

—La beberé con ansia —contestó fray Miguel— para apagar la sed de vida y de juventud que me devora.

—Todavía me incumbe decirte —interpuso el padre— que no quiero, cuando te remoces, dejarte ir solo por esos mundos de Dios. Deseo que lleves en tu compañía a alguien de toda mi confianza, que sabrá, sin duda, conquistar la tuya y que vendrá a ser como tu criado, paje, escudero y secretario, todo en una pieza.

—¿Y quién va a ser ese acompañante que me designas?

—El hermano Tiburcio, que está presente —contestó el padre Ambrosio—. Más gana tiene él de correr mundo que de estar metido en su celda. Con todo no es esta la razón que me induce a que el hermano Tiburcio te acompañe. Los caballeros que salen en busca de aventuras llevan siempre escuderos, y tú no has de infringir esta ley, o esta costumbre. En cuantas historias conozco de hombres que para medrar o para divertirse y holgarse se han dado al diablo, el diablo figura después constantemente al lado de ellos como ayudante o espolique, y tú no has de ser menos aunque distes muchísimo de haberte dado al diablo. Tendrás, pues, escudero, aunque natural y humano. El hermano Tiburcio, si bien es un mozuelo barbilampiño, sabe más que el diablo y te valdrá de mucho. Por otra parte, yo he observado que tú eres sobrado serio y esta seriedad continua a la larga a ti mismo te aburriría. Importa, pues, que la temple y modere un sujeto algo cómico y jocoso, como lo será el mencionado hermano. Jovial será él, si tú saturnino, y juntos recibiréis combinado el influjo mirífico de los dos más poderosos planetas. He pensado, además, que necesito tener con frecuencia noticias tuyas, satisfacer mi curiosidad y ver cómo va saliendo esta experiencia que ahora, hago. En las venideras edades sé yo que inventarán los hombres medios ingeniosos para ponerse en comunicación con la rapidez del rayo y dirigirse la palabra desde un extremo a otro de la tierra. Pero tales inventos distan mucho aún de verse realizados y de ser vulgares. Solo los iniciados en mi ciencia oculta se entienden ya y se hablan desde muy lejos, sin aparato alguno físico ni mecánico, sino por el arte y la fuerza del alma. El hermano Tiburcio irá, pues, contigo también, para que se entienda conmigo y me informe de todo. Y por último, si tú acometes altas empresas, las llevas a cabo, y vences y triunfas, no quiero yo que todo esto se ignore, se sepa mal o se olvide, y el hermano Tiburcio, que es un buen letrado, te acompañará para ponerlo por escrito con el mayor esmero y legarlo a la posteridad más remota. Será para ti, válgame como ejemplo, lo que para don Pedro Niño, valeroso y galante conde de Buelna, fue Gutierre Díez de Games, su alférez.

A este punto de su algo prolija disertación llegó el padre Ambrosio, cuando empezó a manar por la piquera del alambique el líquido destilado. Sin darse un instante de vagar, tomó el padre la copa de plata, se acercó a la piquera, la llenó del líquido y se le dio a beber a fray Miguel sin decir más palabra.

En silencio también, sin susto y con ansia, fray Miguel se llevó la copa a los labios y bebió el licor que había en ella.

El efecto fue rápido y terrible. A fray Miguel se le trabó la lengua y no pudo exhalar ni queja ni suspiro. Palidez mortal cubrió su rostro. A los pocos instantes cayó como herido del rayo. Y sin duda hubiera dado en tierra de golpe, si el padre Ambrosio y el hermano Tiburcio, apercibidos ya para el caso, no le hubiesen sostenido. Todo el cuerpo de fray Miguel adquirió de súbito una rigidez más que cadavérica. No parecía ya de carne, sino de madera o de barro.

El padre Ambrosio, no obstante, tuvo a tiempo la precaución de cruzar a fray Miguel las manos sobre el pecho.

El hermano Tiburcio tomó por la espalda a fray Miguel. Por los pies le levantó el padre Ambrosio. Ambos le llevaron al féretro y allí le dejaron tendido.

Las aventuras

Cesse tudo o que a Musa antiga canta,
Que outro valor mais alto se alevanta.
Camoens, Os Lusiadas, Canto 1.

Alter erit tum Tiphys, et altera quae vehat argo
Delectos Heroas: ....
Virgilii, Égloga IV.

I

En el año 1521 era Lisboa la más espléndida, animada, pintoresca y original ciudad de Europa. Fundada sobre varias colinas, se extendía ya por la margen derecha del Tajo, siguiendo su curso hacia el mar. Los palacios y jardines de dicha margen hacían delicioso el camino que iba y va hasta el sitio donde el rey don Manuel el Dichoso había erigido graciosa y elegante torre, en conmemoración de que allí se embarcó Vasco de Gama para ir por vez primera a la India, y no lejos el magnífico templo y claustro de Belén, obra de singular y bellísima arquitectura. Frente del más populoso centro de la ciudad, en la opuesta orilla del río, se alzaba la villa de Almada, sobre enriscado promontorio. Y desde allí, mirando en dirección contraria a la que trae el agua, ésta se extiende y la orilla se aleja, formando una extensa y grandiosa bahía, capaz de contener entonces todos los barcos de guerra y de comercio que surcaban los mares.

Aquella bahía estaba concurridísima. En ella había naves inglesas y francesas, de Holanda y de las ciudades anseáticas, de Aragón y de Castilla, de Génova y de Venecia y de otras Repúblicas y, Principados de Italia. Todas acudían allí para traer telas, alhajas, primores y otros objetos de arte, producto de la industria europea con que satisfacer el amor al fausto de los portugueses y para llevar, en cambio, clavo y pimienta, perfumes de Arabia, canela de Ceilán, sedas y porcelanas del Catay, marfil de Guinea, alfombras de Persia, chales y albornoces de Cachemira, perlas, diamantes y rubíes de las montañas y de los golfos de la India, bambúes y cañas y tejidos de algodón y de nipa de Bengala, monos, paraguayos y otras aves de vistosas plumas, y mil exóticas curiosidades del Extremo Oriente.

La muchedumbre de hombres y mujeres que hervía en los muelles y paseos, calles y plazas de Lisboa tenía extraño y pasmoso aspecto por la variedad de sus rostros, de sus trajes y de los idiomas que iban hablando. Por dondequiera se notaban movimiento y bullicio, pero más que en ninguna parte, en la calle Nueva y plaza del Rocío, donde estaban las tiendas de los más ricos mercaderes, y a lo largo de la orilla, casi hasta Belén, donde a la par de las quintas y de los parques había grandes almacenes o depósitos para las mercancías que se embarcaban o desembarcaban. Millares de esclavos negros, empleados en las faenas del puerto y en otros trabajos, discurrían solícitos por dondequiera. Marineros, soldados y hombres y mujeres del pueblo paseaban o formaban grupos para charlar y reír, tratar de amores o promover pendencias, Entonadas hidalgas, ya caminasen a pie, ya a las ancas de una mula que montaba y dirigía respetable escudero, ya en soberbios y dorados palanquines, solían llevar lucido séquito de dueñas, lacayos y pajes para mayor autoridad y decoro. Los magnates y señores ricos se mostraban cabalgando en hermosos caballos con ricos jaeces y con numerosa comitiva de criados y familiares de sus casas. Y el señor rey, que gustaba como nadie de la pompa y del aparato, salía con frecuencia en público formando con su lujoso y raro acompañamiento una procesión admirable. No semejaba el monarca portugués, príncipe de Europa, sino déspota oriental, soberano de cuentos de hadas o de Las mil y una noches, merced al brillo y al lujo que le circundaban. Le precedían a veces elefantes y rinocerontes, domadores que llevaban serpientes y tigres domesticados, y el rey iba a caballo, en medio de los más brillantes señores de la corte, sus favoritos y validos, todos con muy elegantes y vistosas sopas y con airosas y blancas plumas en las birretes. Don Manuel, que era regocijado y festivo, también se hacía acompañar a menudo de juglares y bufones, que le divertían con sus chistes y burlas, y casi nunca prescindía de los músicos, que iban tocando sonoros instrumentos, anunciando así que el rey venía y alegrando los sitios por donde transitaba.

Todo era animación y movimiento, todo alborozado y estruendoso júbilo en Lisboa, en la hermosa mañana del día del Corpus de aquel año de 1521, en que el rey don Manuel cumplía los cincuenta y dos de su edad, celebrando con gran pompa su natalicio. Terminada, además, la soberbia fábrica del templo de Belén, el monarca lusitano le abría y le mostraba por vez primera a su pueblo haciendo cantar en él un solemne Te Deum.

Su alteza, acompañado de su tercera mujer, la reina doña Leonor, hermana del César Carlos V, con más ricas y pomposas galas que nunca, y circundado de brillante y vistosa comitiva, había acudido a la iglesia para presenciar la ceremonia religiosa y darle mayor lustre.

Aunque el templo es espacioso, solo se había permitido entrar en él a los convidados, porque si hubiera tenido franca entrada la muchedumbre, no pocos se hubieran maltratado allí dentro, a causa de los miles y miles de personas que habían venido a la fiesta, no solo de Lisboa, sino de otras ciudades y villas de Portugal y aun de reinos extraños.

La muchedumbre, pues, se agitaba y bullía fuera del templo, extendiéndose a un lado y a otro hasta la misma orilla del Tajo, como enorme mosaico de cabezas humanas.

La mayor parte de la gente estaba a pie, si bien a trechos descollaban no pocas personas montadas en caballos y en mulas o levantadas en sillas de manos por esclavos o sirvientes.

A la puerta del santuario, en el atrio y también a la puerta del convento, guardaban los caballos de los reyes y de su séquito, custodiados por pajes y lacayos y por buen golpe de lanceros de la guardia del rey.

A pesar de los mil murmullos y gritos de tan gran número de gentes, que reían, chillaban, hablaban o disputaban, el majestuoso sonido del órgano y el canto sagrado de los frailes, repercutiendo en las altas bóvedas del templo, salía a veces de él y se difundía en ráfagas sonoras sobre los asistentes que se hallaban más cerca.

Apenas estaría mediada aquella fiesta, que parecía absorber enteramente la atención del pueblo, cuando sobrevino algo que distrajo dicha atención, excitando la curiosidad general.

Por el camino de Lisboa, abriéndose paso por entre el apiñado gentío, aparecieron en sendos y magníficos caballos, ricamente enjaezados, dos muy lozanos caballeros, bizarramente vestidos de gala.

Parecía uno de ellos hombre de veinticinco años de edad, de barba y ojos negros, airoso talle, anchas espaldas, robustos hombros y rostro hermosísimo. En todo él había, además, algo de noble, raro y peregrino, como procedente de tierras extrañas, y en el gesto y en los ademanes un no sé qué de soberbia e imperativo que infundía involuntariamente respeto.

Era el Otro jinete mozo barbilampiño. Su blanco y sonrosado rostro, sus ojos azules y los rubios cabellos que coronaban su cabeza, cubierta de un lindo birrete de velludo blanco, por bajo del cual caían dichos cabellos en rizadas ondas de oro, casi hubieran dado al gentil extranjero la apariencia de una disfrazada andante damisela, si no hubieran mostrado que era muy hombre la energía insolente de su mirar, su briosa apostura y el desahogo y la destreza con que manejaba y dominaba su fogoso caballo, que, retenido por él, hacía piernas, se encabritaba impaciente y tascaba el freno, cubriéndole de espuma.

Entre la plebe, las personas curiosas se preguntaban unas a otras quiénes eran aquellos dos galanes. Y como no faltó allí quien los hubiera visto en la gran posada de la calle Nueva, donde ellos habían venido a parar y donde habían declarado su condición y sus nombres. Pronto pasaron éstos de boca en boca, y por dondequiera se oía decir:

—Esos son dos ricos y elegantes aventureros de Castilla; el más grana o se llama Miguel de Zuheros, por sobrenombre Morsamor, y el jovencito, que es su doncel, se llama Tiburcio de Simahonda.

II

La función de iglesia llegó pronto a su término. Los soldados de la guardia empezaron a abrir calle, a fin de que la regia comitiva pudiese pasar holgadamente por entre la muchedumbre, que a un lado y a otro se apiñaba, procurando cada cual ponerse delante para ver y acaso para ser visto del rey, de la reina o de los señores y damas de la corte y alcanzar de alguno de ellos un saludo o una amable sonrisa Miguel de Zuheros y Tiburcio no se hallaban por dicha muy lejos de la calle que se iba abriendo, y, como estaban a caballo, bien podían verlo todo por cima de las cabezas de los que estaban a pie. Así es que no se molestaron ni se movieron para buscar mejor sitio, como si se avergonzasen de mostrar curiosidad plebeya.

No salió el rey por la puerta del templo, sino por la del atrio, cercado de magnífico claustro, donde habían montado a caballo él y cuantos le acompañaban.

Cuando la lucida cabalgata apareció ante el gran público, la admiración general dio muestras de sí en murmullos exclamaciones y vítores. Aquello era verdaderamente espléndido; un derroche de sedas, randas, plumas, oro y pedrería. Los caballos, magníficos; vistosos, los arreos. Los rayos del Sol refulgente herían el bruñido acero de las armas, las joyas, los metales preciosos y los áureos bordados, deslumbrando todo la vista con fúlgidos destellos. El rey llevaba aquel día el bonete y el estoque de honor, que le había regalado el Padre Santo, y que solo sacaba en las más solemnes ocasiones. La reina doña Leonor, muy bizarra y lujosamente vestida y tocada, cabalgaba a la derecha del rey. Les seguían y lo circundaban las principales damas de la corte y muchos egregios personajes del reino, ilustres por su nacimiento o por armas y letras.

El hermano Tiburcio, convertido en escudero o doncel, era un prodigio para enterarse de todo a escape. No sabemos si solo por naturaleza o por virtud de la magia que había estudiado gozaba de pasmosa aptitud para averiguarlo todo, para reconocer a los sujetos notables, aunque nunca los hubiese visto, y para narrar la historia de cada uno hasta en sus más insignificantes pormenores. Además de esta habilidad, poseía otra más rara aún, que en lo sucesivo valió de mucho a su señor, Miguel de Zuheros. Tiburcio de Simahonda era, en aquella edad, aunque en grado más eminente, lo que ha sido en la nuestra el célebre cardenal Mezzofanti. Ya fuese empleando un método ingenioso y secreto o caminando por ignorados atajos, ya fuese por preciosa capacidad nativa, ello es que Tiburcio, a los dos o tres días de oír hablar cualquier idioma, se penetraba de su organismo, se enseñoreaba de sus formas y leyes gramaticales, atesoraba en su feliz memoria cuanto había de esencial y de radical en su léxico, y se soltaba a hablarle correcta y lindamente y con muy buena pronunciación, como si no hubiera hecho otra cosa en toda su vida.

Al notar Miguel de Zuheros lo mucho que sabía su doncel, en apariencia con tan poca edad, que apenas le apuntaba el bozo, se daba a sospechar si sería más viejo que él y si estaría como él remozado, o si de cualquiera otra suerte habría vivido largas y sospechosas vidas anteriores. Miguel de Zuheros, sin embargo, no persistía en cavilar sobre estas cosas cuando notaba la sencillez y la naturalidad con que Tiburcio, sin hacer gala de su ciencia, la mostraba si era menester, y afirmaba haberla adquirido por medios y caminos, no raros y reprobados, sino lícitos y vulgares.

En aquella ocasión Tiburcio dio pruebas de lo bien que se enteraba de todo, señalando a su señor los más conspicuos caballeros y las más garridas damas, que en aquella procesión se parecían, y diciendo sus nombres, sus cualidades y su historia.

Nadie llamó tanto la atención de Miguel de Zuheros como una dama muy hermosa y muy joven que iba cerca de la reina.

—Esa es —dijo Tiburcio— la señora doña Sol de Quiñones, íntima amiga y favorita de la reina, y nieta de aquel famoso y enamorado don Suero, que sostuvo el Paso honroso en el puente de Órbigo. Ya ves que es muy bella. Su beldad, no obstante, queda eclipsada por su discreción, por su talento, por sus virtudes y por la ingenua candidez de su carácter. Cuantos la tratan se prendan de ella y se hacen lenguas en su elogio.

Al contemplar tanta pompa y hermosura, Miguel de Zuheros sentía viva impaciencia de darse a conocer y de ser presentado en la corte. Pensando en cómo lo conseguiría de la manera para él más favorable, vio pasar la comitiva toda.

Aún salía mucha más gente del templo, y nuestros dos aventureros permanecieron parados para verla salir.

Ya de los últimos, apareció un pequeño grupo, que montó a caballo a la puerta del templo y que pasó muy cerca de Miguel de Zuheros, excitando su curiosidad. Tiburcio la satisfizo diciéndole:

—Esos dos galanes, que van como cautivos al lado de las damas son Pedro Carvallo y Ramón de Acevedo, valientes soldados de fortuna ambos, que han vuelto de la India con más oro que pesan. La graciosa morenita, que ríe a carcajadas y se zarandea y se mueve come si estuviera hecha de rabillos de lagartijas es la muy ponderada ninfa gaditana, conocida ya en gran parte del mundo con el extraño apodo que su compañera le ha dado. La llaman Teletusa la Culebrosa, en conmemoración de la Teletusa antigua y clásica, a quien celebra Marcial en uno de sus epigramas por lo bien que bailaba, repiqueteaba las castañuelas y hacía otros primores. La principal figura del grupo, y por serlo la he dejado para lo último, es nada menos que donna Olimpia de Belfiore, una de las más artísticas, hermosas, sabias y elocuentes mujeres que ha producido Italia en nuestros días, en que renacen, más allí que en otras regiones, la antigua cultura grecorromana y las ciencias y artes de amor, de paz y de guerra. Atraída donna Olimpia por la trascendente fama del esplendor y de la riqueza de esta capital, ha venido a ella hará dos semanas, en compañía de su amiga, y en cierto modo discípula, la de Cádiz, a quien ha dado el nombre que ya te he dicho de Teletusa. Porque es de saber que la tal donna Olimpia, lejos de ser una hembra adocenada, tiene portentoso ingenio y despunta por su mucha doctrina. En Italia la celebran de mirabilmente colta. Sabe latín como Nebrija; sabe también algo de griego; ha leído los poetas e historiadores antiguos y clásicos y los de su patria, y entiende tanto de cuanto hay que entender, que pasa por un Pico de la Mirandola o por un Fernando de Córdoba con faldas.

A este punto de su perorata llegaba Tiburcio, cuando donna Olimpia y los que le acompañaban pasaron casi tocando con Miguel de Zuheros, el cual pudo ver bien y de frente a la dama. Estrella de amor le pereció y de primera magnitud y deslumbrante brillo. Sus cabellos relucían como oro candente, suponiéndose que se los adobaba y doraba con cierta loción cosmética de muy pocos conocida y usada también por la famosa Lucrecia Borgia, duquesa de Ferrara. Tanto hubo de ser así, que no faltó en aquel tiempo quien asegurase que el precioso rizo que tenía Pietro Bembo en el principio de su ejemplar de Lucrecio, donde esta invocación a Venus, rizo que se conserva aún en la Biblioteca Ambrosiana de Milán, no era de la duquesa de Ferrara, sino de la tal donna Olimpia. Sea de esto lo que se quiera, lo que nos importa añadir aquí es que el aspecto, además y entono de donna Olimpia estaban llenos de reposada majestad. De sus años no sabemos qué decir. Como las deidades mitológicas, como los seres inmortales, su edad era problemática; era casi un misterio. Se diría, no obstante, que aquel astro culminaba entonces en el meridiano de su belleza y de su gloria. Sobre la hacanea torda en que iba, y sentada sobre blandos cojines, en elegantísimo sillón o jamugas, semejaba una emperatriz en su trono.

Al encararse con Miguel de Zuheros, mirándole de frente, le hizo bajar los ojos, deslumbrado por la viveza de aquel mirar y por la fuerza magnética de aquellos ojos verdes o glaucos como los de Minerva, Medea y Circe, y que podrían compararse a dos esmeraldas ardiendo en llamas.

Donna Olimpia era alta y bien formada, pero más que esbelta, amplia y exuberante, sin perder la gracia y el hechizo, como las ninfas y diosas que pintaba Tiziano Vecelli.

Cuando pasaron los del grupo, Tiburcio prosiguió su arenga diciendo:

—Esta donna Olimpia es un prodigio singular. Se ignora la edad que tiene. Quizá sea como la hechicera Arleta, que se disfrazaba de moza y enamoraba y seducía a todos los hombres. Su hermosura, sustancial o aparente, no se puede negar. Tiziano, no hace mucho tiempo, se complació en retratarla en un cuadro delicioso. Ella está figurando a Venus, con la ligereza de ropas que tal figuración requiere, pero en su soberbia cabeza lleva el morrión penachudo, y a sus pies tiene por tierra la truculenta espada de Marte. Por dichas prendas, que le ha entregado el dios de la guerra, que está allí contemplándola en éxtasis, le ha entregado el dios de la guerra, tiene cogido por las alas y que ha sacado de una jaula, donde quedan aún presos otros varios hermanos suyos. Paréceme, señor Miguel, que no os disgustaría que os regalase o vendiese donna Olimpia algunos de los mencionados hermanos.

Interpelado así bruscamente, contestó Miguel de Zuheros:

—Déjate de eso ahora. En asuntos más graves debemos ocuparnos y más gloriosas empresas nos conviene acometer. Dime, sin embargo, pues no te niego que soy curioso, algo más que sepas de donna Olimpia.

—Poco más puedo contarte. Si hemos de creer lo que ella refiere, no ha habido, en lo que va de siglo, mujer más victoriosa. A sus pies han estado príncipes y duques, guerreros invictos, acaudalados mercaderes y laureados poetas como Ludovico Ariosto, Fracastoro, el Aretino, Sannazaro y muchos más cuyos nombres no acuden a mi memoria.

En cierta farsa o representación alegórica, en el palacio de Alejandro VI, hizo una vez la figura de la justicia, con la balanza en su fiel, pesando méritos y repartiendo premios según a cada uno le tocaba. Se cuenta, por último, que donna Olimpia, allá en su primera mocedad, se lució una vez en la academia platónica de Florencia, pronunciando un sublime discurso sobre el amor, que oyó Marcilio Ficino, ya viejo, y quedó embelesado de oírle.

—Vamos, vamos, no me cuentes más de esa mujer. Basta con lo que has dicho para comprender que es la más desvergonzada de las aventureras.

Terminada aquella conversación, Miguel de Zuheros y su doncel soltaron las riendas a sus caballos, y a buen trote, y buscando rodeos para no tropezar con la muchedumbre que atajaba el paso, se dirigieron a la plaza del Rocío, para ver de nuevo la procesión o pompa regia, que debía pasar por allí. Enseguida, según estaba, anunciado, la procesión subiría a iglesia del Carmen, edificada sobre un cerro, que domina dicha plaza, y donde se ven y persisten aún sus ruinas, después del terremoto horrible que la destruyó en 1755.

En la iglesia del Carmen se venera una imagen de la Virgen de los Dolores, de quien era el rey muy devoto y a quien iba a presentar rica ofrenda y a dar fervorosas gracias por los recientes triunfos que las armas portuguesas habían alcanzado en Ceilán y en otras islas más remotas.

III

La procesión iba con tanta pausa, que Miguel de Zuheros y Tiburcio no tuvieron que apresurarse para llegar a la plaza del Rocío antes de que la procesión llegara.

Poca gente había aún en dicha plaza, en uno de cuyos ángulos se pararon nuestros aventureros. Todo en torno estaba sosegado. El escaso público hablaba en voz baja y hacía poco ruido, pero de súbito todo cambió de aspecto, levantándose allí cerca furioso tumulto. La gente se agolpaba adonde el tumulto había empezado: unas personas para tomar parte en él y por curiosidad otras. Un anciano de venerable aspecto, de blanca y luenga barba, vestido de negro a la italiana, y acompañado solo de otro de menos edad, que parecía ser su familiar o secretario, estaba rodeado de hombres y mujeres del pueblo, de esclavos negros y de muchachuelos vagabundos, que en ademán hostil le insultaban y amenazaban a gritos, llamándole marrano, enemigo de Cristo y perro judío.

Sin provocar más la furia del populacho, y sin tratar tampoco de huir, el anciano miraba con serenidad y calma a los que le ofendían, manifestando en sus miradas no indignación, sino dulce y resignada tristeza.

Aquel grave modo de sufrir la injuria, así como el valor pasivo de que el anciano daba pruebas, contuvieron por algunos momentos la furia del populacho. Los gritos, no obstante, de perro judío y de marrano, que los más desaliñados y maleantes no se cansaban de repetir, sobreexcitaron las malas pasiones. Todavía quedaba alrededor del denostado un claro o vacío no pequeño; pero el círculo se iba estrechando, y era de temer, era casi seguro, que pronto las ofensas de palabra iban a convertirse en rudas ofensas de hecho. Ya algunos; pilletes y mujercillas habían disparado contra el anciano desperdicios de berzas y frutas, y alguien también había escupido sobre él, aunque sin tocarle.

Un mulato, el más insolente de la chusma, avanzó hacia el anciano con la mano levantada como para darle en el rostro. El anciano permaneció impasible e inmóvil, apoyado en la larga bengala que le servía de báculo; pero su secretario o familiar, más joven y robusto, perdió paciencia, se interpuso, hizo cara al mulato y le sacudió tan fuerte puñetazo, que lo derribó por tierra.

La ira popular rompió entonces todo freno. Hombres, mujeres y chiquillos cayeron sobre los dos, al parecer forasteros y judíos, y sin duda los hubieran despedazado, si no acuden muy a tiempo Miguel de Zuheros y Tiburcio, abriéndose paso por entre la alborotada y amontonada muchedumbre y sacudiendo golpes sobre ella, con las espadas desnudas, aunque procurando que fuese de plano, para no causar heridas ni muertes.

Sorprendida y asustada la turba por aquella súbita e imprevista intervención, retrocedió no poco, dejando despejado un largo trecho en torno de los forasteros inermes, delante de los cuales se pusieron prontos a defenderlos los otros dos forasteros a caballo.

El populacho, no obstante, pasado su primer asombro, arremetió contra Miguel de Zuheros y Tiburcio, yendo algunos de los que acometían armados de garrotes y de puñales.

Sangrienta hubiera sido aquella pendencia, y tal vez de éxito fatal para nuestros dos héroes, si de repente no hubieran recibido el socorro de un gallardo mozo, más joven en apariencia que Tiburcio, a caballo también, elegante y ricamente vestido, y con el escudo de las armas reales bordado en la sobreveste, manifestando así que era mozo fidalgo o menino de la cámara del rey. Su nombre corrió entonces, de boca en boca entre la plebe. Era el simpático Damián de Goes, que privaba mucho con el soberano.

Por lo pronto, tuvo esto a raya a la multitud, pero no faltó quien la irritase, y empezó entre los tres caballeros por una parte, y siete u ocho fidalgos que estaban a pie y vinieron a auxiliarlos, y por otra parte la desarrapada muchedumbre, una muy reñida escaramuza, que hubiera terminado en tragedia, si por dicha no hubiesen amortiguado la cólera de todos, parándolos atónitos y respetuosos el resonar de los clarines y el estruendo jubiloso de las aclamaciones que anunciaban la entrada en la plaza del rey, y de su comitiva.

Aunque la lucha cesó, no cesó tan a tiempo que el rey no se enterase de ella. Y mandados por él, se adelantaron algunos soldados de su guardia, rompieron por medio de la apiñada multitud y llegaron al centro mismo donde se hallaban los que dieron ocasión al alboroto.

Damián de Goes, haciéndose seguir de Miguel de Zuheros, de Tiburcio y de los dos forasteros desconocidos, llegó donde estaba el rey y le refirió todo el suceso.

Dirigiéndose el rey al anciano desconocido, le preguntó:

—¿Y tú quién eres y de dónde sales, viniendo a perturbar la alegría y la paz de Lisboa en ocasión tan solemne?

Con serenidad y desenfado respetuoso, y en correcta y elegante lengua portuguesa, el anciano contestó al rey:

—Yo señor, he nacido en Lisboa. Aquí he pasado los mejores años de mi vida. Las saudades de mi ciudad natal y (¿por qué he de negárselo a vuestra alteza?) negocios importantes de mi casa me han hecho volver a Portugal, que abandoné muy niño, cuando ya estoy viejo, aunque más abrumado por los pesares que por los años. Pensaba yo permanecer en Portugal muy poco tiempo, y no recelaba que nadie me reconociese, descubriendo y divulgando mi nombre, mi religión y mi casta, tan aborrecida hoy en España toda. Por desgracia no ha sido así. Interesados enemigos míos me han reconocido han hecho correr la voz entre el vulgo de que soy israelita y han causado el atropello de que yo hubiera sido víctima, si estos nobles caballeros no me socorren.

—¿Y cuáles son tu condición y tu nombre? —preguntó el rey.

Temeroso de que no le diesen crédito, vaciló en declararlos el anciano.

García de Resende, que acompañaba al rey y no estaba muy lejos, se acercó entonces y dijo:

—Bien puede vuestra alteza estar satisfecha de que este anciano haya quedado libre de toda injuria. No solo es portugués, sino uno de aquellos portugueses que dan más gloria a Portugal en esta nuestra edad para Portugal tan gloriosa.

Y, dirigiéndose luego al anciano y alargándole la diestra para estrechar amistosamente la suya, añadió el ínclito trovador:

—¿Te has olvidado acaso de mí y del amistoso lazo con que nos unimos en Roma y de las largas pláticas que allí teníamos, cuando estuve yo como secretario de la pomposa embajada de Tristán de Acuña?

—¿Cómo había yo de olvidarme de García de Resende? —respondió el interrogado—. Yo no podía olvidar a uno de mis mejores amigos, cuyo Cancionero, además regalado por él, hace mi delicia y me vale, leyéndole, para conservar y perfeccionar en mi alma la lengua portuguesa, que fue la primera que hablé.

—Pero a todo esto —exclamó el rey con impaciencia y encarándose con el anciano— tú no acabas de decirme quién eres.

—Perdona mi tardanza, señor.

Y añadió luego, echándose a los pies del rey:

—Yo soy el hijo de un leal criado de tu heroico antecesor Alfonso V el Africano. Yo soy Judas Abravanel, más conocido hoy en el mundo con el nombre de León Hebreo.

Apenas Judas Abravanel hubo pronunciado estas palabras, muchos de la comitiva, y particularmente las damas, le cercaron para contemplarle y aplaudirle.

Sus discretísimos Diálogos de amor eran muy admirados en la corte. La reina, la infanta doña Beatriz y otras muy sabias señoras, se deleitaban leyendo en italiano aquellas tan sublimes filosofías. Todas, pues, se dieron el parabién de que León Hebreo no hubiera sido gravemente ofendido.

El rey, no sin meditar para mejor ocasión algo en desagravio y obsequio de León Hebreo, hizo que, por lo pronto, dos de su guardia de a pie le acompañasen y le escoltasen hasta su posada.

Aunque Damián de Goes había dicho al rey los nombres de los dos aventureros castellanos que habían tomado la defensa del ilustre filósofo israelita, el rey, por distracción fingida o verdadera, y acaso por estar deprisa, no les dirigió la palabra y aparentó no fijar la atención en ellos. Conocedor de las más notables alcurnias; y casas de la nobleza castellana, los apellidos de Zuheros y de Simahonda sonaron mal y sordamente en sus oídos.

Harto contrariado se sintió de esto Morsamor. No valía la pena de remozarse y de aparecer otra vez en el mundo como resucitado o resurgiendo a nueva vida para que le desdeñasen y le hiciesen tan poquísimo caso como en la vida antigua. Un reniego, apenas articulado, brotó de sus labios. Morsamor, no obstante, se repuso y disimuló su enojo, pero Tiburcio no dejó de notarlo y le dijo en voz baja:

—No pierdas paciencia, y ya verás cómo pronto te es propicia la fortuna.

En efecto, o por benevolencia, o porque los dos aventureros le eran simpáticos, o para mitigar el desdén o descuido del rey, Damián de Goes estuvo afabilísimo con ellos y los movió a seguirle a la iglesia del Carmen, en pos de la comitiva del rey.

Contrariado y triste se mostraba Damián de Goes, que era muy humano y benigno, de la feroz conducta que había tenido la plebe lisbonense con judas Abravanel. Esto retrajo a su memoria la horrible matanza de judíos que pocos años antes, siendo él todavía muchacho, había hecho la plebe de Lisboa, fanatizada y enfurecida por algunos frailes y secundada por marineros de diversos países de cuantos barcos estaban anclados en el Tajo. Tres días duraron el saqueo y la matanza. Más de quinientos judíos murieron quemados, y degollados cerca de dos mil. El hedor de la carne chamuscada de los cadáveres insepultos y de la sangre corrompida infectaba el aire. El rey don Manuel el Dichoso se hallaba entonces en Évora. Cuando volvió a su capital castigó, severamente justo, tan cruel infamia, haciendo ahorcar a varios de los amotinados y a dos o tres de los frailes instigadores. Los judíos portugueses, y no pocos de los expulsados de Castilla que en Portugal se habían refugiado, con mayor recelo del rencor de la plebe que confianza en el escarmiento que pudo causar el castigo, no osaban desde entonces aparecer en público en días de fiesta y solemnidad religiosa. Lamentable imprudencia había sido la de León Hebreo.

Pensando así en alta voz, y según iban subiendo a la iglesia del Carmen, el futuro historiador del rey don Manuel, más excitado por el amor de la humanidad que por el amor de la patria, deploraba y condenaba la ferocidad de sus compatriotas contemporáneos, así contra los judíos en Portugal como allá en la India contra las diversas gentes, musulmanas y gentiles, que iban venciendo y sujetando.

Nuestro Tiburcio, que iba al lado de Damián de Goes, procuró consolarle, diciendo de esta manera:

—No os apesadumbréis tanto, mi buen señor, por lo tremendos y feroces que suelen mostrarse en el día los hombres de esta península, engreídos por sus triunfos y por su predominio en la tierra. Al cabo, no sin piadoso designio, entiendo yo que ha dispuesto la Providencia que sean las naciones de Aragón, Portugal y Castilla las que prevalezcan y descuellen en esta ciudad, todavía algo bárbara y de costumbres poco suaves. El sentimiento y la creencia de la fraternidad y de la igualdad humanas están más hondamente arraigados y grabados en el corazón y en la mente de los pueblos del Mediodía de Europa que en el corazón y en la mente de los pueblos del Norte. No hay castellano ni portugués que se juzgue de una raza superior, que deje de tener por hermanos suyos a los demás hombres, pero a veces la codicia rompe este lazo fraternal, y por robar se mata, y a veces una caridad mal entendida mueve al creyente celoso a infligir duras penas temporales con el intento y buen propósito de sacar del poder del diablo y de libertar de las penas eternas a los que están dados al diablo y son sus esclavos. Confieso que lo dicho tiene inconvenientes enormes, pero aún sería incomparablemente peor si fuese un pueblo más soberbio quien hoy predominara. Dentro de dos o tres siglos, cuando el corazón humano se ablande mucho con la cultura, acaso sean los pueblos del Norte los que predominen sin los horrores y estragos que hoy causaría su predominio. En el engreimiento del triunfo tendrían por evidente que eran una raza superior y nos exterminarían a todos sus prójimos no creyéndolos tales. Dentro de dos o tres siglos, según ya he dicho, la culta filantropía no consentirá tan horrible caso. Lo más que podrá ocurrir será que con su desdén orgulloso abatan y hundan en la abyección a los pueblos de que se enseñoreen, y que tal vez, predicándoles y enseñándoles doctrinas religiosas contrarias a la fe católica, sin el esplendor artístico y sin la pompa de sus ritos y con un concepto tremendo y duro de la justicia divina, no templada por la misericordia, entristezcan y desesperen a sus catecúmenos y los hagan morir de aburrimiento. Así presumirán ellos que, sin crueldad, van despejando de razas inferiores la superficie de nuestro planeta, para que se extienda por toda ella, crezca y se multiplique la raza superior a que pertenecen.

La extraña teoría de Tiburcio no convenció a Damián de Goes, pero le hizo reír; y si no la halló verdadera, la halló chistosa.

Morsamor, distraído y taciturno, no prestó atención a lo que Tiburcio decía.

Así llegaron a la puerta de la iglesia del Carmen, y, encomendando sus caballos a sendos palafreneros de la Casa Real, que los tuvieron de la brida, entraron en la iglesia, donde se hallaban ya el rey y todo su séquito.

IV

Poco tiempo permaneció Morsamor en la iglesia. Pronto salió de ella acompañado de Tiburcio, que le seguía como su sombra.

—Yo no podía estar allí —dijo Morsamor—. Aquel ambiente me sofocaba. Me consideré reo del sacrilegio más espantoso. Fraile perjuro a sus votos, imaginé que me arrojaban del santuario aquellos mismos tres ángeles poderosos que, armados de azotes y montados en fantásticos corceles, arrojaron del templo de Jerusalén, para que no le profanase, al impío Heliodoro, ministro del rey de Siria.

—Mucho exageras tu pecado y el castigo que merece —contestó Tiburcio—. Te atormentas en demasía. Es muy excepcional tu situación. Tú debes ser también excepcionalmente juzgado. Tu vida de ahora es vida nueva por completo. Tu remozamiento casi es resurrección. Desecha remordimientos vanos. No te tengas por la misma persona que hizo sus votos en el convento de Sevilla. Cree más bien que eres el hijo de aquel fraile que te engendró antes de entrar en la regla, y hasta que eres el nieto de aquel otro aventurero Morsamor que andaba por el mundo en el reinado de Enrique IV de Castilla.

Morsamor replicó:

—Quiero suponer que tienes razón en lo que dices. Me serenaré; me aquietaré, creyéndome otro del que era. Algo hay, no obstante, que me amarga y emponzoña esta nueva vida y me persuade de que soy el mismo: el desdén, el menosprecio con que todos me miran. Con rapidez ha pasado por mi alma, pero dejando en ella doloroso rastro, como si fuese metal derretido, un abominable pensamiento. Si yo me hubiese lanzado de súbito sobre ese rey presuntuoso que me desdeñaba, y le hubiese dado violenta muerte, de súbito también hubiera salido yo de la insignificante oscuridad en que me veo, y las diez mil voces de la Fama hubieran llevado mi nombre por el mundo todo.

—Menester es —interpuso Tiburcio— que deseches esa ridícula y constante preocupación de que no te hacen caso. El tenerla ha sido hasta hoy causa principal de que no te le hagan. Tal preocupación proviene de sobra de vanidad y de falta de orgullo. Quien anhela que le hagan caso es quien no está seguro de su propio valer. Ora duda de él, y quiere que los extraños confirmen y acrediten que le tiene; ora en el fondo de su atribulada conciencia se ve ruin, necio y para poco, y aspira, sin embargo, a imponerse, engañando al mundo. Al orgulloso, al que hace alta estimación de sí propio, poco o nada le preocupa la estimación de los demás. Si no le estiman es porque no le comprenden. Y si le estiman, todo el caso que hagan de él no aumentará en un escrúpulo, en un átomo, la importancia que él se atribuye. En lo antiguo, entre los gentiles, era muy frecuente esa preocupación que tú tienes ahora. Sin duda, por el afán de lucirse y de inmortalizarse, así como Eróstrato incendió el templo de Diana en Efeso, hubo muchos que, sintiéndose ruines, amaron la celebridad más que la vida, y no por amor a la libertad y a la patria, sino por amor de la vanagloria, dieron muerte a sendos reyes o tiranos. El gran satírico de Roma lo consigna en sus versos: Pocos son los tiranos y los reyes que descienden al infierno con muerte sosegada y pacífica y sin violencia ni sangre. La religión de Cristo ha mitigado este furor de celebridad. Acaso llegue un día en que las creencias sean menos firmes y entonces, movidos los miserables por la sed de nombradía, volverán a intentar o a perpetrar crímenes que los levanten sobre los demás hombres, aunque sea en el patíbulo. Tiene de bueno la humildad cristiana, que es de todo punto contraria a la vanidad, aviniéndose con el orgullo recto y sano. Después de exclamar con el muy elocuente obispo de Hipona: ¡Gran cosa es el hombre, hecho a imagen y semejanza de Dios!, ¿quién ha de preocuparse de que en esta baja tierra le hagan o no le hagan caso? Si ha de consistir nuestra aspiración en ser perfectos como nuestro Padre que está en el cielo, ¿qué añaden a la suma de lo perfectible las vulgares alabanzas y los honores mundanos? El buen imitador de Cristo se muestra, sin duda, muy humilde, pero es con relación al Dios que ama y adora. Postrado ante su Dios es despreciable pecador, es vil gusano, pero esa misma humillación le encumbra luego. El humilde Francisco de Asís sube al cielo, y si hemos de dar fe a la revelación que tuvieron sus hijos espirituales, fue a sentarse en el esplendoroso y elevadísimo trono que dejó allí vacante Lucifer después de su rebeldía. Y no dilato más mi razonamiento. Básteme concluir aconsejándote que no hagas el menor caso de que te hagan o de que no te hagan caso. La estimación se la da uno mismo, sin necesidad de que se la dé nadie. Otras son las mil cosas materiales e inmateriales que están fuera de nosotros, y que fuera de nosotros es menester buscar y hallar. Como ejemplo de las inmateriales pongo el amor. Ya encontrarás tú quien te ame. Como ejemplo de las materiales, casi como cifra y compendio de todas ellas pongo el dinero, y ese le tenemos en abundancia, gracias a la espléndida munificencia del padre Ambrosio. Alégrate, pues, y ten pecho ancho. Ya el padre Ambrosio, en su previsora sabiduría, habrá dispuesto los sucesos de tal manera, que pronto te atiendan, no como fin, pues hasta que te atiendas tú, sino como medio de realizar otros fines.

Aquí llegaba Tiburcio en su singular perorata, cuando salió de la iglesia un viejo venerable, ricamente vestido, como muy principal hidalgo que era. Y parándose delante de Morsamor, y mirándole de hito en hito con jubilosa sorpresa, le dijo:

—Sois, señor, el vivo retrato, no sé si de vuestro padre o de vuestro abuelo, a quien conocí y traté hará ya medio siglo, pero cuya imagen está grabada en mi memoria con rasgos indelebles. Le debí primero franca, leal y cariñosa amistad, y después la vida. Yo me llamo Duarte y soy hijo del heroico Pedro de Mendaña, quien después de la batalla de Toro se mantuvo tanto tiempo en el castillo de Castronuño contra todo el poder de Castilla. Un valeroso aventurero de aquella nación, cuyo nombre era como el vuestro, Miguel de Zuheros, y cuyo sobrenombre de guerra era también Morsamor, fue en aquel castillo mi constante compañero de armas. Audaces correrías hicimos a menudo en el país enemigo. Talamos sus panes, saqueamos alquerías y granjas y volvimos no pocas veces a nuestra fortaleza cargados de botín riquísimo. En una de estas excursiones, que no olvidaré nunca, nos cercó gran golpe de villanos armados y de gente guerrera a caballo. Allí me derribaron del mío, asaz mal herido, y allí hubiera muerto yo si Morsamor no me defiende con extraordinario brío. Él pudo rechazar por algunos instantes a los que nos cercaban, ponerme con increíble ligereza a las ancas de su corcel y huir conmigo a todo escape entre un diluvio de flechas y de balas. Así pudimos refugiarnos en el castillo de Castronuño. Poco tiempo después desalojó mi padre el castillo en virtud de muy honrada y ventajosa capitulación. Siete mil florines cobró mi padre del castellano por el favor que le hizo de abandonar la fortaleza y de volverse a su patria. Entonces nos separamos de Morsamor, que se quedó en Castilla. Como yo le debo tanto, jamás he podido olvidarle, aunque no volví a verle ni a saber de él después. Ya en aquella época era él, sin duda, de mayor edad que tú ahora. Precoces arrugas surcaban su rostro, y en sus cabellos y en su barba, negros como la endrina, blanqueaban bastantes hilos de plata. Morsamor era más joven, pero aparentaba tener más de cuarenta años. Tú resplandeces ahora en juventud lozana. Acaso no hayas cumplido aún los veinticinco. Entiendo, pues, que no eres el hijo, sino el nieto de mi salvador y amigo de tu mismo nombre. Permíteme que reanude contigo los lazos de aquella amistad, que te pague la deuda de mi gratitud y que estrechamente te abrace.

Morsamor se dejó abrazar y abrazó también con efusión a Duarte de Mendaña, recordando el beneficio que le hizo, aunque aceptando que el bienhechor no había sido él, sino su abuelo.

—Así es mejor —dijo Tiburcio riendo y por lo bajo—. Así te triplicas y de ti mismo te forjas antepasados. Así te asemejas a cierto mercader que el padre Ambrosio conoció en Roma, de quien contaba que se hizo retratar en escultura y en pintura, con trajes de todas las edades, hasta de aquella en que florecieron los Escipiones y los Favios. Con tan buena maña se formó larga serie de progenitores ilustres.

Comoquiera que ello fuese, el reconocimiento que Duarte de Mendaña hizo de Morsamor le sirvió de mucho, allanó dificultades, disipó recelos e hizo que el rey le hablase y le recibiese en su corte.

V

Recibidos ya en la corte Morsamor y su doncel Tiburcio, lograron pronto ser estimados y queridos.

Las fiestas de todo género se sucedían entonces sin un momento de descanso. El rey quería celebrar el concertado enlace de su hija la infanta doña Beatriz con el duque de Saboya, y anhelaba deslumbrar a los embajadores de aquel potentado, que iba a ser su yerno, con el lujo, la magnificencia y el esplendor de la capital de sus dominios. El tiempo volaba sin sentir en medio de tantos deleites. Hubo brillantes saraos, festines, cacerías y jiras campestres variadas y amenas.

Tiburcio, que era muy alegre y decidor, divertía y regocijaba a las damas y tenía con ellas mucho partido. No alcanzaba tanto favor con los hombres.

Tal vez le envidiaban muchos. Tal vez se dolían otros de la insolente suerte con que les ganaba el dinero cuando jugaban a los dados.

De todos modos, aunque era muy lucido el papel que Tiburcio hacía, Morsamor se adelantaba en lucimiento y obtenía aplausos mayores.

Muy celebrado fue Tiburcio, por la serenidad y la destreza con que en una montería a caballo hirió con su rejón un enorme y espumante jabalí, dejándole muerto. Pero Morsamor aún fue más aplaudido, porque en cerrado coso, a caballo y armado también de frágil bastón, en cuya extremidad había acicalado hierro, lidió y mató bravos toros entre las entusiastas aclamaciones de caballeros y de damas.

Sin duda, entonces hubo de prendarse de Morsamor doña Sol de Quiñones. Lo cierto es que él se prendó de ella, hizo gala de que la servía y vistió sus colores.

Cuando se dispuso que hubiese también algo a modo de justas, donde los caballeros luciesen su habilidad en varios ejercicios a la jineta, corriendo sortijas y tirando bohordos, Morsamor quiso tomar parte en las justas y lucir en ellas una empresa significativa de los sentimientos amorosos que doña Sol le había inspirado.

Consultado sobre el caso a Tiburcio, que de todo entendía, Tiburcio hubo de decirle que no le parecía mal su propósito, con tal de que la empresa no fuese sobrado jactanciosa, ni tampoco muy clara ni muy oscura, sino dotada de la discreción conveniente y con lema, mote o divisa de notable concisión y más bien en latín que en idioma moderno.

Tiburcio añadió luego:

—Esto de las empresas es usanza muy agradable y muy seguida en el día. No hay príncipe, ni monarca, ni valiente y enamorado caballero que no guste ahora de salir luciendo alguna empresa, ya en su sobreveste, ya en su bandera o estandarte, ya en la cimera de su yelmo. Algunas de estas empresas han sido y son muy celebradas por el tino y primor con que expresan el pensamiento, la intención o el valer de quien las usa. De aquí que varones muy doctos no han desdeñado inventar, sino que lo han tenido a mucha gloria. De Antonio de Nebrija, egregio maestro en Castilla de letras humanas, se cuenta que inventó la empresa del rey don Fernando el Católico, la cual era el nudo gordiano, desbaratado y roto por la mano y espada de Alejandro, con un letrero que decía: Tanto monta, o sea que es lo mismo romper que desatar. Y más tarde, el señor Luis Marliani, obispo de Tuy y médico y matemático insigne, inventó empresa todavía mejor, para el César Carlos V, reemplazando el eslabón de Carlos el Atrevido, duque de Borgoña. Y fue y es la tal empresa la representación de las columnas de Hércules con esta letra: Plus ultra, breves, elocuentes y sublimes palabras, que evocan en la mente de quien las lee la inmensidad del Océano, las islas y los continentes incógnitos, el nuevo mundo, en suma, descubierto y dominado por la tenacidad, la osadía y la ventura de los hijos de Iberia. Empresas políticas son éstas; pero también los galanes enamorados han solido inventar en ocasiones muy graciosas y gentiles empresas. Veamos si a ti se te ha ocurrido alguna que merezca elogio y que convenga a tus fines.

Morsamor contestó:

—En verdad, se me ha ocurrido una empresa, que me parece bien. Si peca por algo, es por ser sobrado clara. Pongo yo un campo dividido en quiñones o suertes, pero que nadie puede cultivar ni gozar, porque le rodea una salamandra que en torno del campo se enrosca. Y en el centro hay un Sol de oro cuyos rayos enamoran a la salamandra a par que la queman. Y de la boca de la salamandra sale una cinta que va hacia el Sol y lleva este escrito: En ti vivo, muero y ardo.

Tiburcio no pudo menos de hallar la empresa sutil e ingeniosa; pero como era muy franco y decía su parecer sin rodeos y aconsejaba con toda libertad, habló a Morsamor de esta suerte:

—De perlas encuentro yo todo eso. He de permitirme, no obstante, hacer algunas observaciones, y aun de atreverme a aconsejarte y amonestarte, pues aunque novicio y más joven que tú, soy como el apoderado y representante del sapientísimo padre Ambrosio, en cuyo nombre hablo. Declaro, pues, en su nombre, que estos enamoramientos son un tanto cuanto pueriles y pueden ser perjudiciales. ¿Has venido acaso a nueva vida por la virtud pasmosa de la ciencia para volver a las andadas e incurrir (perdóname que así las califique) en las mismas locuras y sandeces de tu vida anterior? Tú te has remozado para acometer grandes empresas que honren y glorifiquen a ti y a todo el linaje humano y no para enamorarte como un bobo de una damisela entonada y cogotuda que acabará por apartarse de sí con melindroso desprecio cuando se satisfaga y harte su amor propio de recibir adoraciones. Si yo creyese como Pitágoras que las almas transmigran y que van sucesivamente informando distintos cuerpos, lo que recelo que pasa en ti, me inclinaría a entender que de nada vale la tal transmigración para el adelanto de las almas. Aunque tuviésemos siete vidas como los gatos, haríamos en la séptima simplezas no menores que en la primera y daríamos idénticos tropiezos y caídas, Nada censuraría yo si se limitasen estos amoríos a ser un galante y fugaz pasatiempo, pero los hallo muy mal si son serios. El inaudito esfuerzo que el padre Ambrosio hizo para remozarte no debe tener tan mezquino resultado.

—Tu amonestación —contestó Miguel de Zuheros— es infundada y hasta perversa. Blasfemas calificando de sandio y de mezquino al amor, germen fecundo de virtudes y de grandes acciones. Acuérdate de la divina fábula de Esopo. Amor bajo del Olimpo para consolar al linaje humano. En el banquete de los dioses faltó la antigua alegría porque Amor estaba ausente. Amor volvió entonces al cielo, y rara vez, y muy de pasada, acude al mundo, donde sus menores hermanos, hijos de las ninfas, toman su apariencia y la imitan hiriendo las almas vulgares, Pero el verdadero y celeste Amor hiere las almas escogidas, e hiriéndolas, las habilita y dispone para llevar a cabo las más altas hazañas. De este celeste Amor imagino y pretendo yo estar herido.

¿En qué contraría, en qué desluce o esteriliza semejante enamoramiento el propósito que pudo tener el Padre Ambrosio al remozarme?

—Mucho podría yo argumentar en contra —replicó Tiburcio—. Para impulso de grandes hazañas preferiría yo en ti el amor de la gloria, el de la patria, el de todo el humano linaje, el de Dios mismo y no el de una mujer cualquiera. Tal amor tiene no poco de idolatría. Tú te le finges espiritual y alambicado, mas yo sospecho que no lo es. Yo le creo nacido del consorcio de tu vanidad mundana con cierto prurito que proviene sin duda de que al padre Ambrosio se le fue la mano cuando compuso la poción preparatoria que te propinó antes de remozarte, vertiendo en ella en demasía cierto ingrediente: el zumo de las mandrágoras con que Lía apartaba a Jacob de Raquel y le atraía a su regazo.

—Inverosímil parece —interpuso Morsamor— que tú, siendo tan mozo, dudes de lo verdaderamente poético, o más bien, lo niegues, entregándote a cavilaciones diabólicas.

—¿Quién sabe? —dijo Tiburcio—. Posible es que tenga yo algo de diablo, pero aun así, yo sería siempre un diablo muy puesto en razón y muy juicioso.

Sin enojo oyó Morsamor las amonestaciones de Tiburcio, pero no atendió a sus consejos y siguió pretendiendo y rindiendo culto a doña Sol de Quiñones.

En las justas figuró con brillantez y lució la empresa que él mismo nos ha descrito.

Hubo en palacio otra magnífica fiesta. El egregio poeta Gil Vicente había compuesto un auto alegórico y mitológico para celebrar la boda de la infanta y desearle toda ventura en su viaje a los Estados de su esposo. El auto se representó en palacio con gran lujo y primor en los adornos y vestimentas de cuantos farsantes figuraron en él.

Nada menos que la Divina Providencia toma las convenientes medidas y lo apercibe todo para que la navegación de la recién desposada sea próspera, decorosa y grata. A este fin llama a Júpiter y le encomienda el asunto. Júpiter entonces convoca y reúne a las divinidades de los mares y de los vientos, y con ellas arregla y ordena tan benignamente las cosas, que la infanta puede llegar al puerto de Villafranca sana, salva y complacida, como llegó en efecto.

El lindo y candoroso auto de Gil Vicente se titula Cortes de Júpiter, y fue muy aplaudido por el noble auditorio. Pero, en medio de los aplausos, no faltaron cortesanos y damas que en voz baja hablasen de un sujeto cuya ausencia no extrañaban, aunque hacían sobre ella comentarios, tal vez piadosos, tal vez malignos.

Era este sujeto el trovador Bernardín Riveiro, estimado como nuevo Macías. Nadie ignoraba su audacia, su fervoroso amor a doña Beatriz. Y no pocos creían que ella había correspondido a aquel amor con afecto tan puro como vehemente. Por cierta se daba la desesperación de Bernardín Riveiro al ver que iba a ausentarse el alto objeto de su adoración y de su culto. ¿Dónde habría ido Bernardín Riveiro a ocultar su dolor, o más bien a darle en la soledad rienda suelta? Esto se preguntaban los caballeros y las damas, si bien se lo preguntaban como profundo misterio que todos, sin embargo, sabían. De lo que tal vez se dudaba era de si compartía doña Beatriz la pena del trovador, de si engreída con la pompa nupcial y con su triunfo, no se cuidaba de aquella pena, o de si la convertía en su corazón en melancolía suave, en algo a modo de ensueño dulce, triste y vago que la brillante realidad iba desvaneciendo como se desvanece la pálida luz de las estrellas ante el alegre esplendor de la rosada aurora.

Como quiera que fuese, la infanta doña Beatriz, acompañada de los embajadores, de su esposo y de gran comitiva de damas y de señores ilustres de la primera nobleza de Portugal, partió al fin de Lisboa para Villafranca de Niza. El rey, su padre, y la señora reina fueron embarcados hasta el convento de Belén para despedirla. Y de allí zarpó la magnífica armada de dieciocho bajeles, tan poderosos y bien artillados que, como dice Gil Vicente en su auto, no podían menos de hacer temblar al turco.

A poco de la partida de la infanta doña Beatriz, la Corte se fue a Cintra, deliciosa residencia de verano.

Morsamor, como gran forastero, siguió a la corte, acompañado de su doncel Tiburcio.

Aún no hermoseaban a Cintra los espléndidos bosques de camelias que le prestar hoy tan singular atractivo. En la más elevada cumbre de sus montes no resplandecía aún restaurado el castillo que llaman de la Pena, donde el maravilloso ingenio artístico del rey don Fernando, consorte de doña María de la Gloria, ha mostrado su inspiración y lucido su inventiva, labrando la piedra con mil primorosos caprichos y dando ser a un extraño monumento arquitectónico que más que de hombres parece vivienda de silfos y de hadas.

Cintra, no obstante, era entonces tan encantadora como en el día. Aquellos cerros, que estriban en el Atlántico y forman el promontorio más occidental de Europa, parecían tener, en edad de tanto predominio y triunfo de los portugueses, un simbólico significado; eran el trono de flores y de perenne verdura, donde había venido a sentarse el Genio de Portugal para derramar luz sobre el Mar Tenebroso, abrir nunca hollados caminos y extender su conocimiento y su dominación por los más apartados países y entre los más diversos pueblos.

Flora y Pales han prodigado sus tesoros en aquellos sitios. Arroyos de agua cristalina fecundan por dondequiera el suelo y dan grata frescura al ambiente embalsamado por la esencia olorosa de una vegetación exuberante. Árboles lozanos y gigantescos crecen hasta en los más elevados Picos, arraigan hasta en las hendiduras de las peñas y forman enramadas y verde bóveda sobre los mil senderos y veredas que cruzan los valles y que serpentean por la falda de los cerros, dibujándose como bordado de oro sobre el florido manto y sobre la mullida alfombra de hierba fresca que por todas partes se extiende.

Además del regio alcázar, ya había entonces en Cintra no pocos palacios y quintas de particulares ricos, y no faltaban hospederías donde los extranjeros pudieran albergarse.

VI

Doña Sol y algunas otras damas de palacio habían acompañado a la reina a Cintra. Natural era que hubiesen acudido allí también los galanes que a estas damas servían.

Algo me incumbe decir aquí de que me pesa por dos razones. Es la primera que lo que yo diga como historiador verídico redunda quizá en menoscabo, aunque ligero, de la alta opinión que de doña Sol debe tenerse. Y es la segunda que no acierto a decirlo, sin grandes rodeos y perífrasis, a no valerme de términos o vocablos disonantes por su anacronismo.

Nadie ignora en el día lo que significa coquetear. Otro verbo novísimo se va introduciendo ya en nuestro idioma, verbo que no sé bien si expresa la misma acción del coqueteo o si tiene un leve diferente matiz que se opone a la completa sinonimia. Flirtear es el verbo novísimo.

Permítaseme, pues, que, desechando mis escrúpulos morales y lingüísticos, me atreva a declarar aquí que doña Sol era muy inclinada a coquetear o a flirtear, y que con Morsamor había coqueteado o flirteado mucho.

El anhelo de ser servidas y adoradas es tan poderoso en las mujeres, aun en las más recatadas y honestas, que las mueve a atropellar muchos respetos y a ponerse en ocasión de graves dificultades y compromisos.

Sin duda, no fue amor lo que Miguel de Zuheros inspiró a aquella dama: fue solo sobrada y muy poética estimación de su gallarda apostura, elegancia, bizarría y ameno trato. Pero al distinguir a Morsamor con inocentes favores, al atraerle con blandas sonrisas y con apenas perceptibles, fugaces y dulces miradas, y al mostrarse con él más conversable y benigna que con los otros hombres, doña Sol hizo que él se engríese y se juzgase correspondido. Doña Sol entonces hubo de asustarse de su poca prudencia, y deseosa sin duda de cortar las alas a los atrevidos pensamientos que ella misma había hecho nacer en el alma de Morsamor, apeló a un recurso, empleado con harta frecuencia, aunque por demás peligroso. Para que Miguel de Zuheros reconociese que no era amor lo que por él sentía, sino gratitud a sus requerimientos y obsequios y cierta vaga e indecisa predilección, doña Sol atrajo y cautivó, aunque con menos marcados favores, con menos blandas sonrisas y con miradas menos dulces y más fugaces, a otro caballero de los que en la corte asistían.

El remedio fue peor que la enfermedad. El nuevo galán semifavorecido fue Pedro Carvallo, hidalgo poco sufrido y en extremo orgulloso por las riquezas y por la fama de valiente soldado que de la India había traído. Pedro Carvallo era, además, infatigable emprendedor en conquistas amorosas de todo linaje. Con igual ahínco acometía la más fácil como la más difícil empresa, y ya le hemos visto aparecer en esta historia acompañando a la célebre aventurera italiana donna Olimpia de Belfiore.

Con gusto entró Pedro Carvallo en más arduo y noble empeño. Y sobre el contento y la satisfacción de amor propio que por enamorar a tan bella e ilustre dama se prometía, hubo de prometerse también desbancar y humillar a aquel castellano intruso, a quien sin saber por qué, puede ser que por envidia, había cobrado odio desde que le vio por vez primera.

Pedro Carvallo, no obstante, distó mucho de conseguir su propósito. Doña Sol no le favoreció sino hasta el punto de hacer notar que su afecto hacia Morsamor no era exclusivo, y siguió otorgando a Morsamor favores más marcados y preferencia más clara.

Así acrecentó y emponzoñó doña Sol en el alma de Pedro Carvallo el enojo que Morsamor le Inspiraba. Y como Pedro Carvallo era poco circunspecto y muy jactancioso y no sabía refrenar la lengua, habló en varios sitios y con no pocas personas contra el aventurero castellano y hasta llegó a decir que le provocaría, le retaría y le daría muerte.

Nadie, por fortuna, llevó a los oídos de Morsamor tales fieros y jactancias. Pero la reina, con la propia condición de mujer, y más aún de la que vive retraída y desocupada, se complacía en saber todas las intrigas y sucesos, sobrando siempre damas de la servidumbre que se empleasen a porfía en averiguarlos y en contárselos luego.

Pronto, pues, supo la reina la rivalidad de Pedro Carvallo y de Morsamor, así como las coqueterías de doña Sol que la habían causado. La reina no tardó entonces en reprender severamente a su dama favorita. Doña Sol se arrepintió, lloró y prometió enmendarse. Hizo examen de conciencia y creyó sacar en limpio del examen que no amaba, aunque agradecía; que la habían deleitado y lisonjeado el acatamiento y las finuras amorosas de ambos galanes, pero que no estaba prendada de ninguno de ellos y que sin pena quería y podía despedir al uno y al otro.

Entretanto, en Cintra no era como en Lisboa. En Cintra no había en palacio grandes fiestas, sino íntimas reuniones.

Morsamor y Pedro Carvallo no eran de los íntimos, no iban a palacio y en balde procuraban acercarse y hablar a doña Sol, a quien solo veían rara vez y desde lejos.

No por eso desistían ellos de sus pretensiones. Muy pertinaces y tercos eran los dos. La Reina acabó por enfadarse de encontrarlos siempre a su paso cuando salía del alcázar e iba a cualquiera parte. El temor de que sobreviniese un conflicto aumentaba su enfado.

La reina volvió entonces a reprender a doña Sol y ésta alegó que ya no tenía culpa. Y al cabo, para mostrar mejor que no la tenía y para lograr que acabasen aquellos obstinados galanteos, concertó con la reina el medio que le pareció más prudente.

Doña Sol no podía escribir decorosamente a ninguno de los dos galanes ni para despedirlos siquiera. El encargado de todo, por la reina misma, fue el anciano Duarte de Mendaña, que tenía empleo en palacio y que había sido el que introdujo a Morsamor en la corte, según ya referimos.

Duarte de Mendaña se apresuró a cumplir con su comisión. Visitó primero a Pedro Carvallo, le enteró del enfado de la reina, y en nombre de su alteza y con pleno y libre consentimiento de doña Sol, le intimó que desistiese de sus pretensiones y persecuciones.

Duarte de Mendaña, más severamente aún y con no menor recato, habló con Morsamor, le robó de parte de doña Sol toda esperanza de ser amado de ella y le exigió que no siguiese pretendiéndola.

Grandes fueron el pesar y la rabia de Morsamor luego que recibió tan mal recado.

Con descompuestos ademanes, el entrecejo fruncido y crispados los puños, acudió Morsamor a su confidente Tiburcio para desahogarse hablando del caso.

VII

Con entrecortadas y rápidas frases refirió Morsamor a Tiburcio su conversación con Duarte de Mendaña.

Luego añadió Morsamor:

—Ya ves cuán cruel ha sido mi desengaño. Casi me arrepiento de haber querido volver a ser joven. Viejo y retirado del mundo, ni yo me enamoraba de nadie ni nadie me desdeñaba. ¿Qué puedo yo ser en esta nueva vida sino el arrendajo miserable, la mal trazada copia del pobre Bernardín Riveiro?

—Cálmate, Miguel, y no imagines que debes ser copia de original tan menguado y atribulado. Yo topé con él varias veces y me dio lástima y grima el verle. Ya iba cruzando por entre las breñas e internándose en lo más esquivo, ya emulando con las cabras monteses, saltaba por esos vericuetos. Dos o tres veces pasó cerca de mí y me causó horror. Rota y manchada la vestidura y enmarañado el cabello, más parece fiera que hombre. Seguro estoy de que en las venideras edades no han de creer y han de negar los críticos juiciosos estos ridículos desatinos; pero yo los he visto y no puedo negarlos. Bernardín Riveiro, por otro lado, tiene algún fundamento para hacer lo que hace. La infanta había correspondido a su pasión; le había querido y había dejado de quererle, pues se casó con otro. Tú distas mucho de hallarte en el mismo caso. Ni doña Sol es infanta, ni doña Sol te ha querido nunca, ni inspirado tú por doña Sol has de escribir églogas, canelones, romances e historias en prosa que te inmortalicen. Dado que solo imitarías a Bernardín Riveiro en lo tonto. Serías la víctima candorosa de ciertas invenciones poéticas, falsas o exageradas, que deleitan mucho en el día, como por ejemplo, la famosa Question de Amor. Indigno de ti y más que ridículo sería que te empeñases en traer a la vida real los ensueños de la fantasía y en convertir las flores retóricas en hechos. Bien está que se diga:

> El primer día que os vi
> tan mortal fue mi ferida,
> que en veros quedé sin vida
> y el vivir se vio sin mí.

Y todavía me parece mejor, más alambicado y más agudo, aquello otro que con tintas variantes suele repetirse

> Morir a vivir prefiero;
> y de tu beldad cautivo,
> o no vivo porque vivo
> o muero porque no muero.

No creas que no me deleitan estas y otras coplas parecidas. Son muy ingeniosas. Pero del dicho al hecho, hay gran trecho. Y el padre Ambrosio tendría una desazón enorme si viese frustrado el buen éxito de su ciencia pasmosa y que no había valido el remozarte sino para que tú hicieses, sin razón, la parodia de Beltenebros en la Peña pobre. Si es verdad lo que se refiere de don Enrique de Villena, yo me complazco en esperar que no salga jamás de la redoma a vivir segunda vida para incurrir en las mismas nece-dades que hizo en la primera. Escarmienta tú en el caso del monje Teó-filo, cuya historia nos refirió el poeta Berceo, y escarmienta en otros casos de algunos sujetos que ya se remozaron con el auxilio del demonio y no disparates como ellos disparataron. Considera que tú tendrías menos dis-culpa, porque no te has dado al demonio como se dieron ellos y porque esta juventud nueva, que te ha caldo encima como llovida del cielo, no se debe a Satanás, sino a ciencia y arte muy sanas. Indispensable es, por consiguiente, que tú te conserves sano también, que mires por tu gloria, que aproveches la ocasión, que de alcanzarla se te ofrece, y que no hagas muchas tonterías. Lícito te será a mi ver, hacer algunas, por distracción y como de pasada, pero tu mira principal debe ponerse muy alto.

—Tan conforme estoy contigo en lo esencial —dijo Morsamor—, que tu sermón es inútil, porque predicas a un convertido. Antes que todo y sobre todo yo quiero gloria, y harto sabes tú cuán dispuesto y apercibido estoy a buscarla. Concertado lo tengo todo con los ricos mercaderes genoveses Gabriel Adorno y Gaspar Salvago. La gruesa nave que ellos han fletado y con real privilegio han cargado de mercancías, nos aguarda ya en Cas-caes pronta a zarpar para la India. Las direcciones náutica y mercantil están encomendadas por dichos mercaderes a un hábil piloto y a un adminis-trador inteligente, pero yo he de ser el verdadero capitán de la nave y el que gobierne y ordene en ella cuanto importe a la defensa de las riquezas que conduce y cuanto sea menester para castigar y arrollar a los enemigos de la fe de Cristo, mahometanos o idólatras, que se atraviesen en nuestro camino. Iremos con la expedición que manda a Oriente el rey don Manuel y estaremos a las órdenes de su almirante y de su virrey, pero gozaremos de cierta independencia, que yo sabré hacer mayor cuando conviniere. Acaso mañana mismo nos podremos ya dar a la vela. ¿Qué inconveniente hubiera habido en que yo, en vez de salir desdeñado, saliese alentado por el favor de una dama, señora de mis pensamientos, por sus promesas de ser mía cuando yo volviese triunfante, y por el anhelo de acometer y dar cima a grandes hazañas para poner a sus pies mis laureles y mis trofeos?

—Bello era tu plan —replicó Tiburcio—, pero de falsa vana belleza. Un gran propósito se empequeñece cuando se subordina a fin pequeño. Por la patria a que perteneces, por la raza de hombres, cuya religión, cultura y lenguaje sostienes y defiendes por amor de todo el humano linaje, por el afán de lograr altos fines a que puedes creerte como fadado y predestinado, comprendo que no haya empresa a que no te aventures; comprendo que todas ellas sean sublimes por la elevación del término que tú les busques. Pero si todo se hace por lisonjear la vanidad de una dama, todo será también vanidad y lisonja, y nada serio habrá en ello ni digno de varón discreto y prudente. Extraños fueron a los sandios enamoramientos que tú fantaseas los héroes sanos de cuerpo y de alma que hubo en las antiguas edades. Y si por acaso caía alguno de ellos en sandez por el estilo era para su vencimiento y vergonzosa desventura. Sírvante de lección la vida y los amores de Marco Antonio y Cleopatra, que habrás leído o habrás oído referir a personas doctas.

—Juiciosa es la doctrina que expones —interpuso Miguel de Zuheros—. No atino contradecirla ni a disputar contigo. El corazón, no obstante, puede más que la cabeza. Y no bastan todas tus reflexiones, que hago mías, para que deje yo de lamentar la pérdida de la ilusión que me había forjado; que el recuerdo de doña Sol fuese como la estrella que me guiase en mis peregrinaciones, y que mi amor y mi esperanza de ser amado me prestasen aliento para dar cima a las proezas más altas. Te confieso que la pérdida de esta ilusión me tiene harto triste, aunque me esfuerzo para no estarlo.

—Bueno será —dijo Tiburcio— que sacudas de ti esa melancolía. El abatimiento y la tristeza enervan a los hombres y los incapacitan para todo. Menester es que tu ánimo se regocije. No se riegan con lágrimas los laureles. La alegría es quien mejor cuida de ellos y hace que florezcan lozanos.

VIII

De acuerdo con lo ya expuesto, el previsor y hábil Tiburcio lo preparó todo de la manera más conveniente para que la partida de Morsamor no fuese con lágrimas humillantes y amargas, como nacidas de desdenes, sino con alegría, y hasta con cierto estrépito y alborozo, según a un héroe y futuro conquistador correspondía y cuadraba.

Tiburcio era un hurón para descubrir y acosar su presa por muy borrado que el rastro quedase en la pista y por muy oculta que fuese la madriguera.

No acertaremos a explicar con qué arte diabólico Tiburcio había averiguado que al anochecer del día anterior dos gentiles damas, conocidas suyas, hablan llegado a Cintra muy recatadamente y habían ido a instalarse en una hermosa casa de campo que allí poseían los señores Adorno y Salvago.

La casa estaba lejos de la población, en lugar retirado y esquivo, más allá de la sombría quinta que fue más tarde de don Juan de Castro, y en amenísimo valle, camino de Colares.

Los genoveses, viudo el uno y solterón el otro, aunque eran ambos de edad provecta, enemigos del escándalo y muy inclinados a la devoción, gustaban de echar de vez en cuando una cana al aire, sin perder su grave circunspección y con la debida cautela. En aquellos días estaban afanadísimos con los preparativos y, el embarque de víveres y de otros bastimentos que por contrata debían hacer y que hacían para la salida de la flota.

No bien ésta se diese a la vela, se proponían ellos reposar de sus fatigas y recrearse y holgarse en su retiro campestre, con un idilio delicioso y bien concertado. A este fin, enviaron por delante, para que lo tuviesen todo dispuesto y los aguardasen nada menos que a donna Olimpia de Belfiore y a su compañera Teletusa. Ambas se comprometieron con gusto y fueron a esta excursión.

Donna Olimpia era muy singular mujer por todos estilos. Se preciaba de bien nacida, de leal en sus tratos, de fiel a sus compromisos y de tener una conciencia tan escrupulosa y estrecha cuanto su profesión consentía.

Jactábase donna Olimpia de la nobleza de su cuna, procuraba hacer creer que era su familia del patriciado de Venecia y que figuraba en El libro de oro y aun llegaba a afirmar en ocasiones que en el Tribunal de los Diez se había sentado un tío suyo.

Años atrás, donna Olimpia había figurado con brillo en los saraos de la bella Imperia, Aspacia del siglo de León X, como la cortesana de Mileto lo había sido del de Pericles. Donna Olimpia, satélite ya de un astro tan refulgente, acaso hubiera llegado a igualarse con dicho astro, si su desatentada afición a correr mundo y ver tierras extrañas no lo hubiese estorbado. Era tal afición, que Pedro Aretino, autor de la preciosa historia de La p... errante, pensó con insistencia en tomar a donna Olimpia por modelo, para dotar su historia de una segunda parto más variada y peregrina. Acaso impidió que dicho propósito se realizase la repentina muerte de Pedro Aretino, el cual, según aseguran, aunque donna Olimpia, que era muy su amiga, lo negaba como calumniosa patraña, murió de risa al oír contar los embustes, embelecos y travesuras de una hermana suya famosa por sus devaneos.

Como quiera que fuese, donna Olimpia, según hemos dicho, tenía la conciencia muy estrecha y jamás faltaba a sus compromisos, a no ser sorprendida por irrupciones y agresiones inesperadas y violentas.

Había, sin embargo, quien la acusase de que una vieja, llamada la señora Claudia, que iba siempre en su compañía como aya o como dueña, solía preparar dichas irrupciones y agresiones. A lo que parece, la señora Claudia había caído en aquellos días del favor de su ama, suplantándola Teletusa, que se había apoderado de su voluntad por completo.

Empleado Morsamor en sus rendimientos y obsequios a doña Sol, no había vuelto a ver y apenas había recordado a donna Olimpia desde que la vio salir de Belén el día del rey; pero donna Olimpia, aunque distraída y empleada también a su manera, nunca había dejado de recordar a Morsamor desde entonces, porque le hizo impresión viva y profunda y porque daba por cierto que en toda nuestra Península no había ni podía haber galán más apuesto y hermoso, ni más gallardo y gentil hombre.

Tiburcio que, libre de amores platónicos, privaba tiempo hacía con Teletusa, sabía por ella el buen concepto que donna Olimpia tenía de su amigo y la inclinación que hacia él le llevaba.

Aquella tarde vio Tiburcio a Teletusa, y juntos concertaron un plan muy alegre y una grata sorpresa para donna Olimpia.

A la hora de ánimas Miguel y Tiburcio cenaron juntos en su posada, y ya solos y de sobremesa, con la regocijada confianza que el haber comido y bebido bien inspiran, Tiburcio expuso a Morsamor lo sustancial de su plan, venció su repugnancia y logró que le aceptase para desechar melancolías y para consolarse de los desdenes y sobreponerse a la altivez de la noble amiga de la Reina. Para no dar tiempo a que Morsamor lo reflexionase y se arrepintiese, Tiburcio le condujo enseguida a la casa de campo donde las dos ninfas vivían.

A un silbido de Tiburcio, que era la convenida señal, Teletusa, que estaba aguardando, abrió sin ruido la puertecilla falsa del jardín, y guiándolos por lo más umbrío de la frondosa espesura, los introdujo en la casa, subió con ellos la escalera, atravesó corredores y salas, y vino a parar a amplio dormitorio, escasamente alumbrado por tres velas de cera, puestas en un candelabro de plata, sobre una mesa que estaba en el centro de la estancia, Teletusa, que tenía a Morsamor de la mano, le dijo entonces con voz dulce y sumisa:

—Quedaos aquí, señor Morsamor, que pronto vendrá quien os alegre y se alegre de veros.

Y dicho esto, sin que hubiese vagar para contestación o pregunta, desaparecieron Teletusa y Tiburcio con ella, dejando a Morsamor solo.

Solo ya, recapacitó Morsamor sobre lo que había hecho y casi se arrepintió y se afligió de su viciosa ligereza. Indigno del héroe que él anhelaba ser, hallaba aquel tan ruin comienzo de altas caballerías; entrar con engañoso recato en casa ajena como ladrón astuto, y todo para alcanzar los venales y fáciles favores de una cortesana.

Donna Olimpia tardaba en venir, y con la soledad y, con la impaciencia crecía en Morsamor el disgusto de haber cedido a los propósitos de su doncel, tan juicioso cuando hablaba en contra de las locuras sublimes, como ligero y hasta cínico cuando se trataba de otra clase de locuras.

Contrariado Morsamor, se sentó en una silla en el rincón más oscuro de la estancia y casi a los pies del lecho con colgadura que había en ella.

En medio de sus cavilaciones, oyó o creyó oír de súbito voces y carcajadas que a lo lejos sonaban por el lado derecho del sitio en que estaba él. Sin tiempo para pensar en lo que aquello sería, pero movido de recelosa curiosidad, intentó Morsamor ir adonde sonaba el ruido, a fin de enterarse de todo. En pie estaba ya para realizar su intento, cuando por el lado contrario se abrió una puertecilla, penetró por ella un bulto y Morsamor oyó una voz varonil que decía:

—¡Voto a los demonios todos del infierno! ¡Olimpia! ¡Olimpia! ¿Estás ahí? Al fin, tropezando en la oscuridad y dándome de calabazadas contra las paredes creo que he logrado llegar a tu cuarto. Esa maldita vieja Claudia me dejó solo, prometiendo volver para guiarme. Tardaba en volver y yo me cansé y he venido sin guía. Aquí estoy, Olimpia.

Con pasmosa serenidad y reposo, aunque harto previó las fatales consecuencias que podía tener aquel encuentro, Morsamor se adelantó hacia el personaje que había entrado y le dijo:

—Mucho lamento, señor Pedro Carvallo, pues la luz de las bujías os da de lleno en la cara y os he reconocido, que la casualidad nos reúna aquí donde y cuando los dos esperábamos encuentro más grato y suave.

Era Pedro Carvallo el hombre de más violento carácter y más iracundo que hubo en Portugal en aquellas edades. Terrible era, además, su encono contra Morsamor, primero por natural antipatía, y después por su rivalidad en amores con doña Sol, de quien Morsamor, en cierto modo, había sido harto más favorecido.

Pedro Carvallo ardió, pues, en cólera al oír y ver a Morsamor, y le replicó de esta suerte:

—Mi encuentro contigo no será ni quiero que sea suave, pero me será grato. Tiempo ha que me tienta el demonio con el prurito de matarte y, ahora me ofrece la ocasión más propicia. ¡Defiéndete, miserable!

Y Pedro Carvallo desenvainó la espada y se puso en guardia adelantándose hacia Morsamor.

Éste, desdeñando la provocación y el insulto y procurando aún excusar un lance que le parecía poco o nada honroso, dijo a Pedro Carvallo:

—Sosegaos, señor, y no llevemos a tan crudo extremo este negocio. Ruin fundamento tendrían nuestro duelo y la muerte de cualquiera de nosotros dos en esta casa extraña, y que ambos hemos asaltado. Vergonzosa sería la victoria del que saliese vivo de aquí, y más vergonzoso el término de quien aquí quedase muerto o herido.

—La poca vergüenza —contestó Pedro Carvallo, feroz y groseramente—, es la de esas viles palabras con que tratáis de disimular vuestra cobardía. Defendeos o mataros he como a un perro.

Pedro Carvallo se abalanzó entonces con furia contra Morsamor.

Morsamor sacó la espada, le recibió con calma y paró con inaudita destreza todas sus cuchilladas y estocadas. Repugnaba Morsamor darle muerte. Estaba seguro de su inmensa superioridad. Lo descompuesto y sin arte del ataque ponía en su poder a Pedro Carvallo; pero Morsamor, por eso mismo, consideraba más odioso dar sangriento término a la lucha con aquel energúmeno, ciego por el rencor y la soberbia.

La lucha, no obstante, se iba prolongando demasiado. Pedro Carvallo, aunque inhábil, era fuerte y menudeaba sus golpes con tanto brío, que los quites de Morsamor tenían que ser también muy violentos. En uno de estos quites, Morsamor dio de plano y con tanta fuerza en el brazo de su contrario, que le derribó por tierra la espada.

Generosamente se contuvo Morsamor para que el desarmado volviera a armarse. Y ya Pedro Carvallo había recogido la espada, y sin tener en cuenta en su furiosa locura la magnanimidad de Morsamor se disponía de nuevo a embestirle, cuando Morsamor se sintió de repente ceñido el cuerpo en estrecho abrazo y cubierto el rostro de besos.

> Donna Olimpia,
> In tutto il vezzo, della sua persona,

le tenía asido y exclamaba con jubiloso entusiasmo:

> —¡O gioia ed orgoglio del mio core! ¡O coraggioso mio drudo!

IX

Las tiernas y repentinas caricias de la vaga italiana fueron acompañadas de un diluvio de improperios y de blasfemias, que salían de la boca de Pedro Carvallo, haciéndole coro con risotadas alegres Teletusa y Tiburcio.

Pedro Carvallo solo podía herir ya con la lengua. Dos robustos y estupendos rufianes le tenían bien cogido entre sus enormes manazas fuertes como el hierro, y Teletusa y Tiburcio, sin dejar de reír, le ataban de pies y manos con suma destreza y valiéndose de lienzos retorcidos a falta de cuerdas que por allí no había.

—¡Matadme o soltadme para que le mate! —gritaba Pedro Carvallo.

Y Tiburcio respondía, riendo siempre:

—Tiempo te sobró para matarle cuando estabas suelto. Ahora te atamos por caridad y para que no mueras.

Blasfemó, chilló e insultó de nuevo Pedro Carvallo. Teletusa pensó y propuso ponerle una mordaza, pero no lo consintió donna Olimpia, y con voz imperiosa dijo:

—Llevadle al desván con los otros, echad la llave y traédmela. Que pasen allí la noche. Ya veremos cómo sin peligro ni escándalo se les da suelta cuando sea de día.

Aquellos dos formidables satélites, escuderos de donna Olimpia, y que ella traía siempre consigo para imponer respeto y tener a raya a los insolentes, sobre todo, cuando eran spiantati, oído el mandato de su señora, tomaron en volandas a Pedro Carvallo y se le llevaron al desván con delicadeza y esmero cuidadoso.

Donna Olimpia así lo recomendaba, diciendo:

—Nada de malos tratamientos. No le hagáis el menor daño. Hasta podéis desatarle las manos cuando esté en el desván y llevarle de comer y de beber y un colchón para que duerma.

Dirigiéndose luego a Miguel de Zuheros, donna Olimpia le dijo:

—Yo os ruego, señor, que me perdonéis el grave disgusto que os ha causado el venir a verme. No hubo en ello la menor culpa mía. Toda la culpa fue de la vieja Claudia, mi criada. Sin encomendarse más que a su propia codicia, y creyendo que podía disponer a su antojo de Teletusa y de mí, cuando menos lo recelábamos, cuando ni sabíamos que estuviesen en Cintra los señores Carvallo y Acevedo, los introdujo aquí a ambos furtivamente. Dejó solo a Carvallo para que aguardase por un momento su vuelta y vino con Acevedo a la estancia de Teletusa. Hallábase allí vuestro amigo el señor Tiburcio, mancebo prudente y listo a maravilla. Buen doncel y consejero tenéis en él. Si la imaginación humana fuese tan viva y creadora en nuestros días como lo fue en la antigua Grecia, yo me daría a sospechar que la diosa Minerva, así como acompañó y guió a Telémaco en sus peregrinaciones, tomando la figura de Mentor, así os acompaña y guía al presente bajo la figura de un garzón barbilindo, disfraz más adecuado, en mi sentir, que el de un vejestorio barbudo. Pero dejando a un lado alabanzas, diré, en cifra y resumen, que Acevedo, lo mismo que Carvallo, quiso llevarlo todo por la tremenda, y que prevenidos a tiempo mis dos escuderos, que andan siempre alerta y ojo avizor, aun antes de que Acevedo y Tiburcio desenvainasen las espadas, se apoderaron de Acevedo, y con el auxilio de Teletusa y de vuestro doncel, le ataron chistosamente abrazado a la vieja Claudia y traspusieron con ellos al desván, donde se los encontrará el señor Carvallo cuando allí llegue. La algazara promovida por estos sucesos que atrajo al cuarto de Teletusa, en donde ocurrían. Tal ha sido la causa de mi tardanza en venir por aquí, donde algún indicio leve tenía yo de que tan dulce bien me aguardaba. Por dicha, y merced a vuestra destreza, serenidad y generosa sangre fría, todos hemos llegado a tiempo de evitar una tragedia.

—Y ya que no la hubo —dijo Teletusa—, celebrémoslo bebiendo un trago a la salud de tos amos de esta casa, que no tienen mal provista la despensa. No os propongo que cenéis, porque no tendréis gana. Tal vez habréis cenado ya. Siempre, no obstante, habrá quedado lugar para un bocadillo de algo picante y salado que sea despertador de la sed. Las dos criadas de esta casa van a serviros al punto en esta misma mesa.

En efecto, salió Teletusa y a poco volvió, riendo, brincando y bailando, con un gran plato levantado en alto en sus manos, como si representase a Herodias.

—No os asustéis —exclamó—, que no os traigo la cabeza de Juan, sino la de un jabalí, rellena de verdes alfónsigos y de lengua y lomo con mucha sal, pimienta y otros aliños. Estas manos, que se ha de comer la tierra, lo han condimentado todo. Estoy orgullosa de mi habilidad culinaria. Ha sido mi tarea del día de hoy.

—Bien puedes decir, como Tito —interpuso donna Olimpia—, que no has perdido tu día.

—¿Lo oyes, Tiburcio? Llámame tu Tita, que es más breve y más dulce que tú Teletusa.

Y diciendo esto, puso sobre la mesa el plato con la cabeza de jabalí.

Las dos criadas, que entraron en pos de ella, colocaron también sobre la mesa blanco pan, anchas copas y sendos grandes jarros.

Señalándolos Teletusa con el dedo, habló así:

—Éste es vino rancio y seco de Chipre, néctar exquisito, consagrado a Venus, cuya fue aquella isla, allá en las edades felices en que vivieron y reinaron las diosas entre los mortales. Este otro es moscatel de Siracusa, vino del que se embriagaba el Cíclope para consolarse de los desdenes de Galatea, con el que Arquímedes se inspiraba para sus más raras invenciones y del que siempre bebía Teócrito antes de componer sus idilios. No os pasméis, señores, de mi notable erudición. No en balde soy la discípula predilecta de donna Olimpia. De tal Palo, tal astilla, como suele decirse.

Donna Olimpia y Tiburcio aplaudieron a Teletusa. Y Morsamor, algo pensativo aún, no muy conforme con que todo aquello se aviniese bien con su papel de héroe empezó a rendirse y a contagiarse del regocijo harto profano que allí reinaba. Morsamor se sintió ebrio antes de beber el vino.

—Que mis escuderos vuelvan aquí también —dijo donna Olimpia— para que coman y beban patriarcalmente con nosotros, que bien lo merecen después del primor con que se han conducido.

—Y vaya si lo merecen —dijo Teletusa—. ¡Hola! Asmodeo y Belcebú, acudid a beber y a regocijaros. Y vosotros, señores Morsamor y Tiburcio, no os maravilléis ni asustéis de los fingidos nombres que damos a estos dos galanes (y como ya habían entrado los señalaba), porque sus nombres verdaderos se guardan para mayores cosas. Ambos son de noble prosapia y aun creo que algo parientes de donna Olimpia.

—No hay duda en ello —interpuso ésta—. Nuestro parentesco es evidente, aunque remoto. Soy prima quinta de Belcebú y sexta de Asmodeo.

—Pues que sea enhorabuena —dijo Morsamor, desechando escrúpulos, echado a rodar su formalidad y tomando parte y aun haciendo el papel principal en la orgía que hubo de seguirse.

X

Resbaladizo y difícil sería describir aquí lo que allí ocurrió después. La cabeza de jabalí casi desapareció. Los dos enormes jarros quedaron vacíos. A las risas, a los brincos ya los cantares, con que se animó la cena sucedió profundo silencio: Tiburcio y Teletusa se fueron por un lado. Asmodeo y Belcebú, por otro.

Solo la tenue luz de una lámpara velada por el vaso de alabastro en que ardía iluminó la estancia tranquila, hasta que rayó el alba y sus resplandores primeros penetraron por la ventana, entreabierta a causa del calor del estío, penetrando también fresco y manso vientecillo, impregnado de aromas de mil flores, y el gorjeo de los pájaros que cantaban en la enramada y saludaban el día naciente. Poco más tarde, en la gran sala de la quinta, aparecieron Morsamor y Tiburcio, donna Olimpia y Teletusa y los dos formidables escuderos. Todos se movían y se afanaban como en el momento que precede a un largo viaje.

Donna Olimpia y Teletusa estaban hartas de Portugal y habían resuelto acompañar a Morsamor y a Tiburcio al Extremo Oriente. Los hijos de Lusitania no se les habían mostrado pródigos de los tesoros que de allá venían y así determinaron ellas ir a buscarlos. El imprevisto lance, además de la noche anterior, podría acarrearles no pocas desazones, sobre todo cuando las abandonaran sus dos triunfantes amigos.

Donna Olimpia había expresado su resolución del modo más terminante.

—Os seguiremos —había dicho—, y os seremos fieles. Unidos, conquistaremos el mundo. Si fuese menester, hasta nos convertiremos en amazonas. Teletusa será Bradamente y yo la propia Pentesilea. Yo estaré contigo, Morsamor, hasta que se harte de mí tu alma. Solo entonces, y si acertamos a dar con el verdadero y legítimo preste Juan, tantos han buscado en balde basta ahora, yo le rendiré, le cautivaré, le sentaré en su trono y vendré a ser la Papisa Juana de Oriente.

Teletusa, Tiburcio y los dos jaques holgaron mucho de oír este razonamiento; le aplaudieron y le celebraron con risas estrepitosas.

Allá en su interior, todo aquello repugnaba no poco a Miguel de Zuheros; pero cierto vehemente atractivo de amor vicioso luchaba con la repugnancia y la vencía. Morsamor no quiso o no se atrevió a rechazar los propósitos y ofrecimientos de donna Olimpia.

Dichos propósitos se cumplieron.

Apenas despuntó el día, acudieron a la puerta de la quinta dos criados de Morsamor y Tiburcio con caballos y bagaje. Donna Olimpia y Teletusa, auxiliadas por los dos jaques, empaquetaron y embaularon sus alhajas, vestidos y demás prendas.

Todo esto, así como las mismas damas y sus escuderos, habían de viajar en mulas que los genoveses tenían en la caballeriza y de las que se dispuso como de bienes mostrencos. Y no mucho después, antes de que el Sol apareciese y dorase con sus rayos la tierra, todos se pusieron en marcha, formando alegre caravana y caminando a paso largo hacia Cascaes.

La llave del desván quedó en poder de las sirvientas de los señores Adorno y Salvago, para que pusiesen en franquía a la vieja Claudia y a los señores Carvallo y Acevedo, a las tres horas de haber salido de la quinta Morsamor y su acompañamiento.

La nave que mandaba Morsamor era grande y capaz y él podía tripularla a su antojo. Con holgura, pues, instaló en ella a su gente. Y aquel mismo día, antes de que el Sol rayase en lo más alto del cielo,

Ya no largo Oceano navegavam,
As inquietas ondas apartando:
Os ventos brandamente respiravam,
Das naos as velas concavas inchando.

XI

Donna Olimpia y Teletusa no se mareaban. Se hallaban en el mar como nacidas: como si fuesen nereidas y no mujeres. Morsamor se sentía también más a gusto que en tierra lleno de esperanzas y forjando en su mente los más audaces y ambiciosos planes. En cuanto a Tiburcio, eran de maravillar sus conocimientos náuticos, su alegre humor y su útil actividad a bordo. Por la traza, seguía pareciendo mancebo de menos de veinte años, mas por las acciones podría suponérsele viejo y experimentado navegante. Así se lo decía Lorenzo Fréitas, piloto de la nave, que tenía más de sesenta años, que había navegado mucho y que había hecho y, otros dos viajes de ida y vuelta a la India.

Pronto Lorenzo Fréitas trabó amistad íntima con Tiburcio y se ganó el afecto y la confianza de Morsamor y de las damas aventureras.

Iba asimismo en la nave un piadoso y entusiasta misionero franciscano, cuyo nombre era fray Juan de Santarén. Grandísima gana llevaba éste de difundir la luz del Evangelio, de convertir idólatras y mahometanos y de bautizarlos a centenares. No se oponía todo ello a que fray Juan, reservando la gravedad solemne para sus futuras predicaciones, fuese por lo pronto jocoso y alegre como unas sonajas, inclinado a cuidarse y a tratarse bien para sufrir más tarde las fatigas del apostolado, y harto propenso a contar chascarrillos y a decir chirigotas, que no siempre despuntaban por su urbanidad y delicadeza.

Como cielo y mar estaban serenos y el viento era próspero, el viaje iba haciéndose con felicidad y prontitud.

Al subir una mañana sobre cubierta, nuestros seis principales personajes se extasiaron admirando el azul transparente de las aguas, rizadas apenas por el soplo de la brisa, donde se reflejaban el más claro azul del cielo y las ligeras nubes, que parecían de nácar, purpura y oro. La luz del Sol, que se iba levantando, formaba en las ondas rieles luminosos y se diría que penetraba por curiosidad en el seno transparente del agua para iluminar las grutas y los alcázares submarinos que allí se esconden.

La costa europea había quedado lejos. Solo mar y cielo se hubiera visto, si no apareciese ante los ojos encantados de los de la nave, no lejos de ella y en medio del piélago azul, algo a modo de ingente y precioso canastillo de flores y verdura, que parecía flotar sobre la superficie del Atlántico. Mil lozanos y frondosos árboles subían hasta la cima del cerro que en el centro de la isla se alzaba, como ramillete en forma de piña, en cuya punta, destacándose sobre el limpio fondo del aire, resplandecía un blanco santuario de la Virgen, dorado ya por los casi horizontales rayos del Sol naciente.

—Ésa —dijo Lorenzo Fréitas a nuestros cuatro aventureros— es la isla de Madera, descubierta por Juan Gonzalves y Tristán Vaz en tiempo del glorioso Infante don Enrique, instigador y fundador de nuestras grandes empresas marítimas, hoy tan en auge.

A la vista de la isla de Madera, tomando el fresco sobre cubierta y bajo un toldo, se desayunaron aquel día Miguel y Tiburcio, ambas damas, el misionero fray Juan y el viejo piloto.

No hemos de seguir nosotros punto por punto a los viajeros. Pasaremos de largo cuando nada les ocurra de singular y memorable. Si ahora nos detenemos aquí es por considerar que, durante aquel desayuno, todos estuvieron expansivos y casi elocuentes y dijeron cosas muy importantes a la narración que vamos haciendo.

Hasta el desayuno que tomaron los seis, sentados en torno de una mesa redonda, tenía algo de exótico para los europeos de entonces, porque bebieron en hondas tazas, mezclada con leche y azúcar, una infusión de cierta hierba olorosa y salubre, que llamaban cha y que ya se traía a Portugal de los remotos reinos del Catay, que están mucho más allá del Indo y del Ganges.

—Larga y penosa —dijo Miguel de Zuheros—, va a ser nuestra navegación hasta llegar a las regiones del Extremo Oriente. Enorme es el rodeo que tenemos que dar, bajando hasta el Cabo de las Tormentas, hoy de Buena Esperanza, que Bartolomé Díaz dobló por vez primera. Pasman el esfuerzo constante y el secular empeño, primero del infante don Enrique y después de sus sucesores y de su pueblo para conseguir el triunfo que han conseguido.

—Con menos tiempo y trabajo —repuso donna Olimpia—, me parece a mí que si mis compatriotas los venecianos, se hubiesen puesto de acuerdo con árabes y turcos y con el Soldan de Babilonia y con el de Egipto, tal vez hubieran podido abrir algún ancho canal por donde, sin tantos rodeos, hubieran pasado sus naves del mar Mediterráneo al mar Rojo, encaminándose luego por allí hasta más allá de Trapobana, a Cipango y al remoto país de los seras. El pensamiento de abrir ese canal no es cosa nueva. Ya le tuvieron algunos Faraones, y sin duda le tuvieron también Salomón e Hiran, rey de Tiro, cuando unidos en estrecha alianza enviaban sus flotas a Ofir, de donde volvían cargadas de riquezas. Si tal pensamiento se hubiera realizado, no hubieran perdido Venecia y toda Italia la supremacía en la navegación y en el comercio y el poder que consigo trae y que hoy tienen los portugueses.

Fray Juan de Santarén tomó parte en la conversación y exclamó:

—Lo que menos importa al bien de la cristiandad y del humano linaje es que decaigan Venecia y otros Estados de Italia a causa de los descubrimientos y conquistas de los portugueses. Más alto es el fin que éstos han tenido y han de tener en lo futuro. No van los de mi nación a despojar en Oriente a los venecianos; van a que la religión de Cristo prevalezca allí sobre la de Mahoma; van a quebrantar allí el poderío de turcos, árabes y persas, y van, por último, a despertar del hondo sueño de muchos siglos a las dormidas naciones orientales, que, aletargadas e inertes, yacen en el seno letal de la idolatría.

—Todo eso estará muy bien —interrumpió Tiburcio, riendo como tenía de costumbre—. Pero ¿a qué tanto rodeo? ¿A qué ir por tan extraviado camino hasta el extremo Sur de África? ¿A qué dejar atrás misterioso e inexplorado este continente enorme, en cuyo centro, que nos fingimos abrasado, acaso esté el Paraíso que perdieron nuestros primeros padres? ¿A qué, en fin, dar tan desaforada vuelta y buscar el bien tan lejos, cuando le tenemos cercano?

El piloto Lorenzo Fréitas, aunque sospechaba que Tiburcio no hablaba con seriedad, sino para embromarlos, se enojó y no quiso consentir que ni en broma se tildara de poco razonable la gloriosa y secular empresa de los portugueses, y habló así en su defensa:

—No es solo la codicia mercantil la que nos ha llevado a la India, no es solo el deseo de sobreponernos a la Señoría del Adriático, ni es solo tampoco el afán de vencer al Islam, buscándole en la fuente misma de su mayor riqueza y despojándole de sus ocultos tesoros, lo que movió al infante don Enrique y ha movido después a sus sucesores a hacer cuanto han hecho. Mil veces más elevadas eran y son sus miras. Noble curiosidad nos impulsó y nos impulsa. Anhelamos desgarrar el velo en que Naturaleza se envuelve aún y se encubre a nuestros ojos mortales. Y hemos aspirado y aspiramos todavía a que, así como se nos reveló el misterio del Mar Tenebroso, por la persistente violencia que sobre él ejercimos, se nos revelen también la magnitud y estructura de la tierra, y después todo el artificio y la máquina del Universo, con las leyes de su movimiento y vida.

—En verdad —dijo fray Juan de Santarén—, el señor Fréitas tiene razón que le sobra. Hay un enigma de la mayor trascendencia, no resuelto aún, que trae sin sosiego a cuantos hombres piensan y discurren en el día.

—Años ha, siendo yo muy mozo y reinando don Juan II —interrumpió entonces Lorenzo Fréitas—, aportó a Lisboa un genovés muy presumido y soberbio que estaba al servicio de Castilla y se llamaba Cristóbal Colón. A ser cierto lo que él imaginaba y afirmaba, el enigma se hubiera explicado y dejado de serlo. Aquel hombre audaz, fiado en sentencias e insinuaciones de antiguos sabios griegos, y singularmente de Aristóteles, había ido en busca de la India navegando hacia Occidente, y casi creía haberla hallado y se jactaba de ello. Había aportado a grandes y fértiles islas, y poco más allá casi daba por seguro que debían de estar Cipango y otros países visitados por Marco Polo. Se jactó también Colón de haber descubierto extensa costa, al parecer de un gran continente, y supuso que aquello era el extremo oriental del Asia, y que más al Norte estaba el Catay, y la India más al Mediodía. A punto estuvo de costarle la vida esta jactancia, porque algunos señores de la corte, muy poco sufridos, creyeron lo que aseguraba y recelando que así el rey de Castilla iba antes y por camino más corto a llegar a la India, donde todavía no habían llegado los portugueses, decidieron provocar a Colón, y como era poco sufrido reñir con él y darle muerte, con lo cual su descubrimiento quedaría para Portugal y no aprovecharía a los castellanos. Por dicha, los mencionados señores expusieron su proyecto al rey don Juan II, apellidado con razón el Príncipe Perfecto, el cual, aunque vehementísimo en su cólera y de ímpetus tan vitandos que mataba a puñaladas a quien juzgaba que le ofendía, sin excluir al hermano de su mujer, reflexivamente era tan recto, tan temeroso de Dios y tan buen Católico, que rechazó el plan indignado. Colón pudo, pues, volver a Castilla a lucir su descubrimiento y a que los reyes don Fernando y doña Isabel le aprovechasen. Suscitó esto, no obstante, recelos y diferencias entre los soberanos de España; pero pronto se arregló todo por virtud de aquella línea, que tiraron idealmente desde un polo a otro, dividiéndose así las tierras y los mares apenas explorados y los que pudieran explorarse en lo venidero. El Padre Santo sancionó el convenio con el poder y la autoridad de que goza como Vicario de Cristo. Pocos años después, enviado por el rey don Manuel, llegó a Malabar Vasco de Gama, Tristán de Acuña, el grande Albuquerque y otros héroes de Lusitania dilataron nuestro dominio y nuestra gloria por el Oriente y los castellanos en tanto, llenos de noble emulación, hicieron nuevas conquistas y descubrimientos en aquellas tierras occidentales adonde Colón había llegado por vez primera, y que por su magnitud merecieron llamarse Nuevo Mundo. Según las últimas noticias que yo tengo, un extremeño, cuyo nombre es Hernán Cortés, ha surcado el mar, ha pasado por medio de vastos territorios y ha llegado a la capital populosa de un bárbaro y desconocido Imperio, del que está a punto de enseñorearse. Todavía pretenden algunos que este Imperio, donde Hernán Cortés ha entrado a saco, está al sur del Catay y al norte de la India. De aquí presumo yo que está aclarado el enigma, que hay Antípodas y que es evidente la redondez de la tierra.

—Poquito a poco, señor Fréitas —replicó Tiburcio—. Las cosas distan mucho de ser tan claras. Yo tengo noticias más recientes que invalidan lo que el señor Fréitas dice. Otro castellano, no menos valiente, aunque menos venturoso que Hernán Cortés, un tal Vasco Núñez de Balboa, ha cruzado ese continente por una región en que es muy estrecho; ha salvado altas montañas y ha descubierto más allá un mar extensísimo que tiene toda la traza de dilatarse más que el mar de Atlante. El enigma queda, por consiguiente, en pie en toda su oscuridad misteriosa. Posible será que los castellanos, navegando siempre hacia el Occidente por ese mar recién descubierto, se alejen cada vez más de la India. Y posible será que los portugueses, yendo siempre en dirección contraria a la que el Sol sigue, no aporten jamás a las regiones visitadas ya por Colón, Cortés y Balboa.

—Ya sabía yo —dijo Morsamor— que ese Balboa de que habla Tiburcio había descubierto un gran mar al otro lado del mundo de Colón, entrando en sus aguas con la espada desnuda en la diestra y enseñoreándose de él en nombre del César Carlos V. Esto complica y retarda la resolución del problema, pero no me induce a creer que la resolución sea otra de la que yo pensaba. Para mí es evidente la forma esférica o casi esférica de la tierra. A la extremidad de ese mar han de estar Cipango, el Catay y la India. Lo difícil ahora ha de ser para el que navegue hacia el Occidente hallar el término de ese valladar o hallar un canal o estrecho por donde se pase del mar del Atlante a ese otro mar de Balboa. El que esto logre y tenga, además, valor y fortuna para surcar el nuevo mar desconocido, aportará, sin duda, a la India y podrá luego dar la vuelta al mundo en que vivimos. Y el que navegue hacia Oriente, como navegaremos nosotros cuando salvemos el obstáculo que África nos opone, podrá volver también a su patria por opuesto camino si encuentra modo de salvar el valladar que el Nuevo Mundo de Colón le ofrece. Yo os confieso, señores, que la ambición me induce a señalarme en la India en empresas guerreras, pero como no cuento con muchos soldados para eclipsar allí las hazañas de Alejandro de Macedonia, preferiría yo sin estrago y sin sangre emprender y llevar a cabo un propósito que me daría gloria nueva y sin rival entre los seres nacidos de mujer, la gloria de circunnavegar este planeta. Así probaría yo experimentalmente que no es enorme disco suspendido en el éter y asido por el eje de diamante a las cristalinas esferas que giran en torno suyo sobre dicho eje con arrebatada y pasmosa armonía. Así aduciría yo razones y pruebas a los que pretenden que nuestra tierra no es el centro del Universo, sino astro pequeño y opaco, que va rodando en torno del Sol, como Venus, Marte, Saturno y otros planetas.

—Atrevida es la tal suposición —dijo fray Juan de Santarén—, pero ni en Coimbra ni en Salamanca faltan doctores que la tienen por probable y aun por casi demostrada, respondiendo a los que tratan de invalidarla por mal entendidas sentencias de las Sagradas Escrituras, con aquellas célebres frases de Francisco de Villalobos, médico de la Reina Católica: los que acuden a la religión en asuntos de ciencias naturales son como los delincuentes que buscan en la Iglesia un asilo.

—También en Italia —añadió donna Olimpia—, anda desde hace años muy válida la opinión de que no es la tierra, sino el Sol, quien está en el centro; y ya, en mi primera mocedad, conocí yo y traté en Roma a cierto doctor polaco, cuyo nombre era Nicolás Copérnico, que enseñaba dicho sistema y andaba muy afanado componiendo un libro, que pensaba dedicar al Papa, sobre las revoluciones de los orbes celestes. No sería impío ni herético tal sistema cuando con semejante dedicatoria intentaba su autor santificar el libro que le defendiese.

—Así podrá ser —dijo Tiburcio—. Nadie, sin embargo, logrará quitarme de la cabeza un endiablado razonamiento que agua, o mejor diré, envenena el gozo de esta invención. Por ella resulta degradado y hasta envilecido este mundo en que habitamos. No es ya el centro y objeto principal de la creación entera, para cuya iluminación, regocijo y deleite salieron de la nada el Sol, la Luna y todas las estrellas. Nuestro globo queda reducido a un astro opaco, pequeñuelo y hasta deforme que gira como otros muchos planetas más grandes y más hermosos que él, perdido en la inmensidad del éter. ¿Qué será de nuestra preeminencia sobre las demás criaturas, qué de la dignidad humana, si tal suposición llega a demostrarse por completo?

Morsamor, que coincidía, por lo común, con las opiniones de su joven amigo y se complacía en aceptar su parecer y su consejo, estaba en aquella ocasión tan poseído del parecer contrario y tan lleno de la fe y de la esperanza de contribuir a la demostración de su verdad, que encarándose con Tiburcio, exclamó con enojo:

—Sin duda tendrías razón si por lo material aspirase el hombre al principado y si su valer se midiese por varas o se pesase por arrobas. Pero como el gran ser del hombre es por el espíritu, lo mismo importa para que le conserve que tenga su vivienda corporal en el centro del Universo o en el más ruin y esquivo lugar de las profundidades del éter. Dondequiera que mi espíritu se halle, allí estará, allí creará el centro de todo; y en la capacidad inmensa de su entender encerrará cuantos seres existen y pueden existir, y comprendiendo sus leyes, será como si se las impusiera, porque si Dios está en todas partes, más esencialmente está en el alma humana. Y así el alma humana, si procura estar conforme con Dios y unirse con Dios, solo será inferior a Dios mismo y no a los habitantes de otros mundos, dado que tales habitantes haya. Podrán ser más corpulentos, podrán tener sentidos más variados y perspicaces, pero la ley moral y los primeros principios absolutos, raíz de todo saber, y el amor inextinguible de lo infinito, que solo en lo infinito se aquieta, en nadie podrán asistir con mayor energía y virtud creadora que en el hombre, hecho a imagen y semejanza de Dios.

Todos aplaudieron el discurso de Morsamor. El propio fray Juan de Santarén, aunque con escrúpulos de que en el calor de la improvisación hubiese dejado escapar alguna herejía, aplaudió también a Morsamor, en gracia del entusiasmo y de la buena fe con que había hablado. Convinieron, además, en que no hay ni habrá sistema de astrólogos o de sabios empíricos que baste a desbaratar ninguna teología ni ninguna metafísica bien cimentada.

Y decidieron, por último, que Morsamor, sin perjuicio de mostrarse en la India, dando allí razón de quién era, debía volver a Lisboa, caminando siempre hacia Oriente y circunnavegando el mundo en que vivimos, cuya redondez resolvieron todos que era innegable.

XII

Bien se puede afirmar que el poder de los elementos, sojuzgado y hechizado por la confianza magnánima de nuestros navegantes, se complació en favorecerlos, haciendo fácil y rápido su viaje. Pronto, casi siempre a la vista de la extensísima costa, llegaron al extremo sur del continente negro. El terrible gigante Adamastor, domado ya por la secular constancia y el valor de los portugueses, estaba sin duda de muy buen talante en aquella ocasión, y sin tormentas ni furores, dejó que entrasen en el mar de la India la nave de Morsamor y otras cuatro naves más, que formaban la escuadra en cuya compañía Morsamor navegaba.

La pequeña flota iba como refuerzo de otra mucho mayor y más poderosa, que tres meses antes había salido del Tajo conduciendo a don Duarte de Meneses.

Este personaje, que se había señalado mucho por su valor y pericia, como Gobernador de Tánger, en la guerra que de continuo sostenían los portugueses contra los marroquíes, iba como virrey de la India con más sueldo y más amplias facultades que sus predecesores. Le llevó una armada de quince velas, en donde fueron Francisco Pereira Pestana para Gobernador de Goa, Juan Silveira para ejercer el marido en Cananor, y para el gobierno de Calecut, Juan de Lima.

Habían ido también, custodiando al nuevo virrey, cuatro naves a las órdenes de Martín Alfonso de Melo, el cual debía después visitar el Imperio chino.

La escuadra de que formaba parte la nave de Morsamor, viniendo a ser complemento de dicha grande flota, con la misma felicidad que había pasado el Cabo, aportó más tarde a Sofala, puerto muy estimado entonces de los portugueses, por creer que era el antiguo Ofir, de donde Salomón e Hiran llevaron a Jerusalén mucho oro. De aquí que los portugueses buscasen allí con afán, aunque poco dichoso, las antiguas minas que el hijo de David había laboreado.

Algo se detuvo en Sofala la pequeña flota, pero no tardó en zarpar para Goa.

La nave de Morsamor no pudo seguirla. Tenía antes que ir a Melinda, adonde enviaban los señores Adorno y Salvago no pocos artículos de comercio. En Melinda debían venderlos o dejarlos en depósito y tomar en cambio mercancías de Abexin, Arabia y Egipto y aun algunas de Siria, de las islas de la Grecia y de la misma Italia que todavía llegaban hasta allí, importadas en Egipto por los venecianos pesar del golpe mortal que a su comercio habían dado los portugueses.

Durante tan larga navegación, el tiempo pasó muy agradablemente para Morsamor y Tiburcio, merced a la precaución o a la buena suerte que habían tenido de embarcar con ellos a donna Olimpia y a Teletusa. Podía considerarse la primera como la personificación de la amenidad serena y elevada, y la segunda, como la del regocijo y bullicioso trastulo de los seres humanos: de tal al menos calificaba donna Olimpia a su compañera. Y Tiburcio añadía, en alabanza de ambas, que eran, por estilo profano, como Marta y María, representando una de ellas la vida contemplativa, y la vida activa la otra.

Dulce y modesta era donna Olimpia. Nadie con justicia hubiera podido censurarla de marisabidilla y bachillera; pero en su trato íntimo, y cuando Morsamor la estimulaba a hablar, mostraba su rara discreción y su mucha doctrina con sencillez y sin pedantería ni jactancia. Habían traído a bordo los Diálogos de amor de León Hebreo, a quien Morsamor quedó muy aficionado desde que logró salvarle de los insultos de la plebe.

A veces leían en dichos Diálogos y luego los comentaban. Y eran tan atinadas y profundas las ilustraciones de donna Olimpia que, si se hubiesen conservado y reunido en un volumen, formarían hoy la Filosofía de amor más interesante y sublime.

En otras ocasiones, Morsamor y donna Olimpia ponían por las nubes mil invenciones y descubrimientos recientes, que en sentir de ellos hacían de la época en que vivían la más fecunda e ilustre de todas. Y como sobre este punto no estuviese de acuerdo Teletusa, la ninfa gaditana no quería callarse y asentir con su silencio, sino que tomaba la palabra y decía de esta manera:

—No he de negar yo lo muy ingeniosas que son las invenciones de nuestra edad: el empleo de la pólvora en arcabuces, bombardas, culebrinas y falconetes; la brújula y la imprenta; los instrumentos del famoso estrellero y geómetra portugués Pedro Núñez, y el hallazgo y la observación de nuevos astros en el cielo y en la tierra de nuevos continentes, islas y mares. Todo esto, no obstante, se explica con facilidad por el entendimiento humano. Si Satanás ha intervenido en ello, ha sido de tapadillo y sin dar la cara, dejando que los inventores se jacten de haberlo logrado sin sobrenatural auxilio. En cambio, las invenciones primitivas son las que no se pueden explicar humanamente y las que tenemos que admirar. ¿Quién inventó el habla? ¿Quién la escritura? Estas y otras cosas por el estilo son las que no se comprenden ni se explican sin acudir a la enseñanza y a la revelación de Dios mismo, de los ángeles o de los genios. Yo doy por seguro que el primero que cultivó el trigo y luego sacó de él harina e hizo pan realizó algo más estupendo que cuanto hace un siglo se ha descubierto o inventado.

Todos aplaudieron el breve discurso de Teletusa y, animada ella con el aplauso, se atrevió a proseguir:

—La pólvora da muerte y la harina es el mejor y más usado sustento de la vida. A la harina, pues, me atengo. Quiero que sepáis, señores, que una prima mía muy guapa fue la buena amiga y tal vez el oíslo del famoso cocinero Ruperto de Nola. De él aprendió a condimentar exquisitos guisos, no pocos de los cuales tuvo luego la bondad de enseñarme. Ahora bien, yo quiero mostraros mi habilidad y probar al mismo tiempo la extraordinaria importancia de la harina. Voy a ser, además, como cierto tocador de viola, en extremo habilidoso, que tocaba en una sola cuerda multitud de sonatas. Yo me he apoderado de un barril de harina y de una enorme botija llena de aceite y valiéndome de estas sustancias voy a daros, mientras dure nuestra navegación, una fruta de sartén distinta cada día.

Teletusa cumplió su promesa, y sin estropear sus manos, que las tenía bonitas y bien cuidadas, amasó y frió de diario los más deliciosos y diferentes manjares farináceos que imaginarse pueden. Ya eran buñuelos de una clase, ya buñuelos de otra, ya sopaipas, ya empanadillas, ya gajarros, ya pestiños, ya hojuelas, ya piñonate. Aun sobre estas frutas de sartén filosofaba Teletusa con agudeza y con gracia, exclamando:

—Nadie me quitará de la cabeza que la materia prima es única, sin que sean menester elementos distintos para producir las mil distintas cosas que llenan y enriquecen el universo. Cierta fuerza que hay, reside o se pone en la materia prima, agita y ordena sus partecillas infinitamente sutiles, y de los diversos movimientos y coordinaciones de dichas partecillas, que los sabios llaman átomos, resulta la infinita variedad de los seres. De fijo, la diferencia de ellos está en la forma. Por la forma es uno feo y otro bonito, uno triaca y otro veneno, uno soso y otro salado, uno amargo y otro dulce, uno huele bien y otro hiede, ¿qué no podrá hacer la naturaleza, cuando yo, flaca mujer, con harina solo hago cosas tan distintas y de tan diferente sabor sin quesea substancialmente más que harina? Y, sin embargo, ¿cuán de otro modo que el esponjado buñuelo sabe, por ejemplo, el piñonate o la crocante empanadilla, que con tan grato crujidito se desmorona entre los dientes?

No se limitaba Teletusa a freír masa y a filosofar sobre la fritura. Más alegre pasatiempo solía proporcionar casi de diario, y particularmente cuando el tiempo era muy bueno, a sus dichosos compañeros de navegación. Todos formaban corro en torno de ella. Tiburcio tocaba la vihuela o la flauta, y Teletusa, repiqueteando las castañuelas, bailaba como una sílfide.

Teletusa era asimismo egregia cantora, no indigna del siglo y de la patria en que la música estaba tan floreciente, merced a Bartolomé Ramos de Pareja, a Pedro Ciruelo, a Juan Anchieta, a Juan de la Encina y a otros insignes compositores y maestros.

La propia Teletusa, acompañándose con la vihuela, cantaba deliciosos villancicos y coplas. Ora cantaba

> Dos ánades, madre,
> Que van por aquí.

Ora por lo sentimental y lo tierno, coplas como ésta:

> Pues que jamás olvidaros
> No puede mi corazón,
> Si me falta galardón,
> ¡Ay que mal hice en miraros!

Ora, por último, siguiendo el estilo picaresco, aquello de

> Yo me iba, mi madre,
> Las rosas coger,
> Hallé mis amores
> Dentro, en el vergel.

Cualquiera pensará que, en medio de tanto deleite, Morsamor estaba contento. Mucho distaba, no obstante, de ser así. En cierto modo puede bien afirmarse que Morsamor se hallaba cada día más prendado de donna Olimpia. El apasionado mirar de sus ojos glaucos le fascinaba; le encantaban su discreta conversación y su apacible trato; y de continuo prestaba pábulo a la encendida llama de sus afectos la presencia de aquella mujer, dechado de elegancia y de majestuosa hermosura. Entonces se creía ligado a ella para siempre por invencible hechizo. Entonces presumía que ella era su bien, que la amaba y que no podía vivir sin ella.

En la mente y en el corazón humanos hay un mar tempestuoso de ideas y de sentimientos que se combaten. Así eran el corazón y la mente de Morsamor. Y cuando no los subyugaba ni los rendía el influjo encantador de la aventurera italiana, acudían en tropel a atormentarlos mil amargas cavilaciones que le herían y emponzoñaban el alma y sacaban a su rostro el color rojo de la vergüenza. ¿Qué héroe de tan ruin condición era él cuando tal dama llevaba consigo? Si hubiese robado a doña Sol de Quiñones, y a despecho de la reina y de todo el mundo, la tuviese a bordo, el caso, aunque pecaminoso, sería digno de él; pero llevar a donna Olimpia, que lo mismo se hubiera ido acaso con otro cualquiera, era triunfo tan miserable, que, en vez de lisonjear su amor propio, le lastimaba y abatía.

Hasta el indisputable mérito de donna Olimpia, su talento, su belleza y la fuerza misteriosa que había en todo su ser para dominar y cautivar a cuantos la veían y trataban, si bien complacían a Morsamor cuando pensaba que era suyo aquel tesoro, le ofendían más a menudo al considerar que su brillo atraía las miradas, la voluntad y la admiración de las gentes, y a él le dejaba oscurecido y como eclipsado.

Algunas bromas de Tiburcio, dichas sin duda irreflexivamente y para reír, ofendían y herían a Morsamor en lo íntimo de su conciencia y le ponían de un humor de todos los diablos. Cuando Morsamor le abría su corazón a Tiburcio y le confiaba parte de sus pesares. Tiburcio, con el propósito de despojar de gravedad el asunto le decía burlando:

—En verdad que tiene sus contras el poseer tan gentiles enamoradas y tan famosas amigas como la mía y la tuya. Debemos, con todo, conformarnos y hasta convertir el inconveniente en estímulo. Voy a explicarme mejor. El marido o el amante de una mujer muy bella, sabia o ilustre, queda mil veces peor que en la oscuridad si él es un cualquiera. En la oscuridad nadie le recordaría ni le nombraría, mientras que, en el caso que supongo, gozaría, o mejor dicho, padecería de ridícula e indeleble fama. En todo el mundo sería conocido por su mujer o por su amiga y no le llamarían Fulano ni Mengano sino el de Mengana o el de Fulana. No floja contrariedad es ésta, pero bien puedes tú sobreponerte a la contrariedad, dando razón de quién eres por virtud de tus altos hechos, a fin de que seas célebre y ensalzado como Morsamor y no meramente conocido y mencionado por amigo de donna Olimpia. Lo propio digo de mi persona. Yo quiero hacer de suerte que no me conozcan solo por el amigo de Teletusa, sino que me celebren por mis audaces y dichosas empresas como Tiburcio de Simahonda. No he de negarte yo, porque quiero ser franco, que nuestro propósito es difícil de realizar. Estas dos mujeres (permíteme lo vulgar de la expresión) que nos hemos echado a cuestas son de tal magnitud y valer, que nos abruman con su peso. Y es tal el resplandor con que brillan, que ha de costarnos muchísimo resplandecer por nuestras acciones por cima del resplandor que despiden ellas con solo manifestarse: No creas tú que Putifar fue un personaje insignificante. Yo he leído en antiguas historias y sé de buena tinta que se distinguió como hábil capitán, venciendo al Faraón del alto Egipto, acérrimo contrario del Faraón pastor a quien él servía y domando en Chipre los filisteos, gente rubia y belicosa que habían venido del Norte, que se habían apoderado de aquella isla, y que mucho más tarde se repuso, invadió la tierra de Canaan y le dio nuevo nombre aunque hizo en ella grandes estragos. Hay, además, quien asegura que Putifar era muy buen letrado, que poseía casi toda la ciencia de los egipcios, y que compuso memorias sobre las inundaciones del Nilo y sobre otros puntos no menos importantes. Pero todo esto se ha olvidado y ya nadie le recuerda ni le nombra, sino a causa o por culpa de su mujer. Solo se habla de él cuando de ella se habla, llamándola la mujer de Putifar, por donde él es solo mencionado como marido. Escarmentemos, pues, cabeza ajena y procuremos que nada semejante nos ocurra.

Éste y otros razonamientos por el mismo estilo tenía a Morsamor sobre ascuas. Y verdaderamente era poco honroso ir a la conquista de un nombre inmortal en compañía de damas tan desenfadadas y alegres, cuyas conquistas era de temer que se realizasen más pronto.

Aunque Morsamor disimulaba su disgusto, que solía rayar a veces en repugnancia, donna Olimpia era muy avisada, y no dejó de conocerle; pero donna Olimpia era muy soberbia y no se dio por entendida ni formuló la menor queja.

XIII

A bordo toda la tripulación estaba encantada de la bondadosa amenidad de donna Olimpia y más aún del regocijo de Teletusa, de sus danzas y cantares y hasta de sus frutas de sartén, hechas a veces con tal abundancia, que había para que todos comieran. Ya hemos visto como el piloto intimó con Morsamor y formó parte de su corro, y como fray Juan se holgaba de estar en él y hasta de reír y charlar con las dos aventureras, pues, aunque piadoso, era indulgente, muy conocedor de las flaquezas humanas y bastante ejercitado en la virtud de la eutropelia.

Había no obstante, un personaje que no llevaba bien aquel alboroto, sino que estaba escandalizado de la constante huelga, si bien lo disimulaba y sufría porque era prudentísimo.

Era este personaje el administrador o comisionista encargado de las mercancías y de sus ventas, compras y cambios. Notable por su habilidad mercantil y por su experiencia y largas peregrinaciones, poseía, además, el talento de hablar afluentemente la lengua arábiga, lo cual le valía y había de valerle para sus tratos y negocios con los mercaderes de aquellas regiones.

El tal administrador, holandés o flamenco, que en esto no están de acuerdo los tutores, se llamaba Gastón Vandenpeereboom, nombre y apellido en completo desacuerdo con sus prendas personales, como si por antífrasis los llevara. En lugar de ser Gastón tenía fama de roñoso, y por no gastar en nada, no hablaba nunca sino por necesidad o provecho, a fin de no gastar saliva. Y su apellido, semejante al resonar del trueno o de la artillería, también se concertaba mal con sus lacónicos y pausados discursos, pronunciados siempre en voz baja y suave. El señor Vandenpeereboom era, además, tan pequeñuelo y delgado, que parecía un duende. Casi no se le oía ni se le veía. Cuando no estaba haciendo cuentas, estaba rezando sus devociones, por ser muy religioso y devoto. Era harto feo de cara; pero en ella, singularmente en la viveza penetrante de sus ojillos, se revelaba su inteligencia y su astucia.

Nadie podía acusarle de que murmurase, pero harto se notaba, a pesar de su disimulo, que el señor Vandenpeereboom aguantaba con repugnancia la presencia a bordo de las dos aventureras y el jaleo continuo que allí armaban. Como quiera que fuese, y sin más novedad ni disgusto, la nave de Morsamor llegó al fin al puerto de Melinda.

La ciudad de este nombre era entonces populosa y estaba floreciente y rica. Era hijo su rey del que tan cortés y lealmente recibió a Vasco de Gama y le proporcionó piloto para llegar a Calecut con menos peligro.

Feridún se llamaba el rey nuevo, joven todavía, gallardo y muy agraciado de rostro. Tenía un hermano menor, llamado Rustán, a quien estimaba y quería tanto que casi compartía con él su trono. Y no debe extrañarse que tuviesen estos príncipes nombres propios de los antiguos persas o iranios, porque era más blancos que morenos, y pretendían descender, así como la más ilustre nobleza del reino, de gente venida del Irán. Asegurábase que la ciudad de Chiraz y el fértil territorio que la rodea habían sido la cuna de los antiguos emigrantes. Y asegurábase, por último, que éstos habían abandonado la madre patria, llegando a la remota costa de África y fundando allí una colonia, expulsados por el tremendo conquistador Temugín, alias Gengis Khan, emperador de los tártaros mongoles.

Causa de la expulsión, o más bien de la fuga para sustraerse a una tiránica intolerancia, había sido la refinada cultura de aquellos persas, y el modo incompleto y libre con que se llamaban mahometanos. La antigua religión de la luz increada vivía en sus almas sobrepuesta al islamismo. Zoroastro valía para ellos más que Mahoma, como anterior y superior en la serie de los profetas. Las tradiciones patrióticas sostenían y fomentaban en la mente de ellos la fe en los dogmas del Avesta y del Bundehesch, libros sagrados que tal vez ya no poseían ni conocían. La poesía maravillosa, tan floreciente en el reinado de Mahamud de Gazna el Grande, había hecho que resurgiesen aquellas ideas y aquellos sentimientos en los espíritus y en los corazones. Dicen las historias que aquel rey glorioso tuvo muy regalados y agasajados en su corte, para mayor ostentación y brillo, a más de cuatrocientos poetas: cosa que aturde y pasma, sobre todo en el día, cuando críticos tan juiciosos e ilustrados como Clarín, apenas conceden que tengamos en España dos y medio. Lo cierto es que entonces se escribieron en Persia lindísimos poemas, descollando sobre todos el colosal de Firdusi, titulado Libro de los Reyes. En él renacen y viven idealmente las glorias del Irán y sus seculares luchas, en defensa y para difusión de la luz, contra los turaníes, propugnadores de las tinieblas. El rey Mahamud gustó tanto de la obra de Firdusi, que pensó en darle por ella todo el oro que pudiese sostener y llevar como carga el más gigantesco y poderoso de sus elefantes. No llegó el rey, por malquerencia y chismes de sus cortesanos, a premiar tan generosamente al poeta; pero consta que le envió a Tus, lugar de su nacimiento, donde él estaba retirado, un regalo casi equivalente, si bien fue ya tarde, porque le llevaban a enterrar cuando entraron en Tus los que dicho regalo traían.

No fue solo la epopeya la que pervirtió la ortodoxia muslímica de los habitantes de Chiraz y de toda su comarca, sino también los cuentos y novelas que después se escribieron, los tratados de filosofía moral harto poco severa y, más que nada, la poesía lírica, consagrada a ensalzar el vino, los amores y toda clase de deleites. Mal podían avenirse con el Corán las sentencias y los versos del Gulistán, de Sadí, y los voluptuosos madrigales de Hafiz, que él titulaba Gacelas.

Todavía, por último, se corrompieron más las creencias y las costumbres con un misticismo que después se puso de moda, merced a muy eminentes escritores. Era el tal misticismo todo lo contrario de ascético. En lo tocante a indulgencia con pasiones y goces, echaba la zancadilla al de nuestro famoso padre Miguel de Molinos, no siendo menester la mortificación y la penitencia para que el alma se uniese con lo infinito, sino más bien absolver en ella toda la hermosura, todo el deleite y todo el bien de las cosas creadas. El libro titulado El habla de los pájaros, fue precursor de esta doctrina. Y quien más la propagó e ilustró luego fue el admirable poeta y filósofo Chelaledín Rumi, autor del poema Mesnewi. Así se fundó una secta herética muy dada al sibaritismo y una a modo de orden religiosa de derviches, inclinadísimos a todo linaje de diversiones, músicas y danzas.

Tales sectarios fugitivos fueron los fundadores de la colonia de Melinda, donde se habían dado tan buena maña que habían atraído millares y millares de negros, formando un reino importante, del que dichos negros constituían la numerosa plebe.

Cuando Vasco de Gama aportó allí veintitrés años antes, el rey melindeño, que era muy pacífico, le recibió leal y amistosamente. El héroe portugués, ya por sí mismo, ya por medio de su alférez Nicolás Coello, había acrecentado tan buenas disposiciones, ponderando la grandeza y, el poderío de Portugal y de su monarca. Gama y Coello trataron de hacer creer a los de Melinda que España era la cabeza de Europa y Portugal la cumbre de la cabeza; que el rey portugués era el primero de los reyes y que el mismo nombre de Dios era su nombre; que con su innumerable caballería imponía respeto y subyugaba a las demás naciones; que sus naves, bien artilladas, recorrían el mar a centenares, y que las rentas y tributos que le rendían sus vasallos y los pueblos vencidos, eran tan abundantes, que, después de pagados todos los gastos, dejaban cada Luna un sobrante de doscientos mil cruzados lo menos.

No se sabe hasta qué punto creerían los melindeños tan enormes exageraciones; pero, como vieron después que los portugueses enviaron al mar de la India poderosas flotas, que eran valientes y terribles, que conquistaron muchos puertos y ciudades, que asolaron no pocas provincias y que iban enseñoreándose de todo, acabaron por creer lo que al principio les habían dicho; por formar de Portugal el más elevado concepto, y considerar como la mejor política la conservación y el acrecentamiento de la amistad portuguesa.

Ésta era la opinión que prevalecía entre los de Melinda cuando la nave de Morsamor entró en su puerto.

XIV

No bien saltaron en tierra algunas personas de a bordo, visitaron la ciudad y hablaron con sus mercaderes y con otros de sus habitantes, entre los cuales no faltaba ya quien chapurrease el portugués o el italiano, corrió por todas partes la voz de que mandaba la nave recién llegada un señor de mucho fuste y campanillas, cuyo nombre era Miguel de Zuheros. Se difundió también que venían en la nave dos princesas de lo más encopetado de Europa, que iban viajando para su instrucción y recreo.

Hubo no pocos curiosos y desocupados que fueron a visitar la nave, donde Morsamor los recibió con franca cordialidad y agasajo. Y como allí viesen a donna Olimpia y a Teletusa, se maravillaron y embelesaron, dándose a propalar entre sus compatricios que en la nave europea había, no dos mujeres bonitas, sino dos peris o dos huríes. Donna Olimpia fue la que más agradó y sorprendió por su porte majestuoso, y más aún por la nítida blancura de su tez y por el áureo fulgor de sus cabellos rubios, prendas muy raras en aquella tierra. Así es que la consideraron y ponderaron como si fuese criatura sobrehumana y hasta la propia Parabanú, emperatriz de las hadas.

Cuando todos estos rumores llegaron a los oídos del rey y de su hermano, ambos anhelaron obsequiar a Morsamor, ver a las dos hermosas princesas y mostrar a él y a ellas el esplendor de la capital de su reino y la fértil amenidad de los huertos y cármenes que a imitación y en competencia de Chiraz había en su ruedo y en ambas orillas del Sabaki, que desemboca en la mar a corta distancia.

Pronto se concertó y dispuso una fiesta y jira campestre, a la que Morsamor, Tiburcio, el piloto, fray Juan de Santarén, las dos princesas y el señor Vandenpeereboom fueron convidados.

En bateles del país, empavesados con vistosos gallardetes y flámulas multicolores, y defendidos de los ardores del Sol por elegantes toldos, los convidados fueron a tierra, donde había para las damas dos soberbios palanquines, llevados por robustos negros; para Morsamor y Tiburcio, hermosos caballos árabes ricamente enjaezados, y para el piloto, el comisionista y el fraile, sendos pollinos tordos y lustrosos, con primorosas albardas, de las que pendían caireles y flecos de seda, y con las cabezadas y jáquimas de seda también, alegrando los oídos el sonar de los cascabeles de plata que había en los pretales, y alegrando la vista los relucientes y airosos penachos que descollaban muy por cima de las largas y puntiagudas orejas.

Debemos advertir aquí que en Oriente no es el asno, como en nuestros países, animal plebeyo y vilipendiado, sino que, por el contrario, goza de notable crédito, y suele servir de cabalgadura a las personas graves, constituidas en dignidad, y que conviene que caminen con reposo y pausada prosopopeya.

Con muy brillante acompañamiento el rey y su hermano llegaron a recibir a sus huéspedes en una gran plaza que estaba cerca del muelle. Varios ulemas, magos y astrólogos del Real Consejo privado venían también en burros; monteros y cazadores, de pie y de a caballo, traían la jauría de podencos y lebreles; doce diestros cazadores de altanería, todos a caballo, llevaban en el antebrazo izquierdo, asidos a la lúa de becerro con las acicaladas garras, y poderosos neblíes, traídos a mucha costa de las montañas de Elburz o de Mazenderán, a orillas de mar Caspio, ya ágiles alfaneques africanos, retenidos por la piuela para que no echasen a volar, y todos con sus capirotes de grana y con sutiles cascabelillos de oro en las nervudas patas.

El rey se presentó en un lujoso carro, tirado por cuatro caballos blancos y conducido por su propio hermano Rustán, que se ufanaba de ser hábil auriga. Se parecían también en el carro un venerable escudero, que sostenía el quitasol de raso amarillo, bordado de oro, dando sombra al rey y siendo símbolo e insignia de su poder soberano; y dos pajecillos, muy graciosos y compuestos, que oseaban las moscas y movían y refrescaban el aire que circundaba a la persona regia, agitando grandes abanicos, uno de pintadas plumas de pavo real y otro de plumas de avestruz, blancas como la leche.

El rey y su hermano recibieron y saludaron a las damas, a Morsamor y a los suyos con gran cortesía y finura, y después de recorrer las principales calles de la ciudad y de mostrarles las más interesantes curiosidades, los llevaron al campo, donde los cazadores y las bien industriadas aves de rapiña lucieron su destreza en la cetrería, arte cultivadísimo en Persia desde los tiempos primitivos de Jemshyd, fundador del primer Imperio.

Todos fueron luego a un parque o coto muy extenso que poseía el rey en la margen del río, y donde había mucha caza, especialmente de ciervos. Espantados y perseguidos por los ojeadores, los ciervos pasaron en manadas por muy cerca de las paranzas, donde el rey y los que le acompañaban se habían puesto a aguardarlos. Así hicieron en ellos no pequeña carnicería, lanzándoles flechas, venablos y azagayas.

El rey Feridún obsequió por último a sus convidados y a los individuos de su servidumbre con una exquisita merienda, en la que el guiso que más agradó fue uno de ánades silvestres en arroz blanco, condimentado con la picante salsa llamada curry. Los almíbares de azahar y de rosas fueron también muy celebrados. Y los señores principales consumieron en abundancia el famoso vino de Chiraz, a pesar de Mahoma, mientras que la gente menuda se regaló con arrack, bebida fermentada de la India, harto menos costosa.

Las dos damas fueron muy admiradas y requebradas, rayando en frenesí el entusiasmo que excitaron, sobre todo hacia el fin de la merienda.

El rey, el príncipe, su hermano, los ulemas y los astrólogos, todos, en suma, apenas se atrevieron a dirigirles la palabra en prosa, sino que les echaron a porfía mil piropos, ya en versos persas, ya en versos arábigos, que los señores Vandenpeereboom y Tiburcio se encargaban de traducir. Porque, según la costumbre de aquella tierra, casi hubiera sido desacato o irreverencia hablar en prosa a señoras tan bellas y de tan alta guisa. Por fortuna no era difícil a las personas elegantes de por allí hablar siempre en verso, porque la menos instruida de todas ellas sabia de memoria millares de kasidas y de gacelas, a propósito para todos los casos, y que podían ensartarse unas en otras, como las perlas en un hilo, por medio de la prosa rimada.

En resolución, los viajeros se divirtieron mucho aquel día, y todos volvieron a bordo muy lisonjeados y satisfechos.

XV

Después de la jira campestre y contrariando los planes de Morsamor, su nave permaneció aún en el puerto de Melinda una semana entera. La carga y descarga de artículos de comercio y los tratos y contratos que tuvo que hacer el señor Gastón Vandenpeereboom fueron la causa de tales estadías.

Llegó al fin el momento de continuar el viaje. Era una hermosa tarde de otoño, víspera de la salida. Morsamor, Tiburcio, las damas y toda la tripulación estaban a bordo.

Una almadía conduciendo gente muy bulliciosa y regocijada se acercó al costado de la nave. Uno de los de la almadía pidió permiso para que visitasen la nave él y sus compañeros.

Componían éstos una tropa o cofradía de los derviches místicos, apellidados mevlevies, de que fue fundador y patriarca el ya citado celebérrimo Chelaledin-Rumi egregio poeta entre los orientales y melodioso ruiseñor de la vida contemplativa.

Miguel de Zuheros no estaba de muy buen humor y repugnaba recibir a los derviches; pero donna Olimpia y Teletusa, que habían oído hablar de sus extravagantes y vertiginosos bailes y del extraño método que empleaban para llenarse de furor divino y entrar en la vía unitiva, intercedieron por ellos y consiguieron que subiesen sobre cubierta. Hasta veinte serían los de aquella tropa, todos vestidos de flotantes y ligeros paños, todos contentos y satisfechos como quien priva con la divinidad, y de los demás seres del mundo no se le importa un prisco.

Al son de una música muy rara entonaron los derviches algunas de las más bellas canciones panteístas de su fundador. Luego tejieron la más arrebatada y frenética danza que puede imaginarse. Y, por último, cuatro de los derviches, trompeteros de resuello pujante hicieron resonar las kernas de que venían provistos. La danza se precipitó entonces con rapidez sobrehumana. Verlos bailar causaba mareo.

Aquel espectáculo asustaba más que divertía, pero tenía tan invencible atractivo, que todas las miradas quedaban fijas en los derviches sin poder apartarse de ellos.

Atronador era el sonido de las kernas, trompetas enormes de más de dos metros de longitud, en figura de serpientes y enroscadas en giro tortuoso.

—Nadie me quitará de la cabeza —dijo Tiburcio a donna Olimpia, que estaba a su lado— que, si bien la música, como todas las demás artes, ha adelantado mucho en estos últimos tiempos, todavía hay en ella secretos misteriosos, descubiertos en las edades primitivas y conservados ocultamente en los santuarios y en los colegios sacerdotales. Al oír estas trompetas se entreve y se adivina la relación, conocida en lo antiguo y desconocida hoy entre la música y la arquitectura. Al oír estas trompetas no parece del todo ponderación, encarecimiento o milagro lo que se cuenta de Anfión erigiendo al son de la música las murallas de Tebas, y lo que se cuenta de Josué, derribando las murallas de Jericó a trompetazos. Tal vez la música del porvenir llegue en Europa, dentro de cuatro siglos o antes, a tener eficacia parecida; mas, por ahora, distamos mucho de ello.

Donna Olimpia estaba tan absorta oyendo el trompeteo y contemplando la danza, que no contestó palabra alguna.

La observación de Tiburcio era, sin embargo, muy atinada, aunque incompleta.

Sin duda, aquella música profunda y sabiamente bárbara no estaba solo en relación con la arquitectura, no era solo una fuerza motriz material, sino que era asimismo un pasmoso vehículo de la fuerza psíquica, trasmitiendo con el aliento vital por el retorcido tubo de bronce el deseo imperioso del espíritu. Esto que recientemente han inventado los hombres y han apellidado magnetismo animal no es más que un leve e imperfecto atisbo y un ensayo rudo y embrionario, digámoslo así, del empleo de la fuerza psíquica, que en los venideros tiempos ha de conocerse mejor y ejercitarse con gran fruto.

Como quiera que ello sea, lo cierto es que aquellos trompeteros o sonadores de kerna podían ya, por virtud de la ciencia oculta custodiada en Oriente, emplear la fuerza del alma y producir el letargo magnético en quien se les antojaba.

No nos maravillemos, pues, de que Morsamor, que también veía la danza y escuchaba el trompeteo, viniese a caer en hondísimo letargo. No hubo modo de despertarle, y permaneció transpuesto cerca de veinticuatro horas.

Cuando Morsamor volvió a su acuerdo, la nave estaba en alta mar, lejos de Melinda, y navegando con viento favorable hacia las distantes playas de Malabar.

Cuán extraordinaria sorpresa y cuán tremenda cólera no serían las de Morsamor no bien supo que donna Olimpia y Teletusa, así como sus escuderos Asmodeo y Belcebú, habían desaparecido, sin que se hallasen en la nave, por más que los habían buscado.

Sin duda, en la tremolina y rebullicio que se armó cuando Miguel de Zuheros cayó en su hondo letargo, las dos damas y los dos escuderos hubieron de escabullirse, yéndose con los derviches.

Las órdenes de levar anclas y darse a la vela al amanecer habían sido tan terminantes, que, a pesar de lo ocurrido, el piloto no quiso desobedecerlas. El letargo de Morsamor podía, por otra parte, terminar en muerte, y lo más seguro era salir para la India, por no considerarse nadie a bordo con poder bastante para desembarcar y tomar venganza de aquel desaguisado, en la suposición de que los derviches o algunas otras personas tuviesen la culpa de todo.

Interrogado por Morsamor, Tiburcio le dijo:

—De tu letargo, no sé qué pensar. Yo creo que le produjeron las trompetas mágicas; pero, tal vez, la intención de los derviches no fue en tu daño. Y por lo tocante a donna Olimpia y a Teletusa, nada tenemos que reclamar. No ha habido rapto. Ni la violencia ni la astucia han sido parte en su fuga. Ellas nos han abandonado en el pleno uso y ejercicio del libre albedrío. De

114

nadie, pues, ni de ellas mismas, podemos quejarnos. Lee esta carta que me dejó escrita Teletusa antes de partir.

Morsamor tomó la carta y leyó lo que sigue:

«Mi adorado Tiburcio: La fatalidad lo quiere y lo dispone y es menester someterse a ella. En las entretelas de mi corazón llevo yo pintada tu imagen con preciosos y vivos colores que nunca han de desteñirse. Estoy convencida de que no volveré a hallar jamás hombre tan guapo como tú y que me pete tanto, aunque, como el infante don Pedro de Portugal, recorra yo en su busca las siete partidas del mundo. Y, sin embargo, tengo que abandonarte. Donna Olimpia lo quiere. Seguirla es para mí deber ineludible. Si ella abandona a Morsamor es porque conoce que, si bien Morsamor la quiere, Morsamor tiene vergüenza de llevarla en su compañía. Harto ha notado ella que cuando Morsamor no está bajo el hechizo de su mirada y recobra la calma y el juicio que le roba la embriaguez del deleite amoroso, ella, si no es objeto de repugnancia para Morsamor, es considerada por él como un estorbo y como un escándalo. No queremos estorbar ni escandalizar, y por eso nos quedamos en Melinda. Hemos celebrado un contrato con el rey Feridún y con el príncipe Rustán, los cuales, bajo palabra de honor, corroborada por solemnes juramentos, nos dejan en completa libertad de largarnos donde se nos antoje, si dentro de seis meses nos hartamos de ser el adorno y el esplendor de su corte. Donna Olimpia ha querido que nuestra separación sea súbita y por sorpresa para ahorrarnos a todos el trance desgarrador de la despedida Ella desea que Morsamor alcance grandes victorias, triunfos y laureles en la India; entiende que para esto perjudicaría a Morsamor si le siguiese, y por eso le deja. Si él por un lado, ella también separadamente por otro, puede vencer y triunfar sola. El continuar juntos, dice ella, sería causa de debilidad y a todos nos dañaría. Ella sola tiene también colosales proyectos. Quiere visitar la Meca, el reino del Preste Juan, el Egipto, la Tierra Santa y qué sé yo cuántas otras regiones. Por Dios, no tengáis pesadumbre de que nos separemos de vosotros. La pesadumbre de Morsamor solo podría nacer, si la tuviese, de su vanidad ofendida. En el fondo de su alma debe alegrarse, y de fijo se alegrará de verse libre de nosotras. Lo que es tu bien sé yo que me quieres un poquito y que sentirás algo mi ausencia. No me olvides. Guarda de mí tan dulce recuerdo como el que yo de ti guardo.

115

¿Quién sabe? Ya nos volveremos a encontrar algún día. Entretanto, quede yo en tu memoria tan gentil y enamorada como tú en la mía quedas, y ten por cierto que nunca dejará de amarte tu Teletusa.»

Leída esta carta, Tiburcio entregó a Morsamor otra que donna Olimpia había dejado escrita para él. Era esta carta tan elocuente y tan sentida, que no me atrevo a recomponerla aquí, pues no teniéndola a mano tal como se escribió, la falsearía yo y la echaría a perder, recomponiéndola y ofreciéndola a mis lectores. Baste, pues, que sepan que donna Olimpia se despedía de Morsamor con inmensa ternura y tratando de justificar la separación por ineludible.

Morsamor sintió muy mortificado su amor propio, pero en el fondo de su alma tuvo que dar la razón a donna Olimpia, y no halló motivo para quejarse de ella ni de nadie. Sospechó, con todo, que el mediador que había habido entre Feridún y Rustán y, las dos aventureras no podía haber sido otro que el señor Gastón Vandenpeereboom, pero disimiló su enojo por vergüenza y no quiso vengarse, al menos por lo pronto.

XVI

El piloto, Lorenzo Fréitas dirigió la nave con habilidad pasmosa, aprovechando la monzón favorable del Suroeste, y, con mayor rapidez que la ordinaria, cruzó el mar de la India hasta hallarse ya, según sus cálculos, a cuatro o cinco días de distancia del puerto de Goa. Allí estaba, sin duda, el virrey don Duarte de Meneses, a quien Morsamor quería presentarse, poniéndose a sus órdenes, aunque hubiera preferido que esto fuera llevándole algún presente y después de haber dado cima a empresas de importancia y de lucimiento.

Para tratar sobre este punto, Morsamor llamó a consejo una mañana al piloto, Fréitas; al administrador, Vandenpeereboom; y hasta a fray Juan de Santarén y al amigo Tiburcio, con cuyos pareceres quería asesorarse.

Por noticias que en Sofala y en Melinda le habían llegado, Morsamor sabía que los negocios de Portugal en la India andaban harto revueltos. Y aunque presentaban mayor peligro que de ordinario, podían también dar ocasión a grandes triunfos si la destreza y el brío eran secundados por la fortuna. Tiempo hacía ya que el soldán del Cairo no construía auxiliado para ello por los venecianos a toda costa en Berenice, puerto del mar Rojo, naves con que salir a combatir a los portugueses en el golfo de Omán, y, en lo más ancho del Eritreo, pero habían corrido rumores de que el régulo de Ormuz se había rebelado, sacudiendo la pleitesía y negando el tributo que antes pagaba. Asegurábase, además, que el gran turco, a quien arrebataban los portugueses en la India el fructuoso comercio que hubiera acrecentado y hecho incontrastable su poder, había alentado, por medio de emisarios secretos, y tal. vez con promesas de auxilio, a varios rajaes o príncipes soberanos indostaníes, mahometanos unos y gentiles otros, para que contra Portugal se ligasen y armasen. Alma de esta liga era un marino audaz y experto, llamado Agá Mahamud, el cual tenía gran crédito y alto nombre, y había llegado a reunir bajo su mando una poderosa flota de más de cincuenta ligeras y bien artilladas fustas sin contar varias galeras, almadías, zambucos y otros pequeños bájeles, cuyos tripulantes, aunque de diversas razas, lenguas y creencias, eran todos gente desalmada y fiera, avezada a la mar, sufrida en los trabajos y despreciadora de los peligros.

No lejos de Diu florecía entonces, en el fondo de un estero y a orillas de un río caudaloso, la ciudad de Chatil, emporio del comercio que, para sustraerse al poder marítimo de Portugal, hacían entonces con la India, por tierra, Persia y Arabia. Chaul era singularmente famosa como mercado de caballos, y allí iban a surtirse los grandes señores y príncipes indianos para remontar su caballería.

Los portugueses habían obtenido del príncipe de Chaul el permiso de erigir una gran fortaleza no lejos de la ciudad y al borde del estero, adquiriendo así la llave y el dominio de emporio tan importante.

La fortaleza había empezado a construirse, pero Agá Mahamud había acudido a estorbarlo con sus fustas, y se decía que se habían dado ya algunos combates, en que no siempre los portugueses salieron bien librados.

Peligroso era ir allí con una nave sola exponiéndose a un encuentro con fuerzas superiores enemigas; pero Morsamor, deseoso de señalarse por actos heroicos, propuso a sus compañeros de navegación y de armas dirigir el rumbo hacia Chaul y acudir en auxilio de la flota portuguesa que defendía allí la construcción del castillo y que, tal vez, en aquellos momentos estaba sitiada y vigorosamente combatida. Posible era sucumbir allí con gloria, pero si por dicha se vencía, Morsamor gozaba en imaginar la brillantez y la pompa de su entrada en Goa ya victorioso y llevando, de presente a don Duarte treinta o cuarenta caballos árabes y persas rápidos en la carrera, de pura sangre y de hermosísima estampa.

Habló Morsamor con tanto fuego, que logró penetrar y encender con él los corazones de su pequeño auditorio. El mismo fray Juan de Santarén hubo de entusiasmarse, y dijo que, dejando por lo pronto los medios de persuasión, hasta que aprendiese él con facilidad alguna de las lenguas que por allí se hablaban, empuñaría un arcabuz y transmitiría así sus creencias a los infieles por medio de terribles lenguas de fuego.

Había recelado Morsamor hallar oposición en el señor Vandenpeereboom; pero se llevó agradable chasco. El señor Vandenpeereboom, siempre con la fría suavidad y con la lentitud de sus palabras, dijo de esta suerte, cuando le llegó el turno de hablar:

—En los peligros grandes el temor es casi siempre mayor que el peligro. Mucho aventuramos; pero, ¿quién sabe? Acaso salgamos bien de la empresa, y harto se comprende el provecho y la gloria que de ello nos resultarían. Si somos vencidos; si las fustas de Aga Mahamud echan a pique nuestra nave, ¿qué le hemos de hacer? Morir tenemos, como dicen los cartujos, y, lo mismo es hoy que mañana. Yo aquí, como apoderado comercial de los señores Adorno y Salvago, solo debo mirar por sus intereses. Y para disipar escrúpulos diré que, aunque esta nave se hunda en la mar con toda la riqueza que contiene, si se hunde con gloria y con la conveniente y debida resonancia, los señores Adorno y Salvago saldrán ganando y no perdiendo. Esto lo calculamos muy bien antes de zarpar de Lisboa, y por eso se dio el mando militar de la nave a tan atrevido sujeto como el señor Miguel de Zuheros, que está presente. Si a nosotros nos hacen trizas y si descendemos al fondo del mar a que los peces nos devoren, los señores Adorno y Salvago se afligirán o supondrán que se afligen; pero ya tienen echadas sus cuentas y hechos sus cálculos, y sabrán poner alto precio a nuestro heroísmo, impetrando de su alteza fidelísima honores, mercedes y privilegios muy provechosos. Conque haga el señor Miguel de Zuheros lo que mejor le convenga, y atrévase a todo, que por nosotros no ha de quedar.

En vista de tan unánime concordancia de pareceres, Morsamor dispuso que se navegase hacia Chaul, y así lo hizo Fréitas, con todo el cauteloso esmero que convenía para esquivar el encuentro de superiores fuerzas contrarias y para acudir en la más oportuna sazón a dar a los amigos inesperado socorro.

XVII

Al amanecer de un día del mes de septiembre, la nave de Morsamor se hallaba a la vista de Chaul, muy cerca de la costa. Densísima niebla quitaba su transparencia al aire, y, extendida sobre la superficie del mar, ofuscaba la vista.

Morsamor y los suyos creyeron oír frecuentes estampidos como de disparos de bombardas, y hasta imaginaron columbrar el resplandor siniestro que a los estampidos precedía. Sin temor, no obstante, aunque sí con extraordinarias precauciones, se fueron acercando hacia donde sonaban los disparos. No soplaba el viento muy en su favor, pero el piloto Fréitas y sus ágiles marineros le dominaban y aprovechaban con diestras maniobras.

A pesar de la niebla, descubrieron de repente un esquife que se recataba de ellos y procuraba huir. Echaron entonces al agua el de la nave, en el que izaron la bandera portuguesa, y a todo remo dieron caza y alcance al que huía. Los que le tripulaban, no bien distinguieron la bandera de Portugal, trocaron su recelo en alegría y se pusieron al habla con los de la nave. Pronto el que mandaba el esquife fugitivo subió a bordo de la nave y llegó a la presencia de Morsamor. Interrogado por él el del esquife fugitivo habló de este modo:

—Yo, que me llamo Antonio Vaz, y los que vienen conmigo, formábamos parte de la tripulación de la galera que mandaba Diego Fernández y que había ido a ponerse a la entrada del estero para impedir que las fustas de Aga Mahamud penetrasen en él y fuesen a combatir la fortaleza, ya desde el agua, disparando bombardas, arcabuces y flechas; ya desembarcando gente a fin de tomarla por asalto, con el auxilio de los hombres de armas que Hamet, gran enemigo de los portugueses y dominador hoy en Chaul, ha enviado contra nosotros. Atacada nuestra galera por cinco fustas de Aga Mahamud, había perdido mucha gente. Apenas quedaba esperanza

119

de salvación. La chusma de forzados, moros y gentiles que estaba al remo, empezó a rebelarse, gritando en su lengua a los de las fustas que se acercasen sin temor, que ya poca resistencia hallarían y que ellos procurarían ayudarlos y salvarse. Entendió el capitán Diego Fernández las palabras y el traidor propósito de los forzados, y, cayendo sobre ellos, porque el cómitre había muerto atravesado por una flecha, mató con su espada a cinco de los más rebeldes y furiosos. Por desgracia, una gruesa bala de bombarda vino a chocar contra el hierro del ancla, que estaba allí cerca suspendida, y, saltando de rebote, dio tan tremendo golpe en la armadura de acero de Diego Fernández, que se la hizo pedazos, hundiéndole en el pecho algunos de sus punzantes y afilados picos. Diego Fernández perdió la vida en el acto. A reemplazarle en el mando acudió oportunamente don Jorge de Meneses. Con él habían venido de refresco cerca de cuarenta soldados que estaban antes en otro navío. Para que no desmayasen y se acobardasen a la vista del capitán muerto, don Jorge nos mandó que le envolviésemos en la manta de un forzado y que le escondiésemos en el fondo del buque. Así lo hicimos al punto. La fortaleza, entretanto, nos pareció asaltada por la gente de la ciudad que Hamet había enviado contra ella. Quiso entonces don Jorge dar a la fortaleza algún auxilio; me consideró más capaz que nadie para tan arriesgada empresa, recibí sus órdenes y lancé al agua el esquife en que me habéis visto venir. Dos fustes y algunos pequeños bateles de Aga Mahamud me cerraron el paso y me impidieron saltar en tierra. No pude tampoco volver a la galera, porque se interpusieron persiguiéndome. De ellos venía huyendo cuando me habéis encontrado.

Oída esta relación de Antonio Vaz, Morsamor le animó y, le tomó por guía para que lo llevase hacia donde estaban las dos fustas y los pequeños bateles que le habían perseguido.

Con gran rapidez, en silencio, arriada la bandera, y hasta cierto punto oculta por la neblina, la nave de Morsamor cayó de repente sobre las dos fustas que se habían apartado del grueso de la flota persiguiendo al pequeño esquife, y echó a pique una de ellas con certeros tiros de su artillería, que dirigía Tiburcio con tino verdaderamente diabólico. Pasmados los de la otra fusta y aterrorizados del imprevisto ataque, no acertaron a huir ni a poner resistencia. La nave se acercó a la fusta, y la gente de Morsamor la entró al abordaje, pasando a cuchillo a cuantos había en ella. Tiburcio tomó entonces el mando de la fusta apresada.

Morsamor y Tiburcio se apresuraron luego a llegar donde combatían la galera de don Jorge y el grueso de la flota portuguesa contra las fustas de Aga Mahamud, en las cuales hizo Morsamor tremendo estrago con la artillería y arcabucería de su nave, cooperando eficazmente a la victoria una audaz estratagema de Tiburcio, porque desordenó las fustas de Aga Mahamud penetrando en sus filas como si su fusta fuese aún una de ellas y no hubiese pasado a poder del enemigo.

En suma, las fustas de Aga Mahamud tuvieren que retirarse todas con grandísima pérdida y quebranto, y don Jorge, a hora de medio día, hizo resonar las trompetas y clarines en señal de victoria, si bien no se resolvió a perseguir la armada de los infieles.

La situación en que estaba la fortaleza le atraía antes que todo. Era menester libertarla de los sitiadores que Hamet había mandado contra ella. Y como ya no había que hacer cara a las fustas de Aga Mahamud, los más aptos y valerosos de los hombres que tripulaban la flota portuguesa desembarcaron no lejos del castillo, que solo defendían sesenta hombres, los cuales, de acuerdo con los desembarcados, a quienes desde las almenas y saetías vieron llegar, hicieron a tiempo una salida muy vigorosa, cayendo sobre los sitiadores, a quienes los desembarcados atacaron por el flanco y por la espalda. Al frente de una tropa de más de cuarenta, entre los que se distinguían Tiburcio dando cuchilladas y fray Juan de Santarén animando a los combatientes con oraciones fervorosas, Morsamor hizo atroz carnicería en los musulmanes y gentiles de Chaul, que pronto abandonaron el campo y huyeron despavoridos refugiándose en la ciudad.

Para aterrar a Hamet y a los que en la ciudad le obedecían, don Jorge de Meneses les envió un presente horrible: cincuenta cabezas de los que habían muerto atacando la fortaleza y rechazados por él. Amilanado Hamet y temiendo el incendio y saco de la ciudad y muertes innumerables si era entrada por asalto pidió la paz, capituló y dejó entrar a los portugueses, que de la ciudad se enseñorearon.

Morsamor, cuyo inesperado auxilio había sido parte tan principal en la victoria gozó del triunfo a par de don Jorge: siendo vitoreado y ensalzado por los de la hueste.

El contento de los vencedores llegó a su colmo cuando pudieron apoderarse como tributo de parte de las riquezas allí reunidas y repartírselas entre todos. Morsamor, persistiendo en su propósito, no dejó de tomar veinte hermosos caballos ricamente enjaezados para llevárselos de presente a don Duarte cuando se presentase ante él en Goa, como pensaba hacerlo, con la noticia de aquel triunfo.

XVIII

Pronto llegó al puerto de Goa la nave de Morsamor; éste y Tiburcio, muy orondos y satisfechos de la gloria militar que habían adquirido; el piloto Fréitas no menos pagado del aumento de su crédito como hábil navegante, y contento el señor Vandenpeereboom de las compras y ventas que iba haciendo y que pensaba hacer, aprovechándose de los triunfos y sin perder las buenas ocasiones.

Don Duarte de Meneses recibió con grande aprecio al aventurero castellano, que tan bien le había servido, y aceptó gustoso el rico obsequio de los veinte hermosos caballos.

Por aquellos días todo era júbilo en Goa, porque de Ormuz llegaron también muy buenas nuevas. Amedrentado el rey rebelde, había entrado en tratos con los portugueses para entregarles la plaza; pero su visir, que era un rumí, o griego renegado, se puso de acuerdo con la princesa hija del monarca que había reinado allí en tiempo del grande Albuquerque. El rumí la tomó por mujer o por amiga, y, movido por la ambición y excitado por a princesa, asesinó al rey y se apoderó en lugar suyo de aquellos Estados. Los portugueses entonces lucharon contra el usurpador, lograron vencerle y entraron en Ormuz a saco, apoderándose de un botín espléndido.

Poco después de llegar a Goa la nueva de la victoria de Chaul, llegó también la nueva de esta victoria.

Goa resplandecía entonces en su mayor auge como centro y capital del imperio lusitano en Oriente; imperio que se extendía desde Sofala a Malaca, por todas las costas del Océano Índico y del golfo de Bengala, y dilatándose, además, por muchas islas del mar del Sur, como Ceilán, Sumatra, Java y las Molucas, donde el rey de Portugal había levantado fortalezas e imponía tributos.

A Goa acudían agentes o enviados de muchos soberanos a negociar alianzas y a mendigar el favor y el auxilio del virrey. Los rajaes de Cambaya y de Narsinga, el samori, los príncipes y sultanes de Aracan, de Bengala y del Pegu, y hasta el propio shah de Persia, anhelaban la amistad de los portugueses, les enviaban presentes o les rendían parias.

Los portugueses, sin embargo, no penetraban por punto alguno en lo interior de las tierras y solo de la mar eran señores. Carecían de fuerzas suficientes para hacer incursiones y conquistas en lo interior de aquellos dilatados países, que seguían para ellos, no solo independientes, sino casi desconocidos. Los príncipes y señores orientales, cuando la victoria encumbraba a los portugueses, se postraban ante ellos y se les sometían medrosos; pero la sumisión era insegura y falsa. De aquí que el imperio portugués en la India fuese más brillante que sólido. Era como árbol frondoso, rico en flores y frutos, cuyas raíces no penetraban hondo en la tierra y que el ímpetu de los vientos podía sacar fácilmente de cuajo. Era como la estatua simbólica, que Nabucodonosor vio en sueños, con la cabeza de oro y los pies de barro, y que una piedrecilla, que de improviso rodó de la montaña, desmenuzó y, redujo a polvo.

Morsamor aplicaba a veces al imperio portugués la visión de este sueño y algo de la interpretación que el profeta Daniel le había dado.

Los portugueses, con terrible heroísmo, habían hecho y seguían haciendo más de lo que prometía fuerza humana. Espléndidas páginas habían de dar aún para su historia virreyes tan ilustres como don Juan de Castro y don Luis de Ataide; pero la piedrecilla había de sobrevenir derribando por último el coloso y engrandeciéndose luego como ingente montaña que sobre firme y arraigado cimiento se erguiría sobre la tierra y la dominaría.

Morsamor se desalentaba al pensar así, no veía plan ni concierto en todas aquellas bizarrías, ni acertaba a traslucir qué pudieran tener fin dichoso. Solo veía horrores, estragos y muertes, y volvía a arrepentirse de haberse remozado y de haber huido del convento. Imputaba luego aquel arrepentimiento suyo a cansancio y a flaqueza de ánimo. Y entonces renacía en él el ansia de señalarse y de probar su valor, volviendo a lanzarse en las más peligrosas aventuras.

Las buenas ocasiones no habían de faltarle. La primera que se le ofreció fue la de ir a la grande y hermosa isla, donde se crían la canela y el clavo y abundan las perlas en el mar que la ciñe. Los antiguos griegos y romanos la llamaron Trapobana; Lanca, los indios; los árabes, Serendib, y por último, se llamó Ceilán. En sus Costas habían fundado los portugueses varios fuertes y factorías, desde donde procuraban dominar toda la isla. Reinaba en ella, sobre la raza indómita y guerrera de los singaleses, un rey tan valiente como astuto, llamado Rayasinga. Lejos del alcance del poder portugués estaba la capital y residencia de este rey, adonde solo podía llegarse salvando enriscadas montañas a través de peligrosos desfiladeros.

Imaginaban los portugueses que aquel reino había sido cristiano en lo antiguo, gracias a las predicaciones del apóstol Santo Tomás, que hasta él había llegado; pero imaginaban también que el cristianismo de los singaleses se había pervertido y maleado con el transcurso del tiempo, turbando la pureza de su doctrina mil absurdas supersticiones. La verdad era que lo que creían los portugueses cristianismo viciado era la religión fundada por Sidarta, príncipe de las sakias de Kapilabastu, y predicada en Ceilán algunos siglos antes de Cristo. La moral de esta religión no podía ser más santa ni más hermosa, pero su metafísica era errónea y desconsoladora. En el amor y en la compasión por el infeliz linaje humano, sin distinción de castas ni de jerarquías, estribaba aquella moral, pero no tenía un Dios misericordioso. Su Dios, si tal podía llamarse, era el ser único, infinito e indeterminado en quien todo cuanto es y en quien todo cuanto puede ser se contiene. El término de la aspiración, la suprema bienaventuranza de religión tan extraña era romper el límite que nos separa del todo, y perdiendo tal vez la conciencia individual, hundirnos en la inmensidad de la sustancia única, acabada ya la serie de transmigraciones del alma y gozando de inefable reposo. A tales dogmas, sin embargo, el amor y la compasión prestaban, como ya hemos dicho, una moral muy pura.

Entre la teoría y la práctica hay a menudo gran contradicción, y no era pequeña la del caso de que hablamos. El piadoso rey Rayasinga, con la aprobación acaso o con la indulgencia al menos del gran sacerdote Sumangala, había destronado a un hermano suyo, que andaba forajido, y había envenenado a otro de sus hermanos, reinando así en lugar de los dos y dando unidad a su reino. Para darle también completa independencia y gloria combatía con frecuencia a los portugueses. Estos combates, sangrientos y obstinados, eran estériles siempre. Ni Rayasinga lograba apoderarse de ningún fuerte de los portugueses, ni éstos, salvando las montañas y atravesando los desfiladeros, llegaban a asediar la capital de Rayasinga.

Poniéndose a las órdenes de Juan Silveira, que mandaba en Cananor, Miguel de Zuheros fue a Ceilán a combatir y a escarmentar al mencionado rey; en varios encuentros que tuvo con sus huestes alcanzó siempre la victoria y contribuyó no poco a que, cansados de luchar por una y otra parte, se sentasen paces de nuevo.

Morsamor pasó luego a Sumatra, y tomó parte en otra expedición guerrera contra el monarca de Pacen, que los portugueses consideraban intruso y a quien destronaron, dando su trono y reino a un sobrino suyo que había ganado el favor y auxilio de los portugueses, declarándose vasallo del rey don Manuel.

Alentado con esta conquista del reino de Pacen, en la que tuvo no pequeña parte Morsamor se puso a las órdenes de Jorge Brito, y fue con él a una expedición contra el rey, de Achin, cuyos súbditos, inquietos y belicosos, infectaban con sus piraterías aquellos mares.

En balde reclamó Jorge Brito del rey Achin la entrega de mercancías, de armas y hasta de portugueses cautivos, de que se había apoderado por sorpresa o aprovechándose del naufragio de dos buques de Portugal en aquellas costas. Esto dio motivo o pretexto a Jorge Brito para romper las hostilidades, empeñándose imprudentemente en empresa muy peligrosa. En dos fustas y con menos de trescientos hombres de desembarco navegó contra la corriente del río hacia la capital de los achineses. Casi a la mitad del camino tenían éstos una fortaleza, donde había bastantes arcabuceros y algunas bombardas, cuyos disparos impidieron a las fustas seguir adelante, y mataron a cuatro de los hombres que las tripulaban.

Ansioso Jorge Brito de tomar venganza, desembarcó con sus trescientos soldados, entre los cuales había no pocos ilustres y valerosos caballeros de la corte del rey don Manuel. Morsamor estaba entre ellos.

Muy reñidos y sangrientos fueron el ataque y la defensa del fuerte de los achineses, los cuales hicieron vigorosas salidas. En una de ellas estuvieron a punto de desordenar y derrotar por completo la hueste lusitana, merced a una inesperada estratagema de que se valieron, lanzando contra los portugueses una manada de búfalos que tenían acorralados,

Los portugueses, no obstante iban ya triunfando de todo. Los sitiados, casi en fuga, se retiraban al fuerte, y ya Jorge Brito y Morsamor tenían la esperanza de tomarle por asalto, cuando el propio rey de Achin llegó en defensa del fuerte con más de dos mil infantes, con algunos caballos y con seis elefantes poderosos, adiestrados para la lucha, defendidos por muy firmes corazas y dirigidos por cornacas hábiles y denodados. Los portugueses estaban todos a pie. Casi envueltos por tan superiores fuerzas enemigas, retrocedieron con espanto hacia la orilla del río. Solo reembarcándose podían lograr ya salvar las vidas, mas para reembarcarse era menester, no solo hacer cara al enemigo, sino tenerle a cierta distancia durante algún tiempo.

Los valientes caballeros que de esto se encargaron hicieron prodigios apenas creíbles. En aquel trance murieron más de cincuenta portugueses, no pocos de ilustre familia, y entre ellos el mismo Jorge Brito, capitán de la hueste, y los cinco músicos que siempre llevaban consigo, Porque gustaba en extremo de que le exaltasen y animasen en el combate cantando y tocando instrumentos sonoros.

La muerte que amedrentó más a los portugueses fue la de Gaspar Fernández. El elefante más gigantesco le cogió con la trompa, le tiró por el aire y no bien cayó al suelo, le acabó de matar, estrujándole el pecho y rompiéndole el cráneo con sus gruesas patas delanteras.

Morsamor quiso vengar a aquel compañero de armas, que tal vez era el que más estimaba y quería. Acometió por un lado al elefante y logró derribar a su cornaca hiriéndole de una estocada. El elefante se revolvió contra Morsamor y le asió también con la trompa. La espada se le cayó a Morsamor de la diestra; pero, con la rapidez del rayo, y sin dar tiempo a que el elefante le lanzase o le ahogase apretando, le agarró con la mano izquierda de una oreja, y desenvainando con la otra mano el cicalado puñal, que llevaba al cinto, le hundió hasta el puño en la cerviz de aquella fiera, con tino tan eficaz, que en el acto perdió la vida, cayendo con estruendo por tierra su espantosa mole. Morsamor cayó también, pero cauto y ligero, no cayó debajo, sino encima de su víctima.

Aunque Morsamor se levantó con rapidez, allí hubiera muerto, circundado de muchos enemigos, si los de la hueste portuguesa, maravillados y reanimados al ver su hazaña, no hubieran acudido en su auxilio. Aquella hazaña de Morsamor contuvo el ímpetu de las gentes del rey, de Achin y prestó bríos y dio tiempo a los portugueses para que se reembarcasen, si bien con lamentable pérdida, no completamente derrotados.

XIX

De vuelta Morsamor a Goa para reposar sobre sus laureles, se complació en ver cundir su fama y crecer el número de sus admiradores. La emulación y la envidia hacían que también sus enemigos se aumentasen. Y a todo contribuía en gran manera Tiburcio de Simahonda que, menos retraído y mucho más expansivo que Morsamor, se mostraba por donde quiera y trataba toda clase de gente. Tiburcio, como en Lisboa, sabía ganar amigos en la India, pero su buena fortuna con las mujeres y en el juego le creaba muchos envidiosos. Menester era de toda la prudencia y tino de Morsamor para evitar riñas entre dichos envidiosos y los del bando que, sin pretenderlo él, querían seguirle y cuyo aparente adalid era Tiburcio. Los más desalmados aventureros y los menos favorecidos de la suerte tendían a Tiburcio, esperando por su medio ganarse la voluntad de Morsamor y embelesados por lo pronto por el alegre carácter, burlas y chistes de aquel doncel atrevido.

Francisco Pereira Pestana, gobernador de Goa, recelaba de continuo que la rivalidad entre la gente que acaudillaba Tiburcio y los que le envidiaban y odiaban originase desórdenes sangrientos. El más vivo deseo del gobernador se cifraba en que Miguel de Zuheros y Tiburcio abandonasen la ciudad llevando consigo a los más turbulentos aventureros y acometiendo alguna arriesgada empresa de la que tal vez sería lo mejor que nunca volviesen.

Aunque movido Morsamor de sentimientos contrarios, coincidía con el gobernador en hallar difícil y enojosa su posición en Goa, ansiando salir de allí en busca de aventuras, con toda independencia de Portugal y campando por su respeto.

En tal situación de ánimo y después de aconsejar a Tiburcio que fuese circunspecto y sufrido a fin de vivir en paz, Morsamor le manifestó el ansia que tenía de salir de Goa y de buscar honra y provecho por nuevos y no trillados caminos.

Poco tiempo después de esta confidencia de Morsamor, Tiburcio, que al principio se había callado, hubo de hacerle el siguiente razonamiento:

—He meditado sobre lo que te trae caviloso y que días pasados me confiaste. He hecho más: he gustado de tu propósito y he empezado a abrir el camino para que se logre. Para nosotros siempre será aquí el peligro mayor que la gloria. Debemos, pues, salir de aquí. Fuera de aquí el peligro podrá ser grandísimo, pero la gloria estará en proporción y será también grande. Para que me entiendas bien, te diré el concepto que formo yo de la tierra en que ahora estamos y de la gente que la habita. Mi trato con ella y mi facilidad para entender su idioma hacen que yo lo comprenda todo con más claridad y exactitud que los portugueses.

Lleno de curiosidad Morsamor, prestó grande atención a Tiburcio, que continuó diciendo:

—Hay en la India muchas y muy diversas naciones, castas, lenguas y tribus, pero desde hace más de tres mil años, existe en la India una casta predominante que se enseñoreó de todo y que supo conservar el imperio por fuerza, por astucia y por sabiduría. Mucho antes de que floreciesen Atenas y Roma, mucho antes de que Salomón e Hiran enviasen sus flotas a Ofir y de que los fenicios fundasen a Cádiz, bajó del montañoso centro del Asia a las fértiles llanuras que riegan el Indo y el Ganges un pueblo nobilísimo e inteligente, valientes guerreros los más y algunos de ellos inspirados y divinos poetas, que los guiaban y entusiasmaban. Este pueblo, de superior condición, redujo a su obediencia y mandado a los otros pueblos que en la India vivían. Y de allí en adelante, los guerreros del pueblo conquistador fueron los reyes y los nobles de la India, y sus poetas o richis, convertidos en sacerdotes, sabios y filósofos, no solo prevalecieron sobre las naciones conquistadas, sino también sobre los reyes y los nobles que las habían sometido. La primitiva y sencilla religión que los richis habían formulado en sus himnos vino a convertirse en complicadísimo sistema y en sutil teología, cuyos intérpretes y depositarios fueron los descendientes de los richis, a quienes en el día llamamos brahmanes. Estos han conservado su poder, sobreponiéndose durante siglos a interiores rebeldías y a conquistas e invasiones extrañas. Amenazado se halla hoy este poder por los portugueses, pero solo en el litoral. Los sectarios de Mahoma son quienes tierra adentro le combaten. ¿Por qué no hemos de ir nosotros tierra adentro a promover la rebelión de los brahmanes y a darles auxilio contra los muslimes?

—¿Qué ganaría yo con eso, interpuso Morsamor, o para mí, o para la nación a que pertenezco, o para la religión que sigo, aunque pecador y fraile escapado de su convento?

—Ganarías mucho —replicó Tiburcio—. En primer lugar, combatirías el islamismo y quebrantarías por aquí el imperio de turcos y de moros, que han sido hasta ahora los mayores enemigos de nuestra católica España y en segundo lugar, solo Dios sabe hasta qué extremo de ventura, hasta qué dichoso y espantable éxito pudieras llegar con tu audacia. Si consiguieses dar aliento y ayuda a los brahmanes, vencer con ellos el Islán y restablecer en toda su amplitud el influjo y el imperio de casta tan inteligente, no lo dudes, los brahmanes, agradecidos, te reconocerían por nuevo y resplandeciente avatar y harían que por tan alto carácter, todos los indios te reverenciasen y temiesen. Así acaso podrías tú más tarde, con habilidad y prudencia, convertir a la religión cristiana a los que fuesen súbditos tuyos y crear el reino del Preste Juan, que tal vez no existió nunca sino en la fantasía de los europeos, o renovarle con mayor esplendor y gloria, dado que existiese en el centro del Asia antes de que Temugin le destruyera, como sientan algunos autores. Setenta y dos reyes rendían homenaje, feudo, obediencia y tributo al antiguo Preste Juan, real o soñado. ¿Por qué habías tú de ser menos y no tener a tu servicio otros setenta y dos reyes?

—Todo eso estaría muy bien —dijo Morsamor—. Aunque parezca fantástico e inasequible, yo me siento capaz de todo, pero ¿dónde están los brahmanes que quieran sublevarse y sacudir el yugo del Islán?

—A eso voy —contestó Tiburcio—. Lo dicho hasta aquí es mero preámbulo antes de entrar en materia. Me han hecho proposiciones para ti y vengo a comunicártelas. Así como en España, cuando se hundió el califato de Córdoba, surgió de sus ruinas multitud de Estadillos, donde alzaron sus trenes no pocos régulos, aquí también se han formado reinos musulmanes diversos, que se sostienen aún, a pesar de las sucesivas y pasajeras invasiones de los mongoles y a pesar de la malquerencia de los sectarios de Brahma, que no han sabido sacudir el yugo extraño. Ahora, al cabo, tienen el propósito de sacudirle. En la ciudad santa de la India, foco ardiente y luminoso de su religión y centro de su antiquísima cultura, abrigan tan gran propósito. Conspiran para lograrle los brahmanes más ilustres y algunos chatrias de generoso carácter y de regia extirpe. No cuentan bastante con el pueblo, ni confían en él, considerándole enervado por siglos de esclavitud y porque, además, el pueblo no combatiría para ser libre, sino para sacudir un yugo y someterse a otro yugo. Los brahmanes esperan con todo que el pueblo combata en favor de ellos, impulsado por el fanatismo religioso que procuran infundirle. Mas al principio, y para dar el primer golpe, necesitan de un núcleo, aunque pequeño, muy firme, de varones esforzados de héroes verdaderos, capaces de exponer la vida en los lances más terribles y de realizar prodigios de sobrehumana osadía. El núcleo de que hablo solo puedes formarle tú o, por mejor decir, le tienes ya formado con más de doscientos aventureros que hay en Goa dispuestos a seguirte adonde quiera que los guíes. La fama a llevado todo esto hasta la gran ciudad de Benarés. El jefe supremo de los brahmanes, el sublime y venerando Balarán, alma de la conjuración, sabe lo que vales y solicita misteriosa y recatadamente tu auxilio. Para alcanzarle ha venido a Goa en tu busca el sabio brahmán Narada, confidente de Balarán, que ha hablado ya conmigo y que pide audiencia para hablarte. Narada, que sabe muchísimas cosas, sabe también las lenguas latina e italiana y podrá entenderse perfectamente contigo. ¿Quieres oírle y tratar con él de tan importante negocio?

Exaltada la ambición de Morsamor con lo que Tiburcio acababa de revelarle, se prestó a recibir y a oír a Narada y le aguardó con impaciencia.

Guiado por Tiburcio e introducido en la estancia de Morsamor, no tardó en aparecer ante sus ojos el sabio Narada bajo el desarrapado traje de fakir o penitente vagabundo, a través de cuyo desaliño y de cuyos miserables harapos resplandecían la majestad del noble e inteligente anciano, la despejada tersura de su frente y la limpia nitidez de su blanca y luenga barba.

Lo que dijo Narada a Morsamor merece capítulo aparte.

XX

—El brillo de tu gloria —dijo Narada— ha llegado hasta nuestra santa ciudad y ha penetrado en nuestros corazones cual rayo de esperanza. Yo vengo a buscarte para que la esperanza se logre. No; tú no eres para nosotros un ser humano inferior y de distinta raza. Sin duda eres puro y legítimo descendiente de egregios hermanos nuestros que, en edad remota, emigraron hasta las últimas regiones de Occidente desde la verde falda del Paropamiso. Tu pensamiento y tu creencia coinciden en el fondo con lo que nosotros pensamos y creemos: son radicalmente iguales: flores de la misma planta, frutos del mismo árbol, ideas análogas nacidas en espíritus de idéntica condición y alta nobleza. No es nuestro Dios como el de los muslimes, déspota, caprichoso y cruel, gobernando a los hombres, allá en su distante y cerrado cielo, como sultán que se esconde a los ojos de la vil muchedumbre de sus esclavos, y desde su encumbrado alcázar con vara de hierro los domina. Nuestro Dios está con nosotros y en nosotros. Presente por dondequiera, lo llena y lo penetra todo y más que todo nuestras almas. El alma enamorada que le busca le halla y le goza en esta vida mortal. Para nosotros, el hombre es divino, porque nuestro Dios es humano. No pocas veces ha tomado nuestro Dios ser y forma de hombre en el seno dichoso de una mujer escogida. Nuestros héroes son avatares o encarnaciones de Vishnú. Krishna es el más glorioso de ellos y al que más devotamente adoramos. Libertador y redentor de las almas, las atrae, las enamora y con su hermosura las cautiva. Bello pastor apacienta su rebaño en la fértil orilla de un río de aguas limpias y claras, y al melodioso son de su flauta danzan en torno suyo las gopíes, las apsaras y hasta Sarasvati y las otras diosas inmortales, humanadas y convertidas por él en lindas zagalas. Tal es Krishna en la tierra, como genio de paz y de amor; pero el acento blando de su flauta se trueca en el medroso resonar del clarín guerrero cuando su paciencia se agota, se despierta en su corazón la ira y se resuelve a librarnos del tirano Cansia. Terror de muerte invade y hiela entonces el ánimo de sus enemigos. Así es Krishna en la tierra, como hombre y viviendo vida mortal. En su ilimitada y superior existencia, dominador Krishna de los tres mundos, dirige al son de su música el eterno giro de las esferas celestes que en arrebatada consonancia producen el perpetuo cambio de luz y tinieblas, en día y en noche, de alternadas estaciones durante el año, y en ingentes períodos de siglos desde el renacer del universo hasta su caída, extinción y reposo en el seno de Brahma. Krishna nos protege, Krishna nos anuncia venturoso éxito, nos declara que la ocasión es propicia, y nos manda que acudamos a ti e impetremos tu auxilio para sacudir el yugo de los muslimes. Dos años ha, Babur, emperador de los mongoles, se apoderó de Lahore, desde donde amenazaba conquistar con rapidez toda la India; pero Babur ha tenido que abandonar a Lahore para vencer a los rebeldes, que pugnan por desbaratar todo su imperio. Bactra, Kiva, Bohara, y hasta su misma capital, Samarcanda, se han levantado contra él. Sus enemigos se conjuran en su daño por todas las fronteras de sus extensos dominios: los chinos por el Oriente y por el Occidente los turcos, poderosísimos en el día y contra los cuales luchan con corta eficacia las naciones europeas, enflaquecidas por constantes rivalidades y empeñadas hoy en largas guerras religiosas y políticas. Así el turco, aliviado del temor que esas naciones debieran inspirarle, puede hacer cara a Babur y a sus mongoles. Contra ellos se levantan los persas y los pueblos guerreros del Cáucaso, las gentes de Georgia, de Circasia y de Armenia, y más al Norte, otro pueblo belicoso recién salido de la barbarie, que vive en las regiones boreales, límites entre Asia y Europa, y que después de vencer y de humillar la Horda de oro penetra en Asia anhelando predominios y conquistas. La ocasión, como he dicho, es hoy más propicia que nunca. Para no perderla anhelamos tu auxilio. ¿Nos le concedes?

—Dime cuál es vuestro plan —respondió Morsamor.

—En Benarés —replicó Narada— reina hoy el tirano musulmán Abdul ben Hixen. Si le destronamos y si logramos enseñorearnos de aquella ciudad, centro de la cultura y de la religión brahmánicas, no será difícil promover la sublevación contra los demás príncipes musulmanes y crear un Estado independiente y único, en que prevalezcan e imperen los adoradores de Vishnú y de Krishna, desde los lagos de Cachemira y las nevadas cumbres del Himalaya hasta el Kersoneso de oro y hasta el enriscado promontorio donde se levanta el templo de la diosa virgen Kumari. Así tal vez podamos fortalecernos y oponer eficaz resistencia a Babur, si por desgracia reconstituye su imperio y vuelve sobre la India para conquistarla y asolarla como hace más de un siglo hizo su espantoso antecesor Tamerlán o Timur.

—Tu proyecto me parece excelente —dijo Morsamor— pero su realización harto difícil.

Narada entró luego en pormenores a fin de exponer y de explicar los medios con que contaba y las probabilidades de buen éxito.

El ambicioso Morsamor se dejó convencer al cabo.

Narada y otros importantes personajes que habían venido con él disfrazados de faquires debían servir de guía a Morsamor y a su hueste, compuesta de 300 aguerridos y audaces aventureros. Irían éstos en la expedición, no solo impulsados por la esperanza de botín riquísimo, sino con grandes pagas, de que habían de cobrar por adelantado las de seis meses. Para esto, para otros gastos de la expedición y para excitar también la codicia y el celo de Morsamor, Narada entregó a éste no corta cantidad de rupias de oro y, además, en un pequeño saco de cuero, diamantes de Golconda y perlas rubíes de Ceilán, por cualquiera de los cuales había en Goa joyeros que darían considerables sumas.

Tiburcio, bajo la inspección y dirección de Morsamor, eligió a la gente de leva, hizo el ajuste y enganche, y con el mayor secreto lo dispuso todo para la partida.

XXI

Goa era en aquella edad la Síbaris del Oriente, centro de lujo, regalo y lascivia, donde los vencedores de Adamastor y de todos los genios del Mar Tenebroso recibían el galardón de sus estupendas victorias. En Goa, sin duda, hubo más tarde de inspirarse Camoens para imaginar aquella deliciosa y encantada isla que Venus hizo surgir del fondo del Océano, cubriéndola de amenos jardines, de fragantes selvas y de limpios y tranquilos lagos y poblándola de hermosísimas ninfas que, heridas todas por las ardientes flechas de un ejército de Amores, brindasen mil deleites a su talante y deseo. La riqueza y el esplendor de Goa habían atraído a su seno alegres y lindas mujeres de diversos y distintos países: almeas de Egipto, cortesanas de Bética, Italia y Grecia; odaliscas de Georgia, Armenia y Persia, y bayaderas y devadasis de toda la India. Sus variados y exóticos cantares alegraban los oídos. Sus lánguidos y livianos bailes y la mórbida esbeltez de sus formas eran encanto de los ojos y dulce lazo en que los corazones quedaban cautivos.

En medio de tanto deleite, Morsamor se había mostrado impasible, silencioso y tétrico. Ninguna mujer había logrado prenderle, ni aun con las ligeras y frágiles cadenas en que donna Olimpia le había prendido. Al contrario, Morsamor había esquivado cuantos placeres Goa brindaba, y había mostrado singular repugnancia y disgusto hacia todas aquellas cantoras y bailarinas, como si recobrasen fuerza sus votos y renaciese en su espíritu la desatendida severidad del claustro. Las bayaderas de la India, sobre todo, le inspiraban horror. No solo para alcanzar los triunfos que se prometía, sino también para dejar de ver a las bayaderas, Morsamor anhelaba impaciente salir de Goa. Muy pronto se cumplió su anhelo; pero antes, movido por sentimientos que llenaban su espíritu, que le atormentaban y que acabaron por desbordarse, hizo a Tiburcio, que sobre todo le interrogaba, confidencias que jamás a nadie había hecho y que en cifra declararemos aquí.

—Un recuerdo penosísimo —dijo Morsamor— se despierta en mí al ver la danza de las bayaderas y evoca un espectro que dormía desde hace medio siglo en los abismos de mi memoria, espectro que aparece ante mi conciencia, afligiéndola y atormentándola. Fue en mi primera juventud, en la magnífica feria de Medina del Campo. Allí vi y conocí a Beatriz, a la única mujer que de veras me ha amado.

Tiburcio quiso contradecir a Morsamor en este punto, suponiendo que le había amado también donna Olimpia, y hasta que doña Sol había estado a punto de amarle y tal vez le hubiera amado a insistir él con firmeza en sus pretensiones.

Morsamor no aceptó la lisonja. Harto probaban que lo era el frío desdén con que le despidió doña Sol y la traidora fuga de la italiana.

—Sí —prosiguió Miguel de Zuheros—, Beatriz es la única mujer que me ha amado. No era, como doña Sol, ninguna ilustre y orgullosa dama, ni siquiera, como donna Olimpia, célebre daifa de alto precio; era una humilde muchacha, nacida y criada entre gente abyecta, sin patria y sin hogar; hija de una raza maldita y vagabunda, que no hacía muchos años se había difundido por toda Europa y, al fin, penetrado en España. Ignorábanse su origen

134

y su procedencia. Ahora, cuando contemplo a las bayaderas, me explico de dónde aquella raza procede. Fue de seguro un pueblo de la India que, huyendo de los estragos que causó Timur, y aguijoneado por el miedo, llegó hasta los confines occidentales de Europa. A una tribu de este pueblo, a un errante aduar de gitanos, pertenecía Beatriz. Era como flor que brota en el cieno. Era como perla que se esconde en un muladar. Ella me amó con el fervor y la ternura que hubiera yo querido hallar para mí en el corazón de alguna gran señora o de alguna princesa. Y yo gocé mal de aquel amor sin llegar a comprenderle, y le desprecié y me harté de él después de haberle gozado. La plebeya ruindad de mi enamorada trocó mi afecto y mi gratitud en vergüenza. Abandonada Beatriz por mí, murió a poco trágica y misteriosamente. No falté yo a ninguna promesa, porque nada había prometido. Fueron, no obstante, enormes mi pena y mi remordimiento. Y más aún, cuando, poco tiempo después, tuve un raro encuentro en Sevilla. Pasando un día entre la catedral y el alcázar se me acercó una vieja y desharrapada gitana, y se empeñó tan obstinadamente en decirme la buenaventura, que no supe negarme a su ruego, y le entregué mi mano para que la examinase. La vieja gitana me dijo:

—En buena hora naciste, gallardo y gentil caballero, si la ambición satisfecha basta para hacerte dichoso. Las rayas de tu mano me revelan que ha de favorecerte la fortuna, que has de sobrenadar como el aceite, que has de llevarte a la gente de calle y que has de dominar en el mundo. Pero tu amor se trocará en ponzoña y muerte. Tus amorosas miradas seguirán aojando y marchitando los corazones como (y aquí bajó la voz la vieja gitana, haciéndola casi imperceptible), como aojaron y marchitaron el de la pobre Beatricica, que buen poso haya. Perdónete Dios la desesperación que le ocasionaste y a ella perdone el mal fin que tuvo.

—¡Déjame en paz, maldita bruja! —exclamé yo entonces, retirando mi mano de entre sus manos.

—La bruja fue Beatricica y no yo —replicó la vieja—. En sus últimos días se sospecha que fue al aquelarre, donde la mató el diablo, no sin prometerle que tú volverías a amarla y a ser suyo, sin ingratitud ni mudanza. Tú nada has prometido, pero Satanás ha prometido por ti y cumplirá su promesa.

Dicho esto soltó la vieja una carcajada nerviosa y se alejó precipitadamente de mi lado. Desde entonces tomé yo el extraño apodo o sobrenombre de Morsamor.

En balde procuró Tiburcio serenar el ánimo y disipar las melancólicas aprensiones de su amigo.

—No tienes tú la culpa —le dijo— de que el diablo tentase a Beatricica y de que ella se diese al diablo,

—Pero ¿crees tú —dijo Morsamor en un arranque de escepticismo, porque era muy escéptico para su época— crees tú que ande tan suelto el diablo y que Dios permita que nos tiente y seduzca?

—¡Y vaya si lo creo! —contestó el doncel sutil—. En nada se opone eso a la bondad divina y a la persistencia del humano libre albedrío. Contra toda instigación diabólica, el cielo presta al hombre fuerza suficiente, o por naturaleza o por gracia.

—¿Qué vale ni qué importa entonces el oficio del diablo? —interpuso Morsamor con desdeñosa sonrisa.

—Vale e importa —dijo Tiburcio— para que el diablo, aunque no tuerza la voluntad del hombre ni destruya la responsabilidad de sus actos, encamine estos actos hacia un fin y según un plan predeterminado, al cual obedece el diablo muy a pesar suyo, y sin el cual no consentiría Dios que tentase a nadie. Tal, a mi ver, es la utilidad del oficio diabólico. De donde se infiere que hasta el diablo es útil y dista mucho de estar de sobra.

A pesar de sus melancolías, Morsamor no pudo menos de reírse de las extravagantes opiniones de su doncel.

Algo menos preocupado por sus tristes memorias, renovadas en su espíritu con tanto brío, Morsamor acabó por prepararlo todo, y al fin, salió recatadamente de Goa, acompañado de su tropa y siguiéndole de guía los fingidos fakires por las más solitarias veredas.

XXII

Después de largo y penoso viaje, de noche, desperdigados, a fin de no infundir sospechas y con recato esmeradísimo, fueron penetrando todos en hipogeo enorme. Era un dilatado y oscuro laberinto, excavado en la tierra y a trechos en durísimas rocas, admirable labor de la tenacidad, de la paciencia y del humano esfuerzo, obra cuya antigüedad se contaba por millares de años.

Por medio de estrechos pasadizos se comunicaban las diversas y numerosas estancias que allí había. Unas, eran cámaras sepulcrales; otras, viviendas de las personas consagradas al culto y a la custodia de aquellos sitios, y otras, más recónditas y de más difícil acceso, escondido depósito y tesoro de preciosos exvotos y de amontonadas ofrendas. Ensanchado a veces el subterráneo y elevándose su techo a mayor altura, formaba amplias salas, donde se parecía, esculpida en piedra, la imagen simbólica de alguna de las más veneradas deidades del panteón brahmánico. La mayor de estas salas era la del hijo de Dasarata, la de Rama el virtuoso, fiel consorte y vengador de Sita, vencedor de Ravana y conquistador de Lanka. Pero en medio de aquellas salas y en el centro de aquel intrincado laberinto, se erguía el grandioso templo erigido en honor de Krishna. En multitud de gruesos pilares, cuyas cuadradas bases tenían por pedestal sendas tortugas, se alzaban monstruosos elefantes, sosteniendo en sus lomos robustos el arquitrabe y el amplio friso, sobre el cual se extendía la plana y sólida techumbre. En el friso, representados en alto relieve, tosco, aunque rico de inspiración y de carácter, se veían los principales sucesos de la vida heroica y bienhechora del avatar. Notábanse allí sus amores con innumerable caterva de diosas, ninfas, princesas y zagalas, a cada una de las cuales se entregó y se unió todo el dios, desdoblándose y multiplicándose en idéntica forma y sustancia, y sin dejar de ser nunca uno y el mismo, porque toda alma piadosa, encendida en amor divino, posee a Krishna por completo, como si Krishna y ella fuesen solos o absorbiesen en su unión cuanto es y cuanto puede ser en los tres mundos. En el centro de aquel templo fantástico, iluminado por lámparas de plata, resplandecía la estatua colosal del hijo de Devaki.

Morsamor, conducido por Narada, había admirado todo aquello.

La tropa de aventureros que le había seguido, prestándole omnímoda confianza, sin saber sino confusamente los peligros que tendría que arrostrar y los obstáculos que tendría que vencer para el buen éxito de la empresa, cuyo fin apenas presumía, se hallaba acuartelada en dos amplios salones del subterráneo y aguardaba impaciente la hora oportuna para la acción que debía empeñarse cumpliendo las órdenes de sus adalides, Morsamor y Tiburcio.

Aunque se hallaban bajo tierra, sin que disipase la oscuridad más luz que la de algunas lámparas, harto bien medían todos el tiempo y calculaban que era más de media noche. Ningún ruido exterior penetraba en el oculto lugar donde todos estaban congregados, lugar en que se oían sus animadas conversaciones, porque nadie les había exigido que callasen ni que hablasen en voz baja, y donde resonaban, al andar y al moverse ellos, el ludir y el chocar de las armas que no habían depuesto y que pronto debían emplear, aunque sin saber ni prever el instante mismo.

Entretanto, en la santa ciudad de Benarés, cerca de cuyos muros se hallaba el hipogeo, se celebraba aquella noche espléndida, alegre y ruidosa velada: la fiesta más solemne del culto de Krishna. No era la conmemoración de sus triunfos guerreros, cuando daba muerte a tiranos y a monstruos, a endriagos y serpientes. Krishna, vencedor y libertador ya, aparecía precedido de Kureva y de Lakeshmi, númenes de la opulencia, y, de Karnala y Smara, númenes del amor. Sobre su pecho resplandecía el conquistado Samantaka, talismán de todas las venturas. Y Krishna iba difundiéndolas a su paso por dondequiera; y no había corazón de mujer, mortal o diosa, que al contemplarle no ardiese en amoroso fuego. Los Gandarvas descendían del Baikounta o paraíso de Vishnú para cantar sus alabanzas y las Apsaras para tejer danzas en torno suyo.

Esta serenata y este baile famoso, apellidados la rasa, se representaban aquella noche. En anchas plazas bailaban lindas bayaderas. La circunstante bulliciosa muchedumbre gozaba en mirar y aplaudía con locura. En la alucinación del entusiasmo, tal vez imaginaba que todos los seres inmortales acudían a ver la velada y a honrarla con su presencia. Desde el fondo del Océano, desde el ardiente centro de la tierra, desde las crestas nevadas del Himalaya y desde las serenas profundidades del éter luminoso, acudían Varuna, Agni, cuantas son las inteligencias que mueven las esferas celestes y guían a los astros en su curso, y el propio Indra, cabalgando en el pájaro Garuda, y no ya con rayos en la diestra, sino con aljófares y flores, que así él como las otras divinidades derramaban a manos llenas sobre la muchedumbre devota.

En la conjuración se había guardado profundo secreto. Nada sospechaba Abdul ben Hixen. La mayoría de su gente de armas, aunque era de muslimes, discurría por la ciudad, sin cautela ni reparo y se divertía en la fiesta, requebrando a las mozas y retozando también con ellas. El sultán, no obstante, se hallaba encastillado en la fortaleza, en cuyo centro se levantaba el regio alcázar. Allí vigilaba siempre por su autoridad y su dominio lo más aguerrido y selecto de sus guerreros. Su guardia se componía de más de mil veteranos fieles, diestros en el manejo de las armas.

Dos horas antes de que amaneciese, Morsamor y Tiburcio se pusieron al frente de los aventureros que habían traído, los sacaron de aquel a modo de encierro en que se hallaban, y guiados por dos jóvenes brahmanes, caminaron largo rato por un extenso pasadizo del subterráneo hasta llegar a un punto donde había una fortísima compuerta de madera y de hierro, horizontalmente colocada en la techumbre, hasta la cual se subía por una escalera de piedra. Al empuje de algunos hombres forzudos se levantó la compuerta, a pesar de la tierra y las hierbas que la cubrían y ocultaban, y se dejó ver el cielo sin Luna y solo débilmente iluminado por el pálido fulgor de las estrellas que a trechos, entre oscuras nubes, lucían.

En hondo silencio y procurando no hacer ruido, los aventureros todos fueron saliendo del subterráneo, encontrándose en un parque espacioso, dentro de los muros de la misma fortaleza y contiguo al alcázar donde el sultán habitaba.

La hueste de Morsamor buscó la mayor oscuridad, bajo las copas de algunos corpulentos árboles, para recatarse de los que pudieran estar vigilando y no ser vista ni sentida hasta que a una señal, que aguardaba con impaciencia, pudiese caer sobre los enemigos descuidados.

No llevaba la hueste de Morsamor armas de fuego, poco usadas y nada portátiles todavía. Los aventureros vestían coraza o cota de malla e iban armados de espada todos y unos de flechas y otros de picas y venablos.

A pesar de que en la fortaleza se ignoraba el oculto camino por donde en ella se podía penetrar y a pesar del descuido de la guarnición, la empresa de Morsamor estuvo a punto de malograrse.

Un viejo jardinero que andaba en vela y que tenía ojos de lince, vio con asombro que se abría el seno de la tierra y que surgía gente armada por la abertura. Al pronto acudió a dar aviso al capitán de una parte de la guarnición que se abrigaba en ancha sala de armas del piso bajo del alcázar. Enseguida los muslimes se apercibieron a resistir y a acometer a los intrusos. El jardinero indicó dónde estaban, y con no menor sorpresa y asombro los vieron los muslimes, a pesar de la oscura frondosidad en que ellos se encubrían. Sonaron entonces los clarines y cundió la alarma por todo el parque y el alcázar. A la entrada de éste, y en algunas de sus ventanas, había mosquetes, puestos sobre firmes horquillas y previamente cargados. Los mosqueteros encendieron las mechas valiéndose del eslabón y el pedernal que en los esqueros llevaban.

Abdul ben Hixen se alzó con sobresalto de su lecho, se vistió, se armó y se dispuso al combate.

Por dicha para Morsamor, casi en el mismo punto se oyó la señal que esperaba: era el sonido de las trompetas, avisando la sublevación de la ciudad, donde la plebe amotinada combatía ya e iba venciendo a los musulmanes.

La señal inspiró a Morsamor ánimo y confianza, pero era indispensable vencer en la fortaleza para obtener el triunfo. Si el sultán vencía y caía con su tropa sobre el pueblo, todo estaba perdido.

Las bombardas y falconetes que guarnecían la muralla, aunque puestos sobre rudos encabalgamientos o cureñas, y nada a propósito para que la puntería fuese certera, podían barrer la turba de amotinados que se arrojase al asalto de la fortaleza, circundada de foso profundo.

El sultán hubiera podido también lanzar contra la ciudad la caballería selecta de los guardias de su persona, que eran cerca de doscientos, y ocho terribles elefantes para la pelea y dirigidos por hábiles cornacas negros.

Esto fue lo primero que logró evitarse merced a un dichoso golpe de mano. A las órdenes de Tiburcio, Morsamor destacó cien hombres de los más audaces, que con astucia diabólica, lograron penetrar en el apartado edificio donde se guarecían caballos, elefantes, cornacas y guardias. Ningún aviso había llegado hasta allí. Sin sospecha ni recelo, dormían todos. Y si bien acudieron a las armas y procuraron defenderse, fue con tal aturdimiento y desorden, que les valió de poco. Con escasa pérdida de la gente que Tiburcio capitaneaba, muchos de los guardias fueron muertos. Otros se rindieron, depusieron las armas y se dejaron encerrar. Los caballos y los elefantes cayeron también en poder de la gente de Morsamor y quedaron custodiados en los establos, cobertizos y anchos corrales en que estaban. Todo esto, no obstante, no le consiguió sin prolongada lucha. Tiburcio y su gente no pudieron, pues, acudir en auxilio de Morsamor, empeñado en no menos ardua empresa, que las circunstancias hicieron harto más difícil.

Aunque eran pocos los mosquetes, que podían dirigirse para dentro del parque, por donde no se preveía ataque alguno, y aunque estaban manejados por mosqueteros torpes, sin conocimiento práctico de aquellas armas, todavía hicieron algunos disparos sobre los guerreros de Morsamor, causándole cerca de treinta bajas entre muertos y heridos.

Lejos de arredrarse con esto, el denuedo de Morsamor y de los suyos creció con la cólera y con el deseo de venganza.

En una salida que el sultán hizo del alcázar con la gente que tenía cerca de sí, el sultán fue rechazado y tuvo que hacer cerrar rápidamente la puerta para que los enemigos no penetrasen en pos de él dentro del alcázar.

Aprovechó Morsamor aquella retirada y el desaliento que había infundido en la guarnición que estaba fuera defendiendo el parque, para caer con todos los suyos, en buen orden y con embestida furiosa, sobre la gente que defendía la puerta de la fortaleza que daba a la ciudad y en la que había alzado un firme y ancho puente levadizo que hacía practicable el hondo foso.

Por fortuna, la plebe amotinada de la ciudad, fanatizada por los brahmanes y provista de armas, había vencido a los más resistentes de la exterior guarnición, mientras que otros, codiciosos y traidores, se habían dejado comprar por dinero suministrado por los brahmanes y por mercaderes ricos. Parte, pues, de la sublevación triunfante, se había adelantado hasta el borde del foso en tumultuosa muchedumbre. Sus gritos de júbilo llegaban claros a los oídos de Miguel de Zuheros, alentaban su valor y corroboraban su confianza. Así, a pesar de la obstinada resistencia de los que defendían la puerta, Morsamor y los suyos, no sin sacrificar allí muchas vidas, se apoderaron de la puerta al cabo, la abrieron y dejaron caer sobre el foso el puente levadizo. La noche en esto había pasado ya. La oscuridad se había, disipado. La penumbra del crepúsculo matutino se había trocado con rápida transición en claridad luminosa, apagándose las estrellas en el éter, matizándose las nubes de carmín y de oro y transmitiéndose por el ambiente despejado y limpio el movimiento, los colores y las formas de los distintos seres.

Los de la guarnición interior, aturdidos y empeñados en luchar con los que estaban dentro, solo habían hecho cinco disparos de bombardas, causando apenas daño en la muchedumbre, aunque sí algún miedo y mucha ira.

Al abrirse la puerta y caer el puente levadizo, la plebe retrocedió con espanto, temiendo que iban a salir el sultán y su caballería, y sus elefantes, y a cargar sobre ella. Pero los dos jóvenes brahmanes, que acompañaban a Morsamor, y que eran muy decididos, pasaron desde la fortaleza al otro lado del foso, y gritando en medio de la turba, le quitaron el miedo y la persuadieron de que eran aliados y amigos los que abrían el paso y los que reclamaban su apoyo para terminar aquella grande obra. La plebe entonces, como desbordado torrente que rompe el dique que le retiene y en violentas oleadas lo inunda todo, se precipitó por la puerta y llenó en un instante el parque que se extendía en torno del alcázar dentro del recinto murado.

XXIII

El rey, según hemos dicho ya, tuvo que replegarse y encerrarse de nuevo en el alcázar después de su vigorosa salida. La causa principal de la retirada había quedado oculta. El rey procuró y logró que se ocultase para que su gente no desmayara. Un dardo enemigo había atravesado su muslo derecho. De la honda herida manaba mucha sangre, y el rey apenas podía tenerse en pie.

Encerrado en la ancha cámara, donde estaba el único acceso para penetrar en el harén, y asistido solo por su médico, por su viejo confidente y valido el jefe de los eunucos, y por cuatro de sus más fieles e íntimos servidores, el rey siguió dando órdenes y excitando a la resistencia, joven y robusto aún, era, además, fiero y orgulloso, aunque debilitado su brío por la vida muelle y deleitosa que había vivido, en paz con los extraños y en lo interior hasta entonces, sin rebeliones ni motines.

Cuando vio a las claras que sus soldados habían sido vencidos, que la plebe triunfante había invadido la fortaleza y que ya se disponía a romper las puertas y a entrar en el alcázar, su desesperación fue completa y horrible.

Abdul ben Hixen se jactaba de su nobilísima estirpe. Pretendía descender, por una ilustre serie de monarcas guerreros, del propio Mohamud de Gazna el Grande. Altísimo era el concepto en que tenía él la sagrada dignidad de su persona. ¿Cómo sufrir, pues, el oprobio de caer vivo entre las manos inmundas de aquel vil populacho?

Inevitable era la muerte y convenía aceptarla con valor y recibirla cuanto antes.

Los clamores de la turba, que oía cerca de sí, se diría que le excitaban a tomar la tremenda resolución. No podía ya morir peleando y matando, pero podía y debía morir enseguida antes de caer en infamante cautiverio.

Abdul ben Hixen ya pidió con ruegos, ya ordenó con furia que le matasen a los cuatro soldados fieles que estaban cerca de él, al médico impasible y al jefe de los eunucos, que le miraba lleno de asombro y temblaba como un azogado.

El profundo respeto que el rey infundía no consintió que ninguno de sus cuatro guardias cumpliese sus órdenes ni accediese a sus ruegos.

—Carecéis de valor —dijo entonces— para ser misericordiosos conmigo. Yo supliré el valor que os falta. Así os daré ejemplo para que os mostréis dignos de mí, para que impidáis que caigan vivas mis mujeres en poder de esa canalla infame, para que no insulten mi cadáver y para que todo, si es posible, sea presa de las llamas.

Sin oír ni aguardar contestación alguna, Abdul ben Hixen desenvainó con rapidez el acicalado yatagán de doble filo que de rico talabarte le pendía, fijó en el suelo la costosa empuñadura, cuajada de diamantes y esmeraldas, y poniéndose en el pecho la agudísima punta, se arrojó encima con tal ímpetu, que se traspasó y destrozó las entrañas con la ancha hoja, quedando muerto en el acto.

El astuto médico, con previsora serenidad y sin ninguna gana de acabar también trágicamente, desapareció como por ensalmo, yéndose por el lado opuesto al harén y escondiéndose donde pudo. Oportunísima fue la fuga. El entusiasmo heroico y destructor de los cuatro eunucos rayó en delirio y no tuvo límites al ver muerto y en medio de una charca de sangre a su querido y augusto amo.

Se creyeron en la obligación de matar, de incendiar, y era menester cumplir con ella.

El jefe de los eunucos la facilitó, por lo que a él le tocaba. El espanto le sobrecogió de tal suerte, que, desfigurado su rugoso y pálido rostro por horrible mueca, torcida y muy abierta la boca, como para exhalar a escape el último aliento, desencajados los ojos y dilatadas las pupilas, se desplomó sin vida en el suelo.

Los eunucos hacinaron telas, papeles, muebles, cuantos objetos consideraron más combustibles, alzándolos en montón contra la pared de la espléndida sala, cubierta de sedas del Catay y de chales y tapices de Cachemira, y cuya artesonada techumbre era de nácar, concha, sándalo, cedro y otras preciosas maderas, que en delicados embutidos y en linda taracea se combinaban.

Con destiladas quintas esencias, con ungüentos y aceites aromáticos, con cuanto pudieron hallar a mano a propósito para que prendiese el fuego y se propagase, rociaron los eunucos el montón de objetos, la tapicería de la pared y hasta el mismo techo. Encendieron fuego enseguida, le aplicaron a papeles y a trapos que había en la base del montón, y muy pronto, con feroz alegría, vieron surgir el humo y las llamas. Luego penetraron en el harén dispuestos a destruirlo todo y a dar muerte a las mujeres para que no fuesen profanadas y ultrajadas por el vulgo.

Entre tanto, los guardias que custodiaban el alcázar, con el intento de vender caras sus vidas, abrieron la ancha puerta y se lanzaron de nuevo al combate desesperadamente. La plebe, apiñada delante de la puerta, tuvo que lamentar no pocas víctimas de aquel primer ímpetu.

En esto, Morsamor, así como Tiburcio que, vencedor de la caballería, estaba ya a su lado, vieron en el extremo del palacio, hacia donde estaba el harén, y en una gran ventana que acababa de abrirse, una extraña figura, que los llenó de pasmo. Nunca mujer más bella, elegante y majestuosa había concebido Morsamor en su fantasía de poeta ni había aparecido en sus más radiantes y amorosos ensueños. Brillaban sus negros ojos, por entre las largas y sedosas pestañas, como la luz del Sol que arreboladas nubes mitigan. Era su tez como de leche y rosas. Esbelto su talle, elevada su estatura. A pesar de las flotantes y blancas ropas que velaban su cuerpo, se presentía y se adivinaba que era todo él maravilloso y armónico conjunto de perfecciones casi divinas.

Aunque no cuadraba a la dignidad aristocrática de aquella mujer ni mostrar angustia y terror en el semblante ni pedir socorro a gritos, Morsamor, a la vez que sintió en el alma una jamás sentida y amorosa admiración y un irresistible impulso que hacia aquella mujer le llevaba, sintió también, o más bien comprendió, como si un genio o espíritu invisible le hablase al oído, que aquella mujer se hallaba en el peligro más espantoso, y que él debía a toda costa liberarla y salvarla. Alrededor suyo, entretanto, se alzaban centenares de voces, diciendo:

—¡Urbási! ¡Urbási! ¡Es ella! ¡Es ella! la que el tirano había robado.

Sin más reflexionar, y sin ponerse con nadie de acuerdo, Morsamor, espada en mano, corrió hacia la puerta del alcázar, se abrió paso por entre cuantos allí peleaban, quedando milagrosamente ileso, y pronto subió a saltos la grande escalera que al piso principal conducía. Sintió pasos detrás de él, volvió la cara, vio a Tiburcio que le seguía dispuesto a ayudarle y, con mirada expresiva, se lo agradeció sin pronunciar palabra.

No era menester que la pronunciase; Tiburcio lo había adivinado todo y se puso delante de Morsamor, como para servirle de guía.

Así llegaron a la cámara, donde yacía muerto Abdul ben Hixen. El humo era sofocante. Las llamas habían subido ya por la pared y habían empezado a cebarse en la techumbre, que crujía y amenazaba desprenderse a pedazos.

Tiburcio pasó impávido por la cámara. En pos de él pasó Miguel de Zuheros.

Ambos iban con precipitación, aunque no sin cuidado, para no resbalar en la sangre que humedecía y manchaba el pavimento, para no tropezar en seres humanos muertos o moribundos y para no ser sorprendidos por los vivos, aún armados y furiosos, que sin duda por aquellos sitios vagaban.

Con certero instinto y con tan ligeros y sordos pasos, que no levantaban rumor, como si los que marchaban fuesen sombras, llegaron al extremo del palacio, donde estaba la estancia en que Urbási se guarecía. Cerrada la firme puerta, resistía aún a los reiterados y furibundos golpes que sacudían en ella los cuatro eunucos, ansiosos de derribarla.

Algo de siniestramente sobrehumano parecía traslucirse entonces en el gracioso rostro de Tiburcio, casi sin bozo, como de gentil adolescente. Acalorada la imaginación de Morsamor, creyó ver que la espada que Tiburcio llevaba en la diestra no era inerte acero, sino serpiente viva que se hundía en el pecho de los contrarios, y mordía y destrozaba los corazones. Súbitamente, antes de que le viesen y le hiciesen cara, Tiburcio hizo caer por tierra mortalmente heridos a dos de los cuatro eunucos. No fue larga la lucha con los otros dos. Morsamor peleó contra el uno, Tiburcio peleó contra el otro, y ambos perecieron también.

Sin un leve instante de reposo, Tiburcio tocó en la puerta con el pomo de su espada, y gritó alto para que le oyese quien estaba dentro:

—¡Urbási! ¡Urbási! Abre. Ten confianza en nosotros. Venimos a salvarte.

La puerta se abrió enseguida, y Urbási se mostró bajo el dintel, serenamente hermosa, como una aparición del cielo. Desalumbrado, extático, quedó Morsamor al contemplar de cerca tanta hermosura. Luego se repuso haciendo un esfuerzo, y con la mano izquierda, desnuda de la manopla que en la escarcela guardaba, asió a Urbási de la diestra, y guiado siempre por Tiburcio, buscó por donde había venido la única salida del harén.

Al llegar al salón, donde el rey yacía muerto, Morsamor retrocedió horrorizado.

En torno del salón no había cundido el incendio porque eran los muros de sólida mampostería, revestida de mármoles, que sin arder se calcinaban; pero lo interior del salón parecía un infierno: medroso torbellino de humo y de llamas.

Inevitable era pasar por allí. Tiburcio dio el ejemplo. Se diría que a su paso se apartaban las llamas y el humo, como si le conociesen y respetasen.

Vergüenza tuvo Morsamor de quedarse atrás, pero temía que, si Urbási seguía andando, prendiese el fuego en su larga y flotante vestidura, cuya fimbria tocaba y se extendía sobre el pavimento. Morsamor, entonces, tomó a Urbási en sus brazos, recogiéndole cuidadosamente la falda; atravesó con rapidez y valentía por el salón incendiado, y precedido de Tiburcio, llegó sano y salvo hasta el arranque de la grande escalera.

Hechizado y orgulloso de su dulce carga, nada le fatigaba su peso, y Morsamor no la hubiera soltado a no exigir ella descender la escalera por su pie.

Rápidamente la bajaron, asidos de nuevo de la mano Morsamor y Urbási. Con cariñoso afecto estrechó Morsamor la mano de Urbási, blanca, suave y admirablemente formada.

Al llegar al último tramo, ella estrechó también la mano de Morsamor; y de su fresca boca, que a él pareció cáliz de perlas y rubíes, colmado del aroma y del néctar que aspiran y beben los inmortales, salieron en voz baja y suave estas dulces palabras:

—Me has salvado la vida. Tómala si lo deseas. Eres su dueño.

Absorto en su alegría, nada acertaba a contestar Morsamor, cuando se vio cercado de multitud de gente, así del pueblo como de los mismos aventureros que militaban bajo sus órdenes. Entusiasmados todos por sus hazañas, le aclamaban por héroe, casi le adoraban como a un semidiós y le levantaban en hombros para llevarle en triunfo.

En aquel bullicio y alborozo Urbási y Morsamor se separaron. Y él estuvo largo rato desesperado e inquieto, en medio del aplauso popular y de la multitud que le vitoreaba, hasta que vio por dicha que a no mucha distancia, Urbási, en compañía del viejo brahmán Narada, subía en un palanquín e iba a salir fuera del recinto murado. Antes de salir, ella, que tenía en él la vista fija, le miró con amor e hizo ondear en su mano un blanco cendal, como despidiéndose. Su larga mirada fue elocuentísima y decía con toda claridad: hasta que pronto, muy pronto, volvamos a vernos.

XXIV

En un extremo de la ciudad, y en espacioso edificio, Morsamor, con toda su gente, estaba acuartelado. No llegaban a ciento ochenta, porque más de ciento habían perecido en la batalla. Cargados de riquísimo botín, consolábanse los vivos de la muerte de sus compañeros de armas. Limitado el incendio a la gran cámara, el alcázar dio extraordinarias riquezas a los que, después de Morsamor, le entraron a saco. Los caballos y los elefantes, de que Tiburcio y los suyos se habían apoderado, cedidos luego o vendidos a Balarán, príncipe de los brahmanes, produjeron cuantiosa suma de rupias.

La rebelión triunfante había entronizado a Balarán, invistiéndole de omní-modos poderes, concediéndole lo que en Europa llamamos la dictadura.

Era Balarán de nobilísima prosapia, de majestuosa presencia y de bello rostro resplandeciente en juventud lozana; era celebrado por su profundo conocimiento de los Vedas, de las Leyes de Manú, de los Puranas y demás libros sagrados, y de todos los sistemas filosóficos ortodoxos y heterodoxos de la India: y era venerado, además, por su energía, por su fe inquebrantable en los altos destinos de su religión y de su casta, y por otras raras virtudes aparentes o verdaderas. Gozaba, por último, de pingüe y casi regio patrimonio, parte del cual había consumido, comprometiéndole todo en la conjura.

Fundamento tenía su propósito de que fuese seguido el ejemplo que acababa de dar; de que la rebelión se propagase a otros Estados y de que se extirpase de la India el predominio del Islam. Así quedaría su ambición plenamente satisfecha; llevaría él con justo título el nombre de Balarán; el mismo nombre del pasmoso hermano de Krishna. Y así lograría él ser Brahmatma o jefe supremo de su casta, de su secta y del imperio que en ella se fundase.

Repugnaba Morsamor ser mero y dócil instrumento del brahmán ambicioso. Harto conocía que era delirio aspirar a más. Lo razonable, pues, era retirarse con sus aventureros, volviendo todos a Goa victoriosos y opulentos como nababos. Solo un interés personalísimo retenía a Morsamor en Benarés. La bella Urbási había cautivado su alma. Necesitaba volver a verla, declararle su amor y pedirle el cumplimiento de lo prometido en aquellas dulces palabras que ella pronunció, dejándolas grabadas en el centro de su corazón: Me has salvado la vida. Tómala si lo deseas. Eres su dueño.

Harto presentía Morsamor lo aventurado y peligroso de su nueva empresa. No quiso comprometer en ella sino a los que le fuesen completamente adictos y estuviesen resueltos a arrostrar el enojo de Balarán y a resistir el poder que ellos habían contribuido a poner en sus manos.

Morsamor convocó pues, a su gente, expuso su determinación de permanecer en Benarés con algunos pocos aventureros que quisiesen acompañarle y reconociendo que todos habían cumplido ya con el compromiso y la obligación que contrajeron, los dejó en libertad de volver a Goa, conducidos por buenos guías y con el espléndido botín que habían conquistado.

Deplorando o aparentando deplorar la separación, ciento veinte abandonaron a Miguel de Zuheros. Con él solo quedaron sesenta valientes de los más devotos a su persona. No hay que decir que el fiel Tiburcio quedó también con él.

Después de esto, de noche y con misterioso recato, el anciano Narada vino a visitar a Morsamor. Previos muy corteses saludos y sin otro preámbulo, Narada dijo lo siguiente:

—La verdad, sin jactancia, es que yo he fomentado y estimulado la ambición de Balarán desde mucho tiempo ha, infundiendo en su alma mi ardiente deseo de sacudir el yugo de los muslimes. Nada, a pesar de mi empeño, hubiéramos hecho todavía, si un imprevisto suceso no hubiera reanimado el espíritu reacio de Balarán, atizando su ambición con la ira y los celos y prestándole actividad y arrojo. La bella Urbási, a quien Balarán pretendía y adoraba rendido, desapareció de su magnífica vivienda; fue víctima de misterioso rapto. No bastó la habilidad de los raptores y no bastó el secreto con que la ejercieron, para que Balarán dejase de presumir y aun de tener por seguro que el tirano Abdul ben Hixen, ardiendo por Urbási en lascivos amores, era quien la había robado y quien en su harén la guardaba cautiva. Entonces Balarán no vaciló un instante. Forjó su plan y lo realizó con presteza de acuerdo conmigo. La fama de tus bizarrías había llegado hasta nosotros. Consideramos útil tu auxilio y yo fui a buscarte. Harto bien sabes lo demás por haber sido tan principal actor en todo. Lo que tú ignoras es que Urbási se halla de nuevo en grave peligro. Ha desdeñado al rey muslime y se le ha resistido, pero no desdeña menos a Balarán, el cual la adora y está resuelto a hacerla suya de grado o por fuerza.

—No será, no será mientras yo viva —interrumpió Morsamor con ímpetu apasionado—. Yo liberté y salvé a Urbási, y Urbási será mía o pereceré en la demanda.

—No sé cómo ponderarte —dijo Narada— la alegría y la confianza que tus nobles palabras infunden en mi pecho. Bien puedo ya declarártelo todo sin recelo alguno. Urbási, nobilísima doncella, huérfana de padre y madre, es venerada por mí como una deidad y amada como el más tierno de los padres puede amar a la mejor de sus hijas en quien se mira como en un espejo y en quien contempla el limpio dechado de todas las excelencias y perfecciones. Por sus venas azules corre la etérea y purísima sangre de nuestros antiquísimos richis, héroes y monarcas, celebrados en leyendas divinas y en inmortales epopeyas. La Naturaleza, pródiga con Urbási, la adornó de todos sus primores y prestó a su alma y a su cuerpo gentileza tal, que bien pudiera creerse que cuantos son los númenes que pueblan y dirigen los tres mundos, acudieron en la hora del nacimiento de ella, otorgándole cada uno el don más precioso y la más alta virtud de que dispone. Ilustrada luego la mente de Urbási por superior inteligencia, ha concebido el ideal completo de la mujer. Y Urbási, con voluntad firme y constante, ha logrado realizarle en sí misma, tanto en lo íntimo del espíritu como en la visible y terrenal apariencia. Sabe, sin hacer le ello alarde, las ciencias reveladas y ocultas de los brahmanes. Y sin ignorar el conjunto de las sesenta y cuatro artes de amor y deleite, que constituyen la padmini o hembra humana de mérito supremo, es casta, inocente e inmaculada virgen, así en el sentir y en el pensar como de hecho. No; el claro y abundante manantial de amorosas venturas, el tesoro de hechizos, el cáliz colmado de licor de celestial bienandanza, que con el auxilio de los dioses ella ha creado y en sí tiene, no puede ni debe tocar a labios impuros, apagando su sed, ni puede ser entregado para que le goce y profane a quien no sobresalga entre el vulgo de los mortales con eminencia desmedida.

—¿Es posible —interpuso Morsamor con cierto despecho— que ella, en cuyas encarecidas alabanzas te quedas corto, se complazca tanto en su propio valer, le tome por objeto de culto y se haga incapaz de amar a otro ser humano? Yo que la amo, yo que la adoro, ¿he de perder la esperanza de ser correspondido?

—Urge que lo sepas todo —replicó Narada—. No hay vagar para rodeos ni disimulos. Urbási, desde que llegó a ser núbil, se sintió atormentada por amor sin objeto; pero no sin objeto, sino por objeto a su ver imaginario, que columbraba su mente en la vaga penumbra de confusos recuerdos, en las casi borradas impresiones que anteriores existencias acaso han dejado en el alma. El ser que Urbási fingía, recordaba o creaba (¿por qué no confesártelo, si ella lo confiesa?), se parecía a ti ¡oh venturoso Miguel de Zuheros! Antes de que te viese, Urbási te amaba. Te vio, y tú fuiste su salvador. En el día, Urbási te idolatra. Ella cree que los cisnes de alas de oro, fatídicos nuncios del destino, vinieron a pronosticar su amor por ti y tu amor por ella, como pronosticaron a Damayanti que Nal debía ser su enamorado esposo. Y Urbási, no menos enamorada que Damayanti, desdeñaría por ti, no solo a Balarán, sino a Indra, a Varuna y a los demás dioses, que desde el Baikounta bajasen a pretenderla. Por ti se siente Urbási capaz de les mayores sacrificios. Por seguirte lo abandonaría todo, e imitando a Savitri, fiel consorte de Satyavat, acosaría sin temor a Yama, dios de la muerte, para sacarte de entre sus manos, como tú la sacaste a ella, y estrecharte luego apasionadamente en sus hermosos brazos.

Al oír a Narada, el corazón de Morsamor latía y saltaba agitadísimo por júbilo inefable. Morsamor se echó a los pies de Narada para mostrar su gratitud besándolos. Narada le alzó, le abrazó y se despidió de él, designando el momento en que volvería para llevarle donde Urbási estaba.

XXV

En una quinta, a corta distancia de la ciudad, secretamente estaba todo dispuesto para la boda que había de ser clandestina, sin festín para los convidados, sin baile y sin música. No por eso dejaba de estar revestido de costosos tapices y de otros raros adornos el salón donde se elevaba el pandal, estrado o sitio consagrado a la ceremonia.

En compañía de Narada, Morsamor entró allí primero. Llevaba el viejo brahmán vestimenta litúrgica de escarlata, sobre cuyo fondo carmesí se destacaba la barba blanquísima y luenga. Morsamor, ataviado con esmero y elegancia, parecía más joven y más gentil que nunca. De su cinto, bordado de oro, pendían la espada, la daga y la primorosa escarcela; coleto de finísimo ante, lleno de prolijas labores, cubría su pecho y sus espaldas. Las mangas acuchilladas, así como los greguüescos, eran de blanco raso. La calza muy ceñida, de elástico punto de seda, hacía que luciesen las bien modeladas formas de sus ágiles piernas musculosas a par que enjutas. Muy lindo gabán colgaba airosamente de sus hombros. Tenía la mano derecha libre y desnuda, y en la izquierda los guantes de ámbar y la graciosa gorra de Milán con airón de blancas y rizadas plumas, prendido a la gorra por una piocha de esmeraldas y rubíes.

Narada, al contemplar a Morsamor a la luz de las muchas lámparas que en el estrado había, no pudo menos de decirle que competía con el divino Hari cuando se casó Rukmini en el magnífico palacio de Duarika.

No tardó la bella Urbási en aparecer sobre el estrado. La acompañaban cuatro matronas casadas y la seguían sus siervas y los pocos convidados, amigos íntimos o parientes de su familia.

La presencia de Urbási, deslumbradora de hermosura, excitó la admiración de todos. En el alma de Morsamor se avivó con violencia el amoroso fuego.

El andar de Urbási más parecía de deidad que de criatura humana. Sin oprimir su esbelto talle, le ceñía amplia zona de púrpura recamada de perlas, sosteniendo las flotantes ropas talares de cándido lino, que descendían en artísticos pliegues y dejaban adivinar la armoniosa corrección del delicado cuerpo. La doble redondez del firme pecho, sin compresión ni arrimo, se estremecía suavemente al moverse la hermosa, entreviéndose por la transparencia de la tela su puro color de rosa y nieve. Recogidas con gracia en alto las abundantes crenchas de sus negros cabellos, dejaban ver el cuello despejado y cuán bien puesta se erguía sobre él la noble cabeza. Verde oscuras y hondas como la mar eran las pupilas de sus ojos, su brillo como el del Sol, y la sonrisa de su fresca boca como presentimiento del Paraíso.

Según el rito, la novia debía acabar de adornarse en el pandal, en presencia de todos, y las cuatro matronas casadas procedieron a hacerlo. De diamantes y perlas eran las joyas con que la adornaron. Pusieron una diadema sobre su frente; en sus pequeñas orejas, a guisa de zarcillos, dos gruesos solitarios asidos a sendos y sutiles aretes; junto a los hombros y en las finas muñecas de los desnudos brazo y en las gargantas de los pies ligeros, brazaletes y ajorcas, y varios anillos en los afilados dedos de las manos y también en los dos dedos gruesos de ambos pies, cuyo admirable dibujo no estragó jamás rudo calzado de cuero, y cuya desnudez dejaba ver la nítida blancura de la piel sonrosada y el limpio nácar de las pulidas uñas sobre las elegantes sandalias.

En la cabeza de Urbási las cuatro matronas echaron por último un rojo y transparente velo.

Recitando himnos con entonada melopeya, Narada invocó a los lares y a los manes, genios protectores del hogar y espíritus de los antepasados.

Dos purchitas o brahmanes que oficiaban asistiendo a Narada, pusieron en la mano derecha de Morsamor algunos hilos de azafrán, enlazados por larga cinta a otros hilos de azafrán que pusieron en la mano izquierda de Urbási.

Narada asió después la diestra de Morsamor y la unió a la diestra de Urbási. Sobre ambas manos juntas fueron todos los asistentes vertiendo algunas gotas de agua lustral perfumada.

Morsamor enseguida dio a Urbási algunas hojas de betel picante.

Entonces se renovó la invocación, dirigiéndola Narada a los más egregios seres divinos, a la propia Trimurti con el complemento femenino de Sarasvati, esposa de Brahma; de Laksmi, esposa de Vishnú, y de Uma, esposa de Siva.

En amplio canastillo de flexibles entretejidos juncos, de pie y abrazándose se colocaron los novios, y cuantos allí asistían derramaron sobre sus cabezas puñados de arroz que tomaban de otros canastillos menores.

Morsamor asió luego el táli, largo cordón de seda y oro en cuyos extremos resplandecían dos esmeraldas. Morsamor enredó el táli a la garganta de Urbási, dándole tres vueltas y sujetándole con triple lazada. La novia miraba hacia el Oriente mientras que el novio así la prendía.

Sentados ambos después en blandos cojines, comieron juntos, sobre anchas hojas de plátano, butiro fresco extendido en leves y esponjadas tortas de flor de harina, y miel de azahar a la postre: manjares simbólicos de iniciación en los misterios orientales, para aprender a reprobar lo malo y a elegir lo bueno.

En el centro del pandal se levantaba el ara, donde había algunas brasas. Los purohitas echaron sobre las brasas canela, sándalo, espliego y otras plantas y hierbas secas y fragantes. Se levantó llama y Narada la avivó más con libaciones de soma divino.

Narada entonces habló así con Agni, dios del fuego, devorador de la ofrecida hostia, conductor alado del holocausto:

—¡Oh tú, que te ocultas en el seno de los seres todos, que sin ti no serían, escúchame! ¡Agni, tú que animas el universo! ¡Concede a Urbási la lealtad y la firmeza que Satchi consagró a su marido cuando él la abandonó, y lleno de remordimientos, huyó a empequeñecerse y a esconderse en el tallo hueco de una de las flores de loto que cubrían el lago donde tú le hallaste, más allá de los montes de Himabat, en los últimos términos de la tierra! ¡Movido tú por las súplicas de Satchi y de acuerdo con los dioses, corriste por la tierra, volaste con tus alas de llamas por el aire y el éter, y hasta penetraste en el agua, tu temida madre, para encontrar a Satacrátu en su penitente y escondido refugio! El pecado de Satacrátu vino a recaer entonces y a diluirse en todas las criaturas, y recobrando él sus bríos las hizo dichosas, venció al tirano Nahucha y volvió a reinar en los tres mundos. ¡Oh, Agni, haz que Urbási sea para Morsamor tan regeneradora y purificante como Dara Satacrátu fue Satchi! Oye también y sé testigo, ¡oh, Agni, del solemne juramento de amor y de fidelidad, que van a pronunciar ambos esposos!

Morsamor y Urbási, en efecto, extendidas las manos sobre el ara y cerca del fuego, prestaron el juramento debido.

Así terminó el acto religioso.

En aquella misma noche, sin demora ni reposo, a fin de sustraerse a la celosa furia, a la venganza y al poder de Balarán, Morsamor y Urbási, depuestas las galas y en traje de camino, emprendieron un largo viaje.

XXVI

Muchos días, fugitivo de Balarán, caminó Morsamor con su dulce compañera. Dejándose persuadir por Narada, había creído en el levantamiento general de toda la India, en favor del predominio brahmánico, y no juzgó prudente ni seguro tratar de volver a Goa ni dirigirse a otro lugar que no estuviese fuera de los límites de la India.

En grandes barcas que de antemano contrató Narada, Morsamor había pasado el Ganges, y había ido hacia el Nordeste, esquivando los sitios poblados.

Con él iban, todos a caballo, Tiburcio y los sesenta valientes devotos a su persona. En ligero palanquín que veinte robustos negros sostenían y llevaban turnando, iba la bella Urbási, asistida solo por su sierva favorita Rohini. Completaban la caravana treinta poderosas mulas, alquiladas a dos ricos banianes en quienes Narada fiaba mucho y que se habían comprometido a ir adonde se les mandase, cuidando y guiando las mulas con el auxilio de cinco hábiles naires. Las mulas llevaban a lomo el espléndido equipaje de Urbási, abundancia de víveres, cuanto se requiere para desplegar tiendas en el campo y otros objetos útiles a la comodidad y regalo de los ilustres viajeros y al alivio de sus fatigas.

Harto presentía Morsamor que el Brahmatma, con gran golpe de gente, de guerra, había salido a perseguirle, aunque no había podido hasta entonces darle alcance por la mucha delantera que Morsamor y los suyos habían tomado.

Sin tropiezo vi encuentro alguno desagradable, llegaron los que huían a una vastísima e intrincada selva, resplandeciente de lozana pompa y florida verdura.

La frondosidad era tan densa por algunos puntos, que era menester abrirse paso rompiendo y destrozando con la segur los enormes bejucos y demás plantas enredaderas que, formando festones y guirnaldas, pendían y se entrelazaban de unos árboles en otros. Las alimañas esquivas y feroces huían a la aproximación de la hueste, pero no faltaban seres animados, más mansos y menos recelosos del hombre, que apenas se apartaban al sentirle llegar, y hasta que se adelantaban y mostraban como si acudiesen a darle la bienvenida. A veces, con alegre desentono, graznaban los pavos reales, desplegando la brillante rueda de sus pintadas plumas. Zumbaban las abejas que en los huecos de añosos árboles labraban sus panales. Las libélulas y las mariposas de los más nítidos colores y variados matices poblaban y esmaltaban el ambiente. La abundancia de hojas en lo más alto de las plantas formaba verde toldo, por el cual se filtraba tamizada y tenue la lumbre solar, mitigando sus ardores y formando caprichosos cambiantes de refulgente claridad y de sombra apacible. El kokila y otras aves cantoras entonaban sus trinos y gorjeos. Un vientecillo suave, que apenas movía los más tiernos tallos y renuevos, esparcía con sus alas el grato aroma de las flores, trasladaba a larga distancia las aladas semillas y llevaba de unos cálices a otros el polen fecundante. Arroyuelos de agua cristalina corrían serpenteando y murmurando por el somero cauce que naturalmente habían abierto, y en cuyas márgenes crecían violetas, rosas silvestres y mil hierbas de olor. No bien empezaba a anochecer, discurrían por el aire en multitud sin cuento las luciérnagas, como brillantes joyas con que bordaba allí su manto la primavera.

Tan amenos eran aquellos lugares que, embelesados Morsamor y los suyos, olvidaban casi el peligro que corrían.

Continuaban, no obstante, su peregrinación, aunque a la aventura y sin saber a punto fijo en dónde podrían refugiarse para escapar o para defenderse de sus perseguidores.

La selva parecía interminable y desierta. Los fugitivos no hallaron en ella criatura humana.

Al cabo llegaron a un ancho espacio, casi despejado de árboles, y en cuyo centro se alzaba un grande edificio de extraña arquitectura, palacio, fortaleza o tal vez abandonado asilo de anacoretas penitentes. Los peregrinos le visitaron y reconocieron, hallando que en él no vivía nadie.

Morsamor resolvió parar allí, reposar y hacerse fuerte, si por acaso le descubrían y sorprendían sus enemigos en aquel misterioso retiro.

Solo Tiburcio de Simahonda, con cuatro soldados que le escoltasen, todos en buenos y ligeros caballos, debía seguir adelante, como explorador, para ver si hallaba no muy largo y seguro camino por donde todos pudiesen ir a la corte del gran monarca de los mongoles, Babur, si éste había apaciguado ya sus dominios, si se hallaba en alguna ciudad menos distante que la remota Samarcanda y si concedía su favor y la esperanza de una recepción amistosa.

La gente de Morsamor estaba cansadísima. Y Urbási, rendida por la fatiga y emociones violentas, necesitaba para reponerse tranquilidad y reposo.

En el desierto edificio había muchas estancias separadas y capaces, pero muy pocos y antiguos muebles, rotos o desvencijados. Por dicha, las mulas traían de repuesto cuanto era conveniente para hacer agradable aquella vivienda.

En el patio del edificio manaba agua abundante y clara de una hermosa fuente. Y cerca de ella había en amplio sótano una alberca para bañarse.

En el edificio no había provisiones de boca; pero la caravana distaba mucho de haber consumido las que sacó de Benarés, y en la selva, además, abundaban los cocoteros, los plátanos, los mangos, las palmeras, los

156

naranjos, los limoneros y otros árboles cargados de fruta. Y todos aquellos contornos convidaban con fácil y riquísimo éxito a la caza y a la pesca.

Alabando, pues, al cielo, que por lo pronto tan buen refugio le ofrecía, Morsamor se instaló con su gente en el abandonado edificio que se alzaba en el centro de la intrincada y vastísima selva.

XXVII

El edificio estaba casi al pie de muy altos montes. La ingente cordillera del Himalaya se erguía cerca de él, extendiéndose a un lado y a otro. Las cumbres, que se alzaban en el aire a millares de codos, estaban cubiertas de hielo perpetuo y de cándida nieve, que heridos por los rayos del Sol vertían destellos radiantes y hacían más bella la templada y apacible llanura en que se hallaba el palacio, bañándolo todo, a la hora del crepúsculo, en mágicos reflejos.

Morsamor había enviado esculcas y puesto atalayas, que debían renovarse con frecuencia y vigilar de continuo para avisar la llegada de cualquier enemigo y evitar una sorpresa. El terreno quebrado y áspero y los intrincados y revueltos desfiladeros estaban tan próximos, que era fácil, previo aviso de que llegaban fuerzas muy superiores, escapar a toda persecución, refugiándose en las entrañas de la serranía.

Confiado en esto, Morsamor hacía en el palacio larga parada, aguardando la vuelta de Tiburcio.

Era alta noche. Morsamor reposaba al lado de Urbási en la repuesta alcoba. La tenue luz de una lámpara, que ardía en vaso de diáfana porcelana, iluminaba suavemente el hermoso rostro y las gallardas y juveniles formas de la mujer dormida.

Morsamor se despertó y se puso a contemplarla extasiado. No acertando a reprimir su admiración amorosa, se acercó con lentitud y cuidado, para que ella no despertase, e imprimió dos tiernos besos sobre los párpados y largas pestañas de sus cerrados ojos. Aunque el toque de los labios de Morsamor fue delicadísimo, sacudida Urbási como por una conmoción eléctrica, volvió en su acuerdo, abrió los ojos, llenos de dulzura, miró a su amante esposo y le estrechó afectuosamente en sus desnudos y blancos brazos. La felicidad y la vehemencia del amor de ambos no hubo palabra articulada con que pudiera expresarse en aquel punto.

Después, sostenida en el brazo derecho de Morsamor y reclinada en su hombro, tras no breve pausa de silencio y reposo, Urbási, con lánguida y entrecortada voz, dijo a Morsamor casi al oído:

—No; este amor invencible, fuerte, gigante, inmenso, no ha podido nacer en mí, ni ha nacido de súbito. Antes de conocerte yo te presentía y te amaba. Al verte por vez primera, recordé tu rostro y columbré su semejanza en la nebulosa lejanía de tiempos pasados. Reminiscencias confusas de una vida anterior se despertaron en mi alma. En tierras muy remotas, nacida yo en humilde, en casi vil condición, te había amado y había sido tuya. ¡Tú te avergonzabas de mí, cruel! Tú me abandonaste. Morir fue mi sino, pero no quise morir desesperada. Entregué mi alma a Smara, dios del amor, y él me hizo en pago la promesa de poseerte de nuevo; de hacerme renacer, rica, noble y venerada para que no te avergonzases de mí y mil veces más hermosa para que me amases mil veces más que hasta entonces me habías amado. Dime, Morsamor, ¿no es cierto que Smara ha cumplido su promesa?

Al oír Morsamor las palabras de Urbási, retrajo a su memoria la imagen de Beatricica y pensó tenerla allí presente y que ella le encadenaba entre sus brazos y le besaba y le acariciaba. Como si hiriesen otra vez sus oídos, percibió las palabras de la vieja gitana que le dijo en Sevilla la buenaventura. Los cabellos de Morsamor se erizaron de espanto. A pesar del contacto íntimo y delicioso de su prenda querida, a pesar del tibio y grato mador de aquella piel, cuya tersura, suavidad y fragancia envidiarían los pétalos de la magnolia y de la flor del loto, Morsamor sintió el frío de la calentura y se santiguó maquinalmente. Entonces recordó con horror que era católico cristiano, aunque apóstata y réprobo.

En aquel momento sonaron fuera de la alcoba voces, precipitados pasos, ruido de armas y rechinar de puertas.

Aquella sensación, que avisaba a Miguel de Zuheros un peligro presente y real, disipó de su espíritu las sombrías imaginaciones que sin duda una muy natural coincidencia había creado. Natural era que Urbási, bajo el influjo de las creencias religiosas, propias de su nación y de su casta, se diese a entender que había transmigrado su alma, que en otras vidas había amado a Morsamor, y que más tarde había renacido para volver a amarle.

Miguel de Zuheros desechó, pues, aquellos vanos pensamientos, se serenó, recobró su brío indomable, se arrojó del lecho y se revistió a escape las armas.

Tomás Cardoso, teniendo de la pequeña hueste por ausencia de Tiburcio, acudió a llamarle desde la puerta de la alcoba. Armado ya Morsamor, salió a juntarse con Tomás Cardoso.

Numerosa hueste enemiga había sorprendido y muerto a los descuidados y dormidos atalayas, había invadido la selva y había cercado por todas partes el edificio.

A la luz del alba naciente, miró Morsamor por las ventanas en varias direcciones, y por dondequiera vio guerreros indios capitaneados sin duda por Balarán, el Brahmatma. No había medio de huir. Era inevitable combatir hasta la muerte o hasta lograr milagrosa victoria.

Los sitiadores dieron sin tardanza un furioso asalto por la fachada de la quinta, pugnando por derribar la puerta. Morsamor y los suyos se defendían con valor y con tino, causando en los sitiadores grande estrago y haciendo repetidas veces que retrocedieran, poseídos de terror.

La puerta resistía aún al embate del enemigo; pero, en la previsión de que pronto la derribase, Morsamor no vacilaba en defender sin reparo la entrada abierta.

A este fin iba ya a descender al piso bajo del edificio, cuando oyó en el piso principal angustiosos gritos y clamores. El enemigo había entrado por una pequeña puerta, a espaldas del palacio, le había invadido, y llenaba ya el piso en que Morsamor se hallaba. Entonces acudió Morsamor a la defensa de Urbási, pero ya fue tarde. El mismo Balarán, rodeado de sus más audaces satélites, había llegado donde ella estaba, la había asido de un brazo e intentaba apartarla de aquel sitio para acabar luego con Morsamor y los suyos sin que ella padeciese ni peligrase.

No como débil mujer, sino como fiera leona, se resistió Urbási al propósito de Balarán, lanzando contra él enérgicas palabras de odio y desprecio.

En aquel punto apareció Morsamor donde Urbási pugnaba por que Balarán no se la llevase consigo.

—¡Sálvame, Morsamor! —dijo al verle—. ¡Amor mío, libértame de este aborrecido tirano!

El corazón del Brahmatma ardió en celosa ira, al ver a su rival y al oír las amorosas palabras con que Urbási le llamaba.

En su ciego arrebato, desnudó Balarán la daga que llevaba en el cinto y se la hundió a Urbási en el seno, causándole instantánea muerte.

Atónitos, estupefactos quedaron los de uno y otro bando, al ver caer a Urbási desplomada en el suelo.

Con ímpetu irresistible se lanzó Morsamor contra Balarán, yendo a su lado Tomás Cardoso y otros ocho valientes, que arrollaban o derribaban cuanto obstáculo se les oponía. Así llegó Morsamor hasta donde se alzaba Balarán con la sangrienta daga en la diestra y tomó rápida venganza, atravesándole el cuerpo con su espada.

La gente de Morsamor le defendía a un lado y a otro rechazando a los indios. Morsamor pudo entonces asir de la barba al muerto Brahmatma y arrastrarle hasta la ventana principal del edificio. La abrió, sin temer el diluvio de flechas que le dispararon; alzó a Balarán en sus brazos para que los de su bando le vieran, y enseguida, con titánica fuerza, arrojo por el aire el cuerpo inerte, que dio tremendo golpe en el despejado o en el claro abierto por la gente de guerra al apartarse horrorizada.

En los primeros instantes que a la venganza de Morsamor se siguieron, parecía que Morsamor iba a triunfar por raro prodigio de su feroz valentía.

Los que habían entrado en el edificio con Balarán huyeron al verle muerto. Volvió a cerrarse la puerta por donde habían entrado. La posición de Morsamor y de los suyos parecía inexpugnable, merced a su desesperada resistencia y a la consternación de unos contrarios sin caudillo.

Pronto, no obstante, se rehicieron éstos, fiados en su muchedumbre y aguijoneados por la vergüenza y por el deseo de que la muerte de Balarán no quedase impune.

No era como el alcázar de Benarés el edificio en que Morsamor se refugiaba. Apenas se había empleado la piedra para construirle, sino la madera, tan abundante en la selva que en torno se extendía. Allí era fácil de conseguir el incendio, y el incendio era el medio más seguro de vencer sin sacrificar muchas vidas.

Gran número de sitiadores, con actividad diligente, solícita, casi frenética, allegó y trajo leña y hojas secas, y, formando con ellas enormes montones y altos rimeros, las arrimó a las puertas y a las paredes. Los sitiadores más decididos prendieron fuego por varios puntos, y, favorable el viento a su intención, estimuló el fuego soplando. Rojas llamas se levantaron lamiendo y escalando los muros. Negra y espesa humareda envolvió el edificio como en velo enlutado de fúnebres crespones.

Nada había advertido Morsamor. Satisfecha en Balarán su venganza, daba rienda suelta a su pena, abrazado al cuerpo inerte de Urbási, cubriéndole de besos y de lágrimas y anhelando hacerle revivir con su aliento.

Tomás Cardoso y los demás aventureros tuvieron que apartarle de allí, bajándole casi en volandas hasta la puerta principal del edificio. Era menester salir fuera, abrirse paso o morir hiriendo y matando, si no querían todos perecer ahogados por el humo o devorados por las llamas.

Morsamor se repuso de su doloroso desfallecimiento, hizo abrir la puerta, que ya empezaba a arder, y con heroica furia se abalanzó contra los sitiadores.

XXVIII

Aunque Morsamor parecía invulnerable y aunque los cincuenta hombres que permanecían vivos bajo su mando eran diestros y prodigiosamente valerosos, todos sin duda iban a perecer allí peleando contra un ejército. No peleaban por la victoria. No peleaban por la salvación en la fuga. Peleaban solo para vender caras sus vidas. Caras las vendían, en efecto, pero Morsamor notaba con angustia compasiva que sus fieles y devotos amigos iban cayendo también.

De súbito el ronco clamor de retorcidas y bárbaras trompetas estremeció el ambiente. Mil y mil gritos salieron de las bocas de los indios, medrosos y aterrados. Morsamor y los suyos vieron con sorpresa que sus contrarios, en confuso desorden, huían a la desbandada, tiraban las armas para correr con mayor ligereza y buscaban refugio y escondite en lo más intrincado del bosque, ya que no en las entrañas de la tierra.

¿Qué poder misterioso acudía en auxilio de Morsamor? No tardaron en aparecer los imprevistos auxiliares. Venían en ligeros caballos. Eran guerreros, de fea y terrible catadura, armados de largas lanzas, de agudas flechas y de flexibles arcos. En sus rostros, casi imberbes, aunque varoniles y fieros, resplandecía, sobre el amarillo oscuro de la tez curtida la exaltación alegre del triunfo. Sus pómulos eran salientes, gruesos sus labios y la nariz aplastada, oblicuos y pequeños sus ojos, y negras las ralas cerdas del largo bigote, y negros los cabellos, que pendían lacios sin ondas ni rizos. Cubrían sus cabezas gorras de hirsutas pieles, envolviendo capacetes de cobre, y sostenidas por barboquejos de lana, cuyas extremidades flotaban sobre el pecho.

Extraordinaria fue la sorpresa de Morsamor cuando vio en medio de esta tropa, que parecía fantástica legión de demonios, a su doncel sutil Tiburcio, que venía como guiándola y capitaneándola, más gallardo y gentil que nunca.

Fugados o muertos los indios, Tiburcio llegó donde estaba Morsamor y le estrechó en sus brazos. Algunos de los al parecer más importantes soldados de su extraña tropa desmontaron de los caballos, lanzaron aullidos, en señal de alabanza, admiración y júbilo, alzaron a Morsamor en hombros, y se apartaron del palacio que el voraz incendio ya consumía. Hicieron luego que Morsamor y los suyos montasen todos a caballo, y con profundo acatamiento y pompa triunfal se pusieron en marcha.

Tiburcio cabalgaba al lado de Morsamor y se lo explicó todo.

Aquellos hombres eran los mongoles. Babur, su monarca, apaciguados ya sus vastos dominios, había caído como el rayo sobre la India. Acababa de reconquistar a Lahore y se había apoderado luego de Delhi y de Benarés, la ciudad santa, donde le habían dicho que Balarán se había declarado Brahmatma. No encontró allí a Balarán y salió en su busca, a fin de vencerle y de vencer su ejército.

Internado Balarán en la selva, Bahur hubiera tardado en encontrarle o no le hubiera encontrado, si Tiburcio, acertando a presentarse ante él, no se hubiera ofrecido a servirle y no le hubiera servido de guía.

Muerto Balarán, y sabiendo ya Babur por sus esculcas las apenas creíbles hazañas de Miguel de Zuheros, iba, según anunciaba Tiburcio, a recibirle con palmas y laureles.

Cualquiera otro héroe, no atormentado del dolor más acerbo, hubiera tenido por altamente dichoso el éxito de aquella jornada y se hubiera enorgullecido de las distinciones honrosas de que colmó Babur a Miguel de Zuheros cuando éste llegó a su presencia.

Babur quiso tomarle a su servicio, pero Morsamor se excusó cortésmente, alegando su honda melancolía y afirmando que su destino le llamaba por muy distinta senda y que él no podía menos de acudir a su misteriosa vocación y de cumplir las órdenes del destino.

Tiburcio de Simahonda, Tomás Cardoso y cuarenta aventureros portugueses, que sobrevivieron a la batalla, acompañaron a Morsamor, y cargados de presentes y riquezas se separaron de Babur y de sus mongoles.

Babur dio a Miguel de Zuheros una áurea lámina, como la que Kubilai-Kan había dado a Marco Polo, para que le sirviese de salvoconducto o pasaporte por dondequiera que fuese. En el oro de la lámina estaban grabadas, en caracteres mongólicos, las más encarecidas recomendaciones, autorizado todo ello por la firma de Babur y por su regia marca.

Como curioso accidente que no debe omitirse aquí, haremos constar que la tropa de Morsamor partió reforzada por seis mongoles que se resolvieron a seguirle, movidos de afecto a España y de vivo deseo de ver aquella tierra distante. No parecerá el caso inverosímil si decimos que dos de los mongoles se apellidaban Pérez, dos Fernández y Jiménez otros dos. Aunque confusa y enmarañadamente, los seis presumían de buenos cristianos, y todos eran tataranietos de tres elegantes y lindos escuderos de Castilla, que habían acompañado a Ruy González de Clavijo cuando visitó a Tamerlán como embajador de Enrique III. Tres señoronas de la corte de Samarcanda, tan encopetadas como antojadizas, se habían prendado de los escuderos susodichos, se habían casado con ellos, reteniéndolos en el centro del Asia, y de tales enlaces procedían los Pérez, los Fernández y los Jiménez de cuyo patriótico atavismo aquí damos cuenta.

XXIX

Transida el alma de dolor por el trágico fin de Urbási y por la mortífera lucha que había sostenido, Morsamor huyó de la India, como para librarse de los malos espíritus que le acosaban y le atormentaban. Como Orestes perseguido por las Furias, caminaba Morsamor sin saber casi hacia dónde caminaba. Confiado en él y en su ventura, le seguía su valiente tropa. Tiburcio solía cabalgar junto a él y procuraba consolarle y entretenerle con pláticas amenas y con juiciosas reflexiones.

—El mal y el bien —dijo una vez—, la próspera o la adversa fortuna carecen a menudo de ser real y dependen de nuestro modo de entender las cosas. De aquí que yo pueda afirmar razonablemente que tú no debes quejarte de tu suerte, sino tenerla por próspera. El problema más difícil que hay que resolver, la suerte te le dio resuelto desde el principio. En la más penosa e ingrata tarea en que los hombres tienen que emplearse no te has empleado tú, pudiendo elevarte así sin estorbo hasta una posición donde tanto la felicidad como la infelicidad tienen superior magnitud a las del vulgo de los mortales.

—Cada día me convenzo más —interrumpió Morsamor— del fundamento y de la justicia con que te llamo doncel sutil. Tales son en este momento tus sutilezas, que no las entiendo.

—Pues préstame atención y óyeme —replicó Tiburcio—, y ya verás cuán bien me entiendes y cuán claro me explico. Por la generosidad primero y por la alquimia del padre Ambrosio, y más tarde por lo mucho que hemos garbeado en guerras, saqueos y batallas no somos pobres, sino ricos. A lomo de unas cuantas mulas traes contigo un tesoro de despojos; oculta en bolsa de cuero, bajo el sayo y pegada a tu carne, llevas gran cantidad de piedras preciosas, de tal valor algunas, que podrías, vendiéndolas, adquirir con su precio la mitad de Castilla, o restaurar en todo su esplendor a Medina del Campo, que el ejército fiel a nuestro monarca Carlos de Gante robó y asoló casi en los mismos días en que nos escapamos nosotros del convento en busca de aventuras. Te hallas, pues, y te has hallado desde que te escapaste en posición muy ventajosa. La mayoría de los hombres consumen la vida en ganarse la vida, y, como se la ganan perdiéndola y gastándola, no les queda vida de sobra ni para amar, ni para deleitarse, ni para trazar heroicos planes y realizarlos luego, ni para otros mil asuntos que debemos calificar de lujo y de poesía. La gente humilde y trabajadora, los ganapanes y destripaterrones, que sudan y se afanan para procurarse el sustento, son como las orugas y como los míseros gusanos, que se arrastran con lentitud, que se esconden entre el follaje, y que no pueden ejercer otra función sino la de nutrirse, mientras que tú y otros como tú, siempre bien nutridos y exentos de tan ruin cuidado y de menester tan vil, sois como las mariposas, que desplegáis a la luz del Sol los nítidos colores de vuestras alas, que voláis entre las flores, que libáis el néctar de sus cálices y que gozáis de amor y de gloria.

—Algo de verdad hay en lo que afirmas —dijo Morsamor—. No carezco de riquezas. Además de las que llevo conmigo, tengo confiadas no pocas al fiel y cauto Gastón Vandenpeereboom. Puedo con desahogo aventurarme en las más altas empresas. Y, sin embargo, me considero tan infeliz que preferiría volver a ser un pobre fraile, despreciado, viejo y enfermizo, o ser un ruin y hambriento pordiosero.

Ingeniosamente impugnó Tiburcio estas razones, manifestando que el pordiosero y el fraile, sobre ser desvalidos y menesterosos, lo cual no es chica pena, pueden padecer, además, tormentos insufribles.

—¿Has olvidado, acaso —concluyó Tiburcio—, cuánto te atormentabas en el claustro? No me parecías allí virtuoso penitente, ministro del Altísimo, sino energúmeno o criatura poseída de un enjambre de demonios.

Así cuidaba Tiburcio de consolar a Morsamor no probando que era dichoso, sino tratando de probar que otros habían sido más desdichados.

Poco a poco, y aunque algo a la ventura, con el propósito de llegar al grande imperio del Catay, nuestros viajeros se internaron por tortuosas y revueltas cañadas, que a cada instante se tornaban más ásperas y solitarias. Por dondequiera, breñas, matorrales y riscos, y con frecuencia despeñaderos medrosos, en cuyo borde resbaladizo se desenvolvía la apenas trazada senda que iba hollando.

El horror y la esquividad del paisaje crecían a cada paso. Hasta los más audaces se asustaban y anhelaban volver atrás. La terca persistencia de Morsamor y el respeto que Morsamor infundía los forzaba a seguir adelante. Con prudente cautela, y como por milagro, lograban que no tropezasen los caballos y las mulas en aquellos vericuetos y que no cayesen rodando en hondo precipicio con el jinete o con la carga que llevaban. Más propios de cabras monteses que de hombres eran aquellos sitios. Podría asegurarse que jamás se había estampado en ellos la planta humana. Era terreno desconocido, por donde, si lograban atravesarle, llegarían sin duda a no menos desconocida e inexplorada comarca.

La vereda daba innumerables rodeos. A veces iba en muy pendiente cuesta abajo, pero más a menudo se elevaba en cuesta no menos pendiente. Los cerros, a un lado y a otro, parecían ir creciendo. En sus enhiestos picos relucía el hielo perpetuo. La amontonada nieve bajaba hasta no muy lejos del camino, si era camino el desfiladero, cada vez más angosto, por donde marchaban.

Lo terrible de aquella peregrinación estaba por cima de todo encarecimiento cuando la noche envolvía en sus tinieblas a los viajeros.

Una noche, por último, fue indescriptible la angustia de todos. A pesar de la densa y casi impenetrable oscuridad, sintieron que se hallaban en una grande altura; que los cerros, por medio de los cuales habían caminado, quedaban atrás; que a un lado y a otro se les abría despejado, extenso horizonte; y que, delante de ellos, o descendía la senda, con inclinación que se hacía intransitable para hombres y para bestias de carga, o se convertía en despeñadero o abismo. Allí se pararon, aguardando ansiosos el día y acurrucados bajo algunas tiendas de campaña que un viento frío e impetuoso amenazaba derribar y que los amedrentaba con siniestros silbidos.

Larga como un siglo se les antojó aquella noche, pero el alba perezosa vino al cabo a disipar las sombras, a dorar las nubes, a teñir el cielo de azul y de púrpura y a impregnar el aire en claridad luminosa.

Extraordinarias fueron la sorpresa y la alegría de los peregrinos cuando vieron extenderse a sus pies, desde la elevación en que se hallaban, la más amena, fértil y bien cultivada llanura que imaginarse puede. La vega deleitosa estaba regada por dos ríos y Por muchos arroyos y acequias de agua cristalina. Se veían huertos, sembrados y muy elegantes jardines. Bien cuidadas sendas iban de un lugar a otro, entre dos hileras de árboles copudos y umbríos. Los frutales más preciosos se ostentaban en las huertas. Se distinguían bien los muros, palacios, templos y monumentos de una muy hermosa ciudad; y más cerca, casi al pie de la sierra, un edificio amplísimo, a modo de suntuoso monasterio, tal por su esplendor y grandeza, que nada en la mente de los viajeros se le igualaba en España ni en Portugal, ni en la propia Samarcanda, aunque ellos magnificasen con el afectuoso recuerdo la esplendidez de lo que cada cual había visto y admirado en su patria.

La cuestión ahora era bajar hasta la vega desde la enriscada cumbre o viso en que estaban. Harto se afanaron por conseguirlo, pero lo consiguieron al fin dando muchas vueltas y describiendo muchas eses, para no despeñarse por los tajos de aquella agria ladera.

Ya casi en lo llano, se hallaron en un verde soto, en medio de frondosos y gigantescos árboles, y por cuyo centro se precipitaba caudaloso arroyo, dando saltos y formando copos de rizada y cándida espuma sobre el haz de sus agitados cristales.

Muchas aves había por allí que ya trinaban alegres, ya volaban de rama en rama, sin el menor recelo de los hombres. Francolines de vistosas plumas corrían en bandadas.

Tomás Cardoso, que era gran cazador, no pudo resistir a su deseo de matar el que le pareció más grueso y más cercano. Disparó una flecha, y el pájaro cayó herido a poca distancia.

Entonces salió de la espesura un viejo, algo encorvado por la edad, que parecía llegar a cien años, y con airado acento censuró la cruel conducta de Tomás Cardoso y hasta le amenazó con un castigo. Con burla y desprecio respondió el portugués al pobre anciano y dirigió sobre él el caballo para asustarle. Mas, ¡oh raro prodigio!, el viejezuelo alzó en el aire el báculo en que se apoyaba y dirigió la contera hacia el caballo que sobre él venía. El caballo dobló al punto las rodillas y bajó la cabeza hasta el suelo, como para besarle con humildad. Aquellos movimientos fueron tan rápidos, y fue tanto el descuido de Tomás Cardoso, por no preverlos, que el caballo le botó de la silla y le apeó por las orejas, excitando el caído la risa de sus compañeros, a pesar del asombro que el sobrehumano poder del viejo les había causado.

Se adelantó entonces Tiburcio, y, sirviendo de intérprete, en vulgar dialecto indostaní, preguntó al viejo quién era él y en qué país se hallaban ellos.

El viejo contestó al punto en un idioma de cuyos vocablos no sabían uno siquiera ni Tiburcio, ni Morsamor, ni ninguno de los que iban acompañándolos.

Pero esto fue lo más raro y maravilloso. Ni Tiburcio, ni Morsamor, ni el más rudo de los allí presentes dejó de entender lo que el viejo decía, como si a cada uno en su patria lengua le hablase.

El viejo les dijo:

—Os hago saber que yo soy ayuda de cámara, secretario o fámulo del muy egregio señor Sankaracháría. Gracias a él, y comunicados por él, poseo varios importantes dones. Es uno de ellos el de adivinar los pensamientos ajenos, y es otro el de sugestionar o infundir los pensamientos propios en las ajenas mentes sin valerme del auxilio de la palabra y del intermedio de los sentidos corporales. Os he escuchado y os he hablado por costumbre y rutina y para no faltar al uso corriente, pero sin hablar entiendo y me hago entender y así continuaremos nuestra conversación. Os digo con franqueza que no comprendo cómo habéis podido llegar hasta aquí. Mi amo me lo explicará todo, porque todo lo sabe. Ahora conviene que os lleve a su presencia. Es cortés y benigno; perdonará vuestra audacia y os recibirá amistosamente. Seguidme y os serviré de guía.

Dicho esto, volvió la espalda, empezó a andar y todos le siguieron.

XXX

No tardaron mucho en hallarse a la vista de un edificio tan suntuoso, grande y de tan florido estilo que, en su comparación, parecía miserable chozala casa más capaz y elegante de Padres Jesuitas sin exceptuar la que tienen en Loyola. Sobre la puerta principal había una inscripción en gruesas letras de oro. Como ya estaban todos sugestionados por el fámulo, aunque la inscripción estaba en sánscrito, la leyeron y entendieron, como sí estuviese en portugués o en castellano, La inscripción decía: Cenobio de la jubilación varonil.

El fámulo aclaró el concepto de esta suerte:

—Los señores que aquí viven son los señores más sabios que hay en el mundo. Con su exquisito régimen higiénico, con su dieta herbívora, y con su prudente y morigerada conducta, prolongan mucho la vida. Aquí no contamos por decenas, sino por docenas. El término natural y ordinario de la existencia es aquí de una gruesa de años o dígase de ciento cuarenta y cuatro. Cuando alguien por accidente muere antes, decimos que se malogra. Siete son los principios o elementos que en armonioso conjunto constituyen el ser humano. El número siete es simbólico y posee no pocas virtudes. Según nuestra Constitución social y política, histórica y filosófica, interna y externa, la vida de acción acaba en cada individuo cuando éste cumple siete docenas de años. El día en que los cumple, es el día de su jubilación y él se retira a este Cenobio y pasa de la vida activa a la vida contemplativa.

Así, el fámulo iba enterando de todo a Morsamor y a su tropa. Y gracias a la sugestión, no solo les daba noticias, sino que también les inspira sanos, juiciosos y vehementes deseos. El de bañarse, fregarse y escamondarse fue el primero que les inspiró, y para que le lograsen, como le lograron, los introdujo en unas maravillosas termas, donde brochas y suaves cepillos automáticos los ungieron con aromático y espumoso jabón y les dieron gratas y purificantes fricciones. Recibieron luego duchas de agua perfumada, se secaron con finísimas sábanas de lino y quedaron como nuevos de puro lustrosos. Todos parecían más guapos y más jóvenes que antes. Al revestirse, notaron con agradable pasmo que la ropa interior había sido lavada y planchada (permítaseme lo familiar de la expresión) en un periquete, y que asimismo olía muy bien, gracias a un exquisito sahumerio. Los coletos, los gregüescos, las calzas y demás ropilla exterior todo se había limpiado, quedando muy decente y desapareciendo las manchas sin el empleo de la bencina ni de otras sustancias apestosas.

El fámulo les dijo que era muy conveniente que ellos se presentasen de un modo decoroso ante el señor Sankarachária.

Los llevó enseguida a un bonito y capaz refectorio, donde almorzaron sutiles extractos, que paladeaban y saboreaban con raro deleite y que eran tan nutritivos y tan poco groseros, que bastaba para alimentar y satisfacer a un jayán, lo que cabe en una jícara de chocolate.

A todo esto, Morsamor y los suyos rotaban con extrañeza que no aparecía nadie y que el Cenobio estaba como desierto. Adivinó el fámulo lo que pensaban y aclaró el caso de este modo:

—No quiero que andéis maravillados y suspensos al ver esta mansión desierta. En ella no hay en este momento sino otros pocos fámulos como yo, retirados, sin duda, cada uno en su celda. Los señores han salido todos. No volverán hasta tres horas después de mediodía, porque hoy tienen Recordatorio galante.

Impaciente Morsamor por averiguar lo que aquello significaba, interrumpió al viejo, preguntándole:

—¿Y qué recordatorio es ese?

—El Recordatorio galante —contestó el viejo— consiste en la costumbre que tienen los señores de ir una vez por semana al cercano Cenobio de la jubilación femenina, donde las señoras ancianas, dulces compañeras de su mocedad, los reciben de visita, los agasajan con un delicado banquete, recuerdan con ellos los juveniles gozos y hasta cantan y bailan y huelgan y se entretienen, si bien con la majestad, el entono y el sereno juicio que importan en la edad madura.

Paseando por los alrededores del Cenobio y admirando los vergeles que le circundaban, estuvieron Morsamor y su gente hasta que pasaron las horas del Recordatorio y volvieron al Cenobio los señores ancianos.

Cosa de encanto les pareció el verlos venir. Con pausa solemne venían en dos hileras, como dos centenares de venerables viejos, vestidos de largas, flotantes y cándidas vestiduras. Todavía eran más cándidos y relucientes sus cabellos levemente rizados y sus luengas y bien peinadas barbas. Al andar, se apoyaban algunos en dorados báculos. Otros traían y tocaban arpas, violines y salterios. Guirnaldas de verdura y de flores ceñían las sienes de todos aquellos ancianos.

El fámulo, que para verlos pasar se había echado a un lado con los forasteros, dijo a éstos cuando llegó frente de donde estaban el viejo tal vez de mayor estatura y de más gravedad y belleza de rostro:

—Ése es mi amo, el señor Sankarachária. Trae, como veis, una guirnalda de hiedra y de violetas, con que le ha coronado hoy su esposa, para simbolizar el púdico, modesto y apretado lazo con que siempre la tuvo ceñida y prendida.

Al son de los instrumentos músicos, venían todos cantando, con deliciosa melodía, un himno del Rig-Veda, del que Morsamor comprendió milagrosamente y, conservó en la memoria, no sabemos si con entera fidelidad, las siguientes estrofas:

«Áureo germen de luz apareciste al principio. Soberano del mundo llenaste la tierra y el cielo. ¿Eres tú el Dios a quien debemos ofrecer holocausto?

»Tú das la vida y la fuerza. Los otros dioses anhelan que los bendigas. La inmortalidad y la muerte son tu sombra. ¿Eres tú el Dios a quien debemos ofrecer holocausto?

170

»Las montañas cubiertas de nieve y las agitadas olas del mar anuncian tu poderío. Tus brazos abarcan la extensión de los cielos. ¿Eres tú el Dios a quien debemos ofrecer holocausto?

»Tú iluminas el éter. Tú afirmas la tierra y difundes la claridad por entre las nubes. Cielo y tierra te miran temblando a ti que los criaste. De tu radiante cabeza nace la aurora. Sobre las aguas que engendraron la luz primera y que se precipitan en el abismo, tiendes tú la serena mirada. Sobre todos los númenes te elevas cual Dios único. ¡Oh custodia y faro de la verdad! ¿Eres tú el Dios a quien debemos ofrecer holocausto?»

XXXI

Como los sabios ancianos venían algo fatigados de la inocente huelga que habían tenido, el fámulo dejó que reposasen y durmiesen la siesta un par de horas, y luego llevó a Morsamor y a los suyos a la presencia del señor Sankarachária quien los recibió con distinguida afabilidad y extremada finura.

Ya sabía Morsamor por el fámulo que el señor Sankarachária era el escritor más notable que había entonces en el Cenobio y en toda aquella República. Los libros que había compuesto y que componía eran epítomes o brevísimos compendios, en estilo llano, para poner al alcance del vulgo los más útiles conocimientos. Por el método, orden y nitidez de la exposición, ensalzaba el fámulo, entre dichos libros los que se titulan Tattva Bodha, Conocimiento de la existencia; Atma Bodha, Conocimiento de yo (Dios); y Viveka Chudamani, El Paladion de la sabiduría.

—Aunque estos libros, añadía el fámulo, son solo rudimentos y preparativos para iniciación más alta, nadie consiente por acá que se comuniquen a los europeos, cuya inteligencia carece de la sólida madurez que para comprenderlos se requiere. Solo dentro de tres siglos y pico podrán ser y serán traducidos, leídos y semicomprendidos en Europa por algunas pocas almas excepcionalmente superiores.

Ya conjeturará el lector, de la singular historia que vamos escribiendo, el mar de confusiones en que un espíritu tan escéptico y tan crítico, como el de Morsamor, hubo de engolfarse y hasta de anegarse al ver y al oír tan estupendas cosas.

—¿Qué diantres de personajes serán estos viejos? —se preguntaba él cavilando—. ¿Serán en realidad profundamente sabios, estarán de buena fe llenos de vanidad y de soberbia por la comodidad y el regalo con que viven, gracias a sus envidiables inventos, o habrá en ellos algo de embaucadores y de farsantes?

Así discurría Miguel de Zuheros; pero se callaba, y ni al doncel sutil confiaba su discurso. De todos modos, Miguel de Zuheros sentía muy picada su curiosidad y anhelaba investigar y averiguar más de lo que ya sabía por el fámulo. Y como el señor Sankarachária era muy conversable y muy fino, procuró charlar con él, lo consiguió fácilmente y le interrogó sobre diversos puntos. De las contestaciones que obtuvo el sabio viejo hemos podido recoger aquella parte que por ser menos profunda está más a nuestro alcance, y vamos a ver si acertamos a transcribirla clara y fielmente.

—El ocultismo —dijo Morsamor— no acaba de justificarse a mis ojos. ¿Por qué escondéis avara y egoístamente vuestra ciencia, si vuestra ciencia es buena y puede hacer a los hombres mejores y más dichosos?

—No transmitimos nuestra ciencia —respondió el sabio viejo—, porque lo esencial de ella es intransmisible. Cada ser humano la crea en sí y para sí, sumergiéndose en el abismo de su propia alma, con intuición solo eficaz cuando el alma está ya purificada y educada, exenta de egoísmo, libre de pasiones, apetitos y concupiscencias vulgares y apta para entrar en el santuario íntimo de la conciencia suprema, donde todo es uno, el conocer, el que conoce y lo conocido. Para adquirir esta indispensable previa aptitud, jamás basta una sola vida. Solo puede conseguirse después de muchas reencarnaciones.

—¿Sabes tú —preguntó Morsamor— por cuántas has pasado ya?

—Mi clarividencia en este punto no es completa todavía —replicó el anciano—; pero entreveo y percibo en la penumbra confusa de mis recuerdos ultranatales que he muerto y renacido ya treinta veces en esta mansión terrenal. Y todavía sé poco y todavía para seguir estudiando tendré que morir y que renacer dos o tres veces más antes de alcanzar el nirvana.

—¿Y qué es el nirvana? —dijo Morsamor.

—Declarártelo bien —contestó el viejo— implicaría dos cosas tan difíciles, que rayan en lo imposible. Es la primera que si lo supiese yo, yo estaría ya en el nirvana y sería omnicio, o digase conocedor de cuanto ha sido, es y será; del sujeto, del objeto y de la síntesis en que se enlazan e identifican, siendo todo y uno y disipándose las aparentes ilusiones que distinguen, individualizan y separan. Y es la segunda que, aun poseyendo yo tan alta bienaventuranza no hallaría para transmitirte su concepto medio alguno de expresión en lenguaje humano ni tampoco en la sugestión directa y pura. Por ahora reprime tu curiosidad y aguántate sin saber lo que es el nirvana. Acaso dentro de algunos siglos, cuando subas a vida más alta, trasluzcas o columbres lo que es.

Morsamor se resignó porque no había otro remedio; mas para consolarse hizo preguntas menos trascendentes.

—Aunque lo más sustancial y elevado de vuestra ciencia sea intransmisible, todavía no me explico y deploro que viváis tan aislados en este esquivo rincón del mundo, sin influir en las andanzas del humano linaje y sin enseñar a alguien que no sea de los vuestros, ya que no lo más elemental de vuestra ciencia, el método o camino que a ella conduce.

—Tu suposición es infundada —dijo el anciano—. Nosotros distamos mucho de vivir aislados. Desde hace miles de años estamos en comunicación y tenemos trato con no pocos espíritus selectos, aun de los que han vivido y viven más lejos de aquí. Nosotros les hemos comunicado generosamente algo de lo que sabemos y podemos comunicar. Sobre todo, hemos sido dadivosos, espléndidos, con aquellos que han logrado penetrar hasta aquí y hacernos una visita. Uno de los primeros que vino a vernos desde Europa fue Pitágoras de Samos, y a nosotros se nos debe no pequeña parte de su sistema filosófico. A despecho de nuestra prudencia y de nuestra ancianidad, he de confesarte que pecamos por un exceso de galantería, y siempre que aparece en nuestra tierra alguna dama extranjera de distinción y aficionada a saber, la recibimos con finísimas atenciones y hacemos cuanto está a nuestro alcance para ilustrarla. Valgan como ejemplo la famosa Sibila Eritrea y más aun la linda hija de un honrado lucumon etrusco que vino acompañándola. Ella cautivó de tal suerte con su gentil presencia y con su mucha discreción a nuestros antepasados, que consiguió la dotasen de pasmosa sabiduría. Cuando volvió a Italia con su señor padre, se prendó de cierto reyezuelo de un pequeño Estado, tuvo con él frecuentes coloquios y le dio tan sanos consejos y le inspiró tan admirables leyes, que su ciudad, única en la historia, se enseñoreó de lo mejor del mundo y fundó hasta hoy el más persistente de los imperios. Ya comprenderás que hablo de Egeria, la ninfa inspiradora de Numa. Otros peregrinos se han presentado por aquí, que se han aprovechado muy mal de nuestras generosas lecciones, moviéndonos a arrepentirnos de habérselas dado. No se han servido de ellas con el desinterés y la abnegación indispensables para que den buen fruto, sino con malvado egoísmo, para engañar al prójimo y seducirle. Cuando esto ocurre, la magia blanca o rajah yoga que nosotros aprendemos y transmitimos, se malea y se tuerce, y convertida en hatha yoga o magia negra, suele hacer mil estragos como si fuese obra de los númenes infernales. Entre estos peregrinos que nos han dado chasco, te citaré a Simón el Mago, a Apolonio de Tiana, a Máximo de Efeso, consejero de Juliano el Apóstata, y, por último, al encantador Merlín, a quien consideran en Europa como hijo del diablo, lo cual no hay para qué decir que es absurda mentira.

—¿Pero es menester —preguntó Morsamor— llegar a estos sitios para participar de vuestra sabiduría?

—En manera alguna —dijo Sankarachária—. Los más aprovechados e iluminados de entre nosotros poseemos la facultad de entendernos, si queremos, con las personas que están más distantes. Nuestro cuerpo material y pesado es como la creación de nuestro cuerpo etéreo y plasmante, cuya ligereza raya casi en ubicuidad. Nosotros podemos desprender del cuerpo material y pesado dicha forma etérea, mal llamada cuerpo, recorrer con ella inmensas distancias, filtrarnos o colarnos por cualquier resquicio en la más severa clausura y conversar a todo nuestro sabor con nuestros amigos y adeptos. Así nos comunicamos y entendimos hace ya sobre poco más o menos veintidós siglos con el príncipe Sidarta, entrando en el hermoso palacio de Kapilavastu, donde su padre, Sudhodan, rey de los sakias, le tenían encerrado. Con nuestras amonestaciones y consejos fomentamos su vocación e ilustramos su nobilísimo espíritu. Bien podemos, pues, jactarnos de haber influido en que se fundase una religión que en el día profesan más de cuatrocientos millones de seres humanos.

—¿Y habéis tratado y seguís tratando de la misma suerte a algunos sabios europeos, yendo vosotros de visita donde ellos residen?

—¿Y cómo no? —contestó Sankarachária—. Yo tengo y visito así a varios amigos de Europa. Uno de ellos, suizo de nación, médico excelente y filósofo avaro y agudísimo ingenio, está avecindado en Basilea, y es generalmente conocido con el nombre de Paracelso; otro, no menos singular, se llama Cornelio Agripa, natural de Colonia, en las orillas del Rin; otro, que tiene más fama de brujo que los demás, y dicen que va siempre acompañado de un diablo en figura de paje, lo cual ya comprenderás que es una patraña, se llama el doctor Juan Fausto, y otro, por último, con quien estoy yo en más frecuentes y cordiales relaciones, vive ahora junto a Sevilla, en un convento en la margen del Guadalquivir, y se llama el reverendo padre fray Ambrosio de Utrera.

Suspenso y como turulato se quedó Morsamor al oír en boca de Sankarachária el nombre de su benéfico amigo.

—Entonces —exclamó— sabrás quién soy yo. El padre Ambrosio te lo habrá contado todo.

—Y vaya si me lo ha contado. Yo sabía quién tú eras; he influido en que vengas por aquí; puedo asegurar que invisiblemente te he guiado para llegar adonde no llega nadie sin nuestra venia, y encargando a mi fámulo el disimulo, le ordené que te aguardase en el soto, como en efecto lo hizo.

XXXII

No fue una sola vez, sino varias, las que tuvo Morsamor diálogos por el estilo con el sabio viejo. Así aclaró o creyó aclarar muchas dudas y formar idea, aproximada, ya que no exacta, del país a que había llegado y de la gente que en él vivía.

Pondremos aquí, en resumen, el resultado de sus investigaciones o dígase lo que él acertó a comprender y lo que nosotros podemos expresar sin trabucarlo ni alterarlo.

Era aquel país el de los llamados mahatmas, rodeado de montañas tan intransitables, que los profanos no podían llegar a él. Era como unas Batuecas, no groseras y rústicas, sino cultas, elegantes y felices. Cuatro mil años, sobre poco más o menos, hacía ya que los habitantes de aquel país vivían apartados de la mayoría del humano linaje, formando una República pacífica y próspera, cuyo único gobierno era el Consejo de los señores del Cenobio, o sea de los mahatmas.

Sankarachária explicaba de modo harto singular el origen de aquella República. Lo que él contaba dista mucho de parecer verdadero; antes bien lo consideramos como fábula impía y absurda, pero nos parece tan curiosa, que no podemos resistir a la tentación de ponerla aquí en breves palabras, remitiendo a los lectores que quieran saber más sobre ello a un libro escrito no hace mucho tiempo, y cuyo título es Dios y su tocayo.

Prescindamos de la mayor o menor antigüedad de la especie humana. Dejemos a la prehistoria, ya fundada en la geología, ya valiéndose del estudio comparativo de los idiomas y de otros primitivos documentos, conceder muchos miles o pocos miles de años a la existencia del hombre en nuestro planeta. Tengamos solo por cierto, para no disputar con el señor Sankarachária, que antes de que apareciese la raza blanca hubo otras razas que progresaron y se elevaron a no pocos grados de civilización. Así la raza negra, la amarilla y la raza de piel roja, cuyos individuos se llamaron atlantes y se esparcieron por el mundo cuando la Atlántida se hundió. No hablemos aquí de los proto escitas o hiperbóreos, colonia de los atlantes, que se estableció más allá de las Montañas Rifeas y que fue muy culta y floreciente. A nuestro propósito basta saber que más de dos mil cuatrocientos años antes de la era vulgar había dos poderosos y civilizados Imperios: uno en Egipto, de atlantes y de negros mezclados, y otro en China, no menos adelantado o quizá más adelantado que el de los egipcios. En China reinaba en aquella época un emperador llamado Iao, y hacía muy poco que por evolución y selección había aparecido sobre el haz de la tierra la raza blanca, que es la más perfecta de todas.

Ciertos espíritus, muy pulidos y desbastados ya, después de pasar por bastantes reencarnaciones, no se avinieron a reencarnarse en chino, ni en negro, ni en mulato. Con la fuerza plasmante que tenían en su forma etérea se condimentaron o confeccionaron cuerpos sólidos más perfectos, y de esta suerte creía el sabio viejo, cuyas ideas extractamos, que apareció la raza blanca en el mundo. En una fértil y bonita comarca del Tibet vivió y se propagó, bajo la dependencia del ya citado emperador de la China, a quien sus súbditos llamaban Iao y Padre Celeste. Este soberano empezó a temer que

176

aquellos nuevos hombres se instruyesen demasiado, se ensoberbeciesen y se rebelasen. Procuró, pues, conservarles en la ignorancia; pero ellos desobedecieron sus mandatos y aprendieron muchas cosas, buenas y malas. Iao entonces envió un ejército contra ellos, que los expulsó del paraíso en que vivían. Y ellos, expulsados ya, fueron poco a poco emigrando por diversas regiones y dominando y acogotando a las razas inferiores dondequiera que llegaban. Algo, no obstante, se pervirtieron, malearon y bastardearon con el trato y convivencia de las tales razas, harto inferiores, como ya queda dicho.

Solo una escasa minoría de la raza blanca se conservó pura y sin mezcla y subió como la espuma en virtud y en saber. Para ello, en el momento de la expulsión ordenada por Iao, tuvo la cautela de escabullirse en aquel valle recóndito, circundado de altísimos montes y de casi impenetrables desfiladeros. Tal fue el origen de la República de los mahatmas, según ellos mismos lo entendían y declaraban.

—¿Y cuándo saldréis de vuestro retraimiento? —preguntó Morsamor a Sankarachária.

Y Sankarachária contestó:

—Cuando la Humanidad sea capaz de comprendernos. Cuando nazca a la vida colectiva.

—Pues qué, ¿no ha nacido aún?

—Aún dista mucho de nacer. Está en germen caótico: en incubación. No nacerá a la vida colectiva hasta dentro de quince mil años.

—¿Y cómo no hacéis nada para que la incubación se apresure?

—Hacemos lo que se puede —dijo Sankarachária—. Ya te he citado a no pocas personas que recibieron antiguamente nuestra inspiración y a algunas que la reciben hoy en Europa, ávida de saber y con la curiosidad científica muy despierta. Así los mencionados Paracelso, Cornelio Agripa, Fausto y tu valedor, fray Ambrosio de Utrera. Pero quien más ha de influir en que la incubación siga preparándose, sin que salga huero lo que se incuba, ha de ser una mujer privilegiada, semitudesca, semimoscovita, que el cielo no suscitará en Europa hasta dentro de unos tres siglos. Pronosticado está que esta mujer vendrá a visitarnos, nos encantusará, se apoderará de muchos de nuestros secretos, los divulgará en luminosos tratados y enseñará una ciencia que poco modestamente apellidará teosofía. No será lo que enseñe

177

sino los prolegómenos de nuestra ciencia verdadera; pero, aun así, se pasmará el mundo de oírla y de leerla y se crearán escuelas teosóficas en todas las naciones.

Ya suponemos que el pío lector habrá adivinado que Sankaracháría, aunque no la nombraba, alude a la señora Blavatski.

Todavía Morsamor, no satisfecho con las primeras nociones de aquella ciencia nueva, imitó proféticamente lo que hacen los periodistas del día en las interviews y siguió preguntando. Para abreviar, sin que nada de lo más importante quede oscuro, prescindiremos de consignar las preguntas y solo pondremos aquí tres o cuatro de las más notables contestaciones que Morsamor obtuvo. Por ellas empezará a comprender las doctrinas teosóficas quien esto lea y a sentir el prurito de estudiarlas a fondo en la multitud de libros que sobre el particular han escrito y publicado recientemente la citada señora Blavatski, el coronel Olcott, Annie Besant, Francisco Hartmann, Sinnett y otros autores, españoles algunos de ellos. Entiéndase, con todo, que esta ciencia de la teosofía no debe, con propiedad, llamarse nueva en Europa. Debe llamarse renovada. Sus adeptos de hoy le dan ya antiquísimo origen entre nosotros, o sea, fuera de la India. Hermes Trimegisto fue teósofo, y, bastantes siglos después, cultivó y propagó la teosofía entre griegos y latinos, el ilustre Ammonio Sacas, fundador de la escuela de Alejandría.

Pero no divaguemos, y vamos a las contestaciones que dio Sankaracháría y que no conviene queden en el tintero.

El caudal de experiencias y de merecimientos con que el ser humano se va afirmando en sus diferentes vidas y haciéndose digno de más altas reencarnaciones se llama Karma.

El principio que persiste, que no muere y que se reencarna es el tercero de los siete que componen nuestro ser; se llama Manas, y es como la raíz imperecedera de nuestro individuo. Por cima de Manas no hay más que Budhi y Atma. Atma es el más alto principio de vida, el alma del Universo, y Budhi el lazo que a Atma nos une. Por bajo de Manas hay otros cuatro principios: el del amor, el del odio y demás afectos, la fuerza vital, el cuerpo etéreo, y, por último, el cuerpo sólido, visible y tangible.

Sankaracháría enseñó, además, a Morsamor que había dos métodos científicos: uno, por lo común empleado en Europa, que, valiéndose de los sentidos corporales e informándose de lo que se ve, se oye o se palpa, investiga las leyes de todo y procura elevarse a la causa primera; y, otro, que es el indiano o teosófico, que se funda en la introspección, y por medio de Budhi logra que Manas se encarne y se enlace con Atma, y entonces no hay cosa que el hombre no sepa, y apenas hay cosa que el hombre no pueda. De aquí la verdadera magia blanca, que, según queda dicho, se llama rajah-yoga, aunque alguien la designa también con el nombre de lokothra o ciencia y poder nacidos de nuestro interior desenvolvimiento, en oposición a laukika, magia blanca también, pero vulgar y rastrera, que se funda en conocimientos experimentales y exteriores y en el empleo de drogas, hierbas y otros ingredientes.

XXXIII

Morsamor hablaba a menudo con Tiburcio, que andaba retraído, y, le comunicaba cuanto iba aprendiendo. Tiburcio le oía, no daba crédito a nada y se reía de todo.

—Pero no me negarás —le decía Morsamor— que Sankarachária sabe y puede mucho.

—Yo no te lo niego —contestó Tiburcio—. Lo que te niego es que su saber y su poder se funden en lo que él dice.

Y Tiburcio no pasaba nunca más adelante, ni aclaraba mejor su pensamiento. Por sus reticencias, con todo, presumía Morsamor que Tiburcio atribula las artes y las ciencias de los mahatmas a la intervención del diablo.

—¿Crees tú —le decía Morsamor— que el diablo interviene en esto?

Tiburcio no contestaba sí ni no. Se reía y se callaba.

Entretanto, ni Morsamor ni Tiburcio, ninguno de la pequeña hueste, podía ir a la ciudad de los mahatmas jóvenes o no jubilados ni mucho menos a ver a las mujeres. Sin duda era ley inquebrantable aquel retraimiento, mil veces más severo que el que hubo más tarde en el Paraguay, para evitar que las ciudadanas y los ciudadanos fuesen perturbados y contaminados por extrañas visitas.

Todos los forasteros, por consiguiente, aunque estaban muy agasajados en el Cenobio y tratados a qué quieres, boca, se aburrían de muerte y ansiaban salir de allí para gozar de plena libertad, aunque tuviesen que sufrir trabajos.

El mismo Morsamor empezaba a cansarse. Dispuso su partida; pero, antes de despedirse de Sankarachária, le hizo una última pregunta y le pidió un favor.

—Yo estoy harto —dijo Miguel de Zuheros— de guerras y de amores. En extremo me afligen los estragos y las muertes que preceden o suceden a cada victoria y a cada triunfo. Aún ansío laureles; pero han de ser incruentos y pacíficos. ¿Y qué más pacíficos laureles que los que yo alcanzaría, si me embarcase de nuevo, y por mar, navegando siempre hacia Oriente, volviese a mi patria? Dime si esto es posible.

—Ya sabes —contestó el anciano mahatma— que mi ciencia es más de lo interior que de lo exterior. Todo eso y más sabré yo cuando llegue a enlazarme con Atma. Por ahora, ni lo sé, ni me importa saberlo, ni te lo diría aunque lo supiese. Y la razón es obvia. Si te dijera que es imposible, te quitaría la esperanza, te retraería de la empresa y te despojaría del mérito de haberla acometido. Y si te dijera que es posible, aún te despojaría más del mérito y de la gloria, porque con la seguridad de alcanzar fin tan alto, ¿quién, a no ser muy cobarde, no pone los medios? No extrañes, pues, que me calle, y dame gracias por mi silencio.

En el favor que pidió Miguel de Zuheros fue más dichoso que en la consulta. Sankarachária se le otorgó a medias. Morsamor quiso ver y hablar al padre Ambrosio. Y el mahatma, si bien se excusó de ponerle al habla con el padre para que el padre no averiguase que él había revelado sus ocultas relaciones y tratos, todavía le prometió hacer que le viese, y, en efecto, cumplió la promesa.

Para ello, exigiendo primero a Morsamor que no había de chistar, ni alborotar, ni moverse, viera lo que viera, le condujo a un oscurísimo sótano y le sentó en una silla, donde había de quedar, y quedó, como clavado.

De repente, brotó un punto luminoso en el seno de las tinieblas. El punto se desenvolvió luego en multitud de rayos que trazaron un círculo lleno de claridad. Morsamor percibió en él, con asombro, el camaranchón donde el padre Ambrosio tenía su laboratorio. El padre estaba de pie, delante del atril, donde leía un libro de magia. La lámpara que ardía sobre el atril, colgada del techo, parecía ser el punto o foco de luz, por cuya dilatación el círculo se había formado. Otro fraile estaba al lado del padre Ambrosio con la capucha calada y volviendo a Morsamor las espaldas. Inesperadamente cambió este fraile de postura y mostró a Morsamor la cara. El pasmo de éste rayó entonces en delirio. Creyó ver su propio rostro como en un espejo, pero no joven y gallardo, sino marchito, lleno de arrugas y con la barba blanca como la nieve. Su terror casi fue más intenso cuando notó que aquel rostro, que se le había aparecido, caía como una máscara o se disipaba como vapor muy tenue dejando en la capucha un hueco. La capucha y todo el hábito se diría que no encerraban ya sino aire vano, Luna ilusión, un espectro. El sayal, vacío, continuaba erguido, no obstante, y hasta se movía y marchaba, como si le llenase y le animase un espíritu.

Vio después Morsamor que el féretro donde le habían encerrado se hallaba en el mismo lugar; que el padre Ambrosio levantó la tapa, y que dentro había un cuerpo humano tendido e inmóvil. No descubrió quién era. Un lienzo velaba su cara. El padre Ambrosio alzó un pico del lienzo, hasta descubrir la boca del que allí reposaba, e introduciendo en aquella boca el agudo extremo de un pequeño embudo, vertió por él algunas gotas del líquido contenido en un pomo que llevaba en la mano.

La visión se disipó enseguida, como las figuras de una linterna mágica o de un cinematógrafo.

No acertó Morsamor a explicarse bien todo aquello por ningún estilo; pero pensó, en su propio ser, y tocó y se reconoció materialmente, y tanto en lo exterior como en lo íntimo, se declaró a sí mismo que el verdadero Morsamor era él y no otro. Encomendó a todos los diablos a Sankarachária, a los demás mahatmas y al Cenobio de la jubilación varonil, y no bien despuntó la próxima aurora se escapó de allí con Tiburcio y los demás de su hueste.

XXXIV

Los diversos apuntes manuscritos de los que hemos ido extractando y compaginando esta historia, hasta ahora clarísima, presentan aquí contradicciones que conviene resolver y oscuridades que conviene disipar por medio de hipótesis.

¿Cómo pudo Morsamor salir del misterioso y fantástico país de los mahatmas y hallarse de nuevo en terreno de ser realidad más reconocidos? Sin el poderoso auxilio de Sankarachária, jamás acaso hubiera logrado tal cosa. Nunca Morsamor hubiera salido de allí ni hubiera vuelto al mundo real, como volvió el doctor Fausto desde el país de las quimeras. Allí se hubiera quedado, no durante años, como se quedó Bompland en el Paraguay, sino para siempre: hasta la consumación de los siglos.

Morsamor, pues, y su hueste salieron, según unos, en una barca encantada, que se hallaron junto a la orilla de un lago, y que, arrastrada por la corriente, los lanzó en un río, por donde el lago se desaguaba, y cuyas ondas por rapidísimo declive se abrían cauce en la estrecha y tortuosa garganta que formaban tajados peñascos y empinadísimos cerros. Aseguran otros que Morsamor y su hueste se fueron por el aire, en una máquina o ingenioso artificio cine les suministró Sankarachária y que sin ser juguete de las corrientes atmosféricas como los globos aerostáticos de ahora, se movía en la deseada y prescrita dirección, atraído por la fuerza psíquica o magnético espiritual de un gran sabio, amigo de Sankarachária, que vivía en la ciudad de Lasa y era nada menos que el secretario de Estado o ministro principal del Dalai-Lama. Si es lícito, comparar lo falso con lo verdadero y a mala copia o remedo con el original, este secretario de Estado era, respecto al Dalai-Lama, lo que fue Pedro Bembo respecto a León X.

Como quiera que sea, lo cierto es que Morsamor y su hueste se hallaron en casa como por encanto.

La lámina de oro o salvoconducto de Babur les valió de mucho. ¿Cómo no habían de respetar en el Tibet las encarecidas recomendaciones del sucesor de Tamerlán y de Kubilai-Kan, príncipe que había conquistado la China, que había reinado benéfica y gloriosamente en ella, y que por los consejos e insinuaciones de su privado Marco Polo, había fundado el poder temporal del Dalai-Lama, como Constantino y Carlo Magno el de los pontífices de Roma?

El aviso, además, que al secretario de Estado dio Sankarachária por los medios mágicos de que disponía, y que dicho secretario trasmitió a varios adeptos de los muchos que entonces tenían los mahatmas en el Tibet y en China, facilitó el largo y peligroso tránsito de Morsamor por todos aquellos países, inexplorados hasta entonces por los europeos.

Taciturno y afligido Morsamor, había hecho voto de no enamorar ya a mujer alguna, de no reñir con ningún hombre y de no tomar parte en ninguna contienda armada. Y como merced a las recomendaciones de Babur por un lado y a las del mahatma por otro, se le facilitaron todos los medios de comodidad y de transporte, no se ha de extrañar que Morsamor, por sus pasos contados, con la mayor premura posible, y sin que nada memorable le sucediera, llegase a Cantón felizmente.

De lo que vio y observó en la China, bien pudiéramos poner aquí bastante, ya que en los archivos de Sevilla, privados y públicos, se conservan curiosísimas notas de Morsamor y de Tiburcio. Pero nosotros juzgamos conveniente pasar por alto todo esto. Nuestros ilustres viandantes solo figuran como meros observadores, y las noticias que dan no difieren mucho de las consignadas en las relaciones de viajes del reverendo padre Agustino fray Juan González de Mendoza, del nunca bien ponderado Fernán Méndez Pinto, del padre maestro fray Domingo Fernández Navarrete, de la orden de predicadores, y de otros sinólogos, españoles y portugueses no pocos de ellos, sin excluir a don Sinibaldo de Mas, nuestro antiguo amigo.

Lo que aquí nos importa saber es que Morsamor se fue enseguida desde Cantón a Macao, pequeña colonia recién fundada por los portugueses.

En la rada de la nueva ciudad, Morsamor halló lo que deseaba y esperaba, según lo había concertado con el piloto Lorenzo Fréitas. Su nave hacía dos o tres semanas que estaba allí aguardándole, lo cual no pesaba al señor Vandenpeereboom, que había traficado con los chinos y hecho muy buenos negocios, ni pesaba tampoco a fray Juan de Santarén, que predicaba con gran fruto, aunque valiéndose de intérpretes, y que bautizaba chinos a centenares, hallando sus neófitos entre la gente pobre y trabajadora que hoy pudiéramos llamar coolies.

Ni el comisionista ni el misionero gustaron de la nueva empresa que Morsamor quería acometer; pero Morsamor poseía grandes riquezas y con ellas se allanan dificultades y todo se compone. A fray Juan le proporcionó recursos suficientes para socorrer a sus más desvalidos catecúmenos y fundar un asilo piadoso, y al señor Vandenpeereboom, que tenía amplios poderes de los señores Adorno y Salvago, le compró la nave, pagándola espléndidamente, por una mitad más de su justo precio,

El piloto Lorenzo Fréitas y muchos de la tripulación decidieron no abandonar a Morsamor e ir con él donde quisiera llevarlos.

Bajo la inteligente dirección de dicho piloto, hábiles calafates del país limpiaron los fondos de la nave, que estaban harto sucios, la carenaron bien y la pusieron como nueva.

Morsamor y el piloto la proveyeron, por último, de todo género de vituallas y bastimentos como para una navegación muy larga.

Más de la mitad de los guerreros portugueses que hasta allí habían acompañado a Morsamor resolvieron quedarse en Macao; pero los otros, más decididos, así como los antiguos tripulantes, formaban muy completa dotación para la nave, a la que Morsamor quiso cambiar el nombre que antes tenía sin duda, aunque no sabemos cuál fuese, y, la confirmó con el antiguo, clásico y mitológico nombre de Argo.

No pocos días se pasaron en tan importantes asuntos, y si bien Morsamor se empleaba en ellos, lejos de mostrarse comunicativo y alegre, andaba triste y silencioso, esquivaba el trato y la conversación de todos, hasta del fiel Tiburcio, y para reposar de sus afanes gustaba de ir a esconderse en cierta pintoresca gruta que había entre los peñascos de un cerro y desde la cual se oteaba el mar azul y se descubría muy extenso horizonte.

Al escribir la historia de Morsamor, nosotros haríamos célebre esta gruta, aunque ya no lo fuese; pero nos ahorra el trabajo de darle celebridad, la que ya tiene desde antiguo, por la circunstancia de haber imitado a Morsamor, sin saberlo, el glorioso poeta Luis de Camoens, que pocos años después solía ir allí a meditar y a entregarse a los más poéticos soliloquios. Lo de Morsamor eran poéticos también, aunque todavía más que poéticos eran filosóficos, por lo cual pondremos aquí muy en resumen uno de estos soliloquios, a fin de que el sentir y el pensar de Morsamor sean entendidos sin que se fatiguen y, sin que califiquen el soliloquio de latoso los lectores poco inclinados a la filosofía.

XXXV

—Mi segunda mocedad —decía Morsamor— ha sido peor empleada que la primera. ¡Vanidad de vanidades! Todo es vanidad y singularmente nuestros afanes, trabajos y aspiraciones. Pienso a veces que me valiera más no haberme remozado; pero, arrastrado por esa corriente de ideas negras, voy más lejos aún y exclamo. ¡Mejor sería no haber nacido! He buscado el amor para gozarle y he hallado vergüenza, desolación y muerte. Doña Sol paga mi amor con su desprecio. El desprecio mío mata el amor de donna Olimpia. Y cuando no nos despreciamos y nos amamos, la ira y los celos dan espantosa muerte al objeto de mis amores. Mi ambición no ha sido menos burlada que mi cariño. Salvo una ruin satisfacción de amor propio, ¿qué ventaja he sacado, ni para mí ni para mis semejantes, de mis triunfos guerreros?

Así discurría Morsamor con profunda tristeza. Luego, para consolarse, imaginaba tener una misión y cumplir con ella. Se creía factor poderoso en el engrandecimiento de su patria. Pero también de esto dudaba; y, mirando con inquietud hacia el porvenir, conceptuaba tal engrandecimiento caduco y efímero.

Cierta idea más clara y consistente en nuestra edad que en la suya aparecía después a su espíritu para justificar su ambición, para que sus propósitos no fuesen tenidos por vanos. Morsamor suponía que el humano linaje iba subiendo a más altas esferas de bondad y de luz y que él contribuía enérgicamente a la ascensión magnífica, predeterminada por el cielo. Desconsoladoras reflexiones venían al punto a invalidar, o al menos a poner muy en duda, el valer de esto último.

—No escatimaré yo mis alabanzas, ni negaré mi admiración —pensaba nuestro héroe— a los descubrimientos, invenciones y adelantos que los hombres realizan. Se diría que doman la naturaleza material, que encadenan con su inteligencia y sujetan a su voluntad las fuerzas del universo y que se valen de ellas para evitar fatigas y crear placeres y goces. Laudable es, en este sentido, el fecundo renacimiento en Europa de ciencias, artes y letras. Laudable es la activa curiosidad de nuestros navegantes que atraviesan nunca surcados mares y penetran en las más apartadas e incógnitas regiones. Y si no es más laudable, es mil veces más asombroso el mágico saber de los mahatmas, que no puedo negar, porque de él he sido testigo. ¿Pero en lo fundamental, hay progreso acaso o hay mejora en Europa, en la India o en la China? Yo sospecho lo contrario. En las antiguas edades los hombres acertaban a veces o por estar más cerca de la revelación primitiva, o porque alambicaban menos y no se quebraban de puro sutiles, o porque la mente de ellos no abrumaba aún con la pesada carga de lo observado y experimentado, levantaba el fácil vuelo a las esferas superiores y era capaz de una inspiración inocente y casi divina. Hoy, a fuerza de cavilar y de sutilizar, el entendimiento se pervierte y disparata mucho. No hay progreso, sino perversión, desde el himno compuesto hace más de tres mil años, que venían cantando los mahatmas cuando los vi volver al Cenobio, hasta las doctrinas que me expuso luego Sankarachária y que implican la negación de Dios, el concepto de que el mundo casi es ilusión y fantasmagoría y la mal velada afirmación de que la conciencia nace de lo que no tiene conciencia, la voluntad del ciego prurito de los átomos, y de sus desordenadas evoluciones el entendimiento y las leyes a que el entendimiento sujeta así lo exterior y visible como lo más hondo e íntimo del alma. Cuanto he oído en Benarés en boca de los brahmanes y cuanto después me ha expuesto Sankarachária en su misterioso retiro son la corrupción del mencionado himno del Rig-Veda, donde el vate de los primeros tiempos busca a Dios, le columbra y le admira en las cosas creadas, y le reconoce y le adora. En este mismo Imperio en que ahora estoy, he conversado con los mandarines y solo he visto en su saber ateísmo materialista y grosero; he conversado con lamas y bonzos, y despojando sus doctrinas de supersticiones y de símbolos, solo he visto en ellas la confusión de Dios y del mundo y el destino y el fin del alma humana fluctuando entre el aniquilamiento y la apoteosis.

Así cavilaba Morsamor y creía sacar en claro de sus cavilaciones la verdad real de su ser, del universo y de Dios que lo ha creado todo. Las muchas contradicciones que al afirmarlo así surgían en su mente le repugnaban mil veces menos que todas las otras contradicciones nacidas de cualquier otra metafísica, por sutil y profunda que fuese.

—Hará ya más de dos mil años —decía Morsamor— que vivió en este Imperio el filósofo Laotsé y escribió su doctrina del Tao. Allí está la verdad, al menos en germen. Cuanto después han inventado los chinos o han importado de la India, es perversión o extravío.

De esta suerte, en la misma gruta donde más tarde meditó Camoens, Morsamor meditaba y filosofaba, se lisonjeaba de ir por el buen camino, y, hasta cierto punto, se consideraba desengañado. Morsamor, no obstante, no se resignaba a despojarse de toda ambición. Aún quería recobrar el tiempo perdido, ganar gloria sobre la tierra, hacer inmortal su memoria entre los hombres, cosechar laureles sin verter sangre, revelar arcanos y realizar algo de inaudito o de antes no realizado por nadie. ¿Cuál sería el término de aquel inmenso mar que ante sus ojos se extendía? ¿Podría llegar por él hasta el mundo por Colón descubierto, salvar el valladar que le opusiera y volver a su patria navegando siempre hacia Oriente?

Los letrados chinos, a quienes había consultado, nada sabían de todo esto. Acaso el extremo de aquel océano oriental recelaba un oscuro abismo, algo de inaccesible para el hombre. Más allá tal vez estaría un infinito piélago de color y de luz, de donde al amanecer surgiría la aurora vertiendo claridad y oro, zafiros y rubíes por el éter, y abriendo paso al resplandeciente carro del Sol, que vendría en pos de ella. Tal vez eran sueños y delirios las opiniones de antiguos sabios griegos sobre la esfericidad de la Tierra. Tal vez era fábula cuanto había oído contar a los letrados de la primera expedición mística al Fusang de los discípulos de Fo en busca de un elixir que los hiciese inmortales. Tal vez eran fábulas también otras expediciones ulteriores. Los barcos de la flota, que Kubilai-Kan envió a la conquista del Japón, dispersos e impulsados por una tempestad pudieron llegar acaso al Fusang misterioso; pero de seguro que jamás volvieron de allí trayendo nuevas de lo que habían visto. No era el Fusang el mundo de Colón, sino un país imaginario donde la fantasía vulgar y materialista de los chinos ponía mayor fertilidad, abundancia y riqueza que los europeos pusieron más tarde en el Dorado. Lo único cierto era que más al oriente del Japón poco o nada conocían los chinos. Solo presumían la indefinida extensión de un océano mucho más ancho que el que separa a España de las tierras por Colón descubiertas. ¿Qué había en el extremo de este Océano? Quién sabe. Acaso el extremo de la tierra en que vivimos; el borde del disco; los lazos que atan la tierra al firmamento y que la sostienen suspendida en el éter. Morsamor veía en todo esto un misterio hasta entonces velado; pero le impulsaban a romper el velo su misma oscuridad y la vaga esperanza de que fuese cierto lo que habían pensado los sabios antiguos de Grecia y lo que Colón había intentado y hasta había creído demostrar yendo por Occidente al Extremo Oriente.

Decidido, pues, Miguel de Zuheros, y habiendo infundido en los de la nave confianza en su decisión, dejó en Macao al señor Vandenpeereboom y a fray Juan de Santarén, haciendo el uno negocios, y haciendo sermones el otro, y zarró con su nave con rumbo hacia la desconocido.

XXXVI

Mientras más se piensa en ello más axioma parece la sentencia de don Hermógenes, declarando que todo es relativo. En el viaje Desde Toledo a Madrid, del maestro Tirso de Molina, apenas había caminado legua y media y llegado a las ventas de Olías, cuando exclama la melindrosa doña Mayor; nunca imaginé que era tan largo el mundo. En cambio, el egregio poeta Leopardi prorrumpe en amargos lamentos porque el mundo le parece muy chico. Y es lo peor para él, que, mientras más mundo se descubre, más el mundo se empequeñece. Leopardi no cabe en el mundo.

Los tripulantes de la nave de Morsamor, de la nueva Argo, ya que con tal nombre había sido confirmada, se asemejaban más a doña Mayor que al poeta. Todos hallaban, y no sin motivo, que el mundo era mayor de lo que habían imaginado. En efecto, habían ido más allá de cuanto habían surcado con sus quillas los más audaces navegantes, árabes, chinos, japoneses y portugueses; más allá de lo hasta entonces explorado y hasta soñado. Nadie había llegado jamás adonde ellos estaban, o si había llegado, nadie había vuelto. Hacía ya no pocas semanas que solo veían cielo y mar. El mar se les antojaba infinito como el cielo. Y no solo era pasmosa la extensión de su superficie, sino que también lo era su profundidad insondable. En aquella soledad imponente, sublime terror pesaba sobre los espíritus durante la noche, pero rayada la aurora, todo se bañaba en luz y en vivos colores, y el Sol, rutilante y glorioso, doraba el aire y esmaltaba de púrpura y de líquida plata las ondas azules.

El piloto Lorenzo Fréitas y el mismo Morsamor, que en el retiro de su convento había estudiado y aprendido no poco de la náutica y de la cosmografía, conocidas entonces, no habían dejado de hacer sus observaciones y sus cálculos y sabían que habían pasado la línea equinoccial, y que iban navegando con viento favorable y con rumbo al sureste. Lo que no acertaban a determinar, por su ignorancia del tamaño de la Tierra, era si habían llegado o habían pasado ya bajo el semicírculo imaginario que, completando el semi-círculo que pasa por Lisboa y toca en los polos del mundo, le divide en dos partes iguales. Si esto hubiesen sabido, hubieran sabido también lo que por experiencia trataban de inquirir: la forma y el tamaño de nuestro planeta. El intrépido aventurero y el hábil piloto presumían, no obstante, que habían pasado ya el meridiano, o mejor diremos, el antimeridiano de Lisboa. En la imaginación de ambos, cuando culminaba el Sol sobre sus cabezas, aquella hermosa ciudad se mostraba envuelta en las densas sombras de media noche, merced al imperioso giro del firmamento todo, que daba rapidísimas vueltas e iba iluminando alternativamente nuestra pobre morada, o merced acaso al rodar de la tierra que en Salamanca, en Coimbra y en Sevilla habían presentido y sospechado antes de que Galileo lo sintiese y lo asegurase. En Sevilla, Morsamor había oído hablar mucho de todo esto a fray Ambrosio de Utrera y a sus ilustres amigos, cosmógrafos y pilotos examinadores de la Casa de Contratación, entre los cuales se contaban Alonso de Chaves, Rodrigo Zamorano y el joven y magnífico caballero Pedro Mexía. De ellos y de su propio estudio, había aprendido Morsamor, y algo se le alcanzaba del uso del astrolabio, del cuadrante, de la brújula y de otros instrumentos y de la manera de marcar el punto en que un barco se halla. Y como él y Lorenzo Fréitas coincidían en la opinión de que cada grado de la esfera tenía por el ecuador o por su anchura máxima quinientos estadios, cuando se creyeron en la parte opuesta del meridiano de Lisboa, creyeron también que distaban noventa mil estadios de dicha ciudad, y que todavía, sin contar los rodeos que tendrían que dar, necesitaban navegar otros noventa mil estadios para volver a la patria. Calculando por leguas, aunque es medida menos exacta y más variable, y atribuyendo a cada grado veinte leguas de longitud, aún tenían que andar tres mil seiscientas leguas para llegar a Lisboa en línea recta y sin ningún tropiezo.

Para no asustar a la gente de a bordo, Morsamor y Fréitas se guardaron bien de comunicarles el resultado de sus cálculos.

En la nave, que había salido abundantemente provista de Macao, había agua potable y víveres para bastante tiempo. Todos, sin embargo, empezaban a tener miedo, aunque lo disimulaban y aunque todavía no se había convertido en descontento. Solo Tiburcio se mostraba impasible y alegre, procurando con sus chistes ahuyentar del ánimo de Morsamor los malos espíritu que le atormentaban, a pesar de su esperanza de salir triunfante de aquel empeño.

Muy raras cavilaciones solían asaltar la mente de Morsamor y no eran las menos raras las que tenía al pensar en Tiburcio. Nunca se atrevía a comunicárselo. Procuraba, además, arrojarlo de su propio pensamiento como indigna extravagancia; pero recelaba a veces que en Tiburcio había algo de sobrehumano o de extrahumano; un no sabemos qué de diabólico, a pesar de que Tiburcio era tan fiel, tan servicial y para con él tan bondadoso y tan divertido, que, aun suponiéndole diablo, le calificaba de buen diablo. Entendía Morsamor que si Tiburcio se deleitaba en actos pecaminosos, era con superior permiso, para sacar bálsamo del veneno y para dirigir y levantar la maldad rastrera a fines excelentes, ordenados por la Providencia. Yendo más lejos aún en esta suposición, que desechaba al punto por herética, y de la que nunca dejaba de retractarse, fantaseaba que, así como hay diablos en el infierno, también debía de haberlos en el purgatorio, para cuidar de las ánimas benditas y para atormentarlas, no por mero y cruel castigo, sino a fin de que quedasen limpias de toda mácula y capaces ya de perdurable vida. Claro está que si había diablos de esta clase y si Tiburcio se contaba entre ellos, al cabo llegaría un momento en que Tiburcio cumpliría su condena y se encontraría indultado y horro de la esclavitud de la culpa. No poco de tan extraña opinión podía apoyarse, según Miguel de Zuheros había oído al padre Ambrosio en varias sentencias de Orígenes y de San Gregorio de Nisa. Entiéndase, a pesar de lo expuesto, que Morsamor no perseveraba en tales errores y que abjuraba de ellos por vitandos y nefandos.

Como quiera que fuese, esta navegación que iban haciendo ahora era tan melancólica y tan tétrica como había sido amena y bulliciosa la que Morsamor y Tiburcio, acompañados de donna Olimpia y Teletusa, habían hecho desde Lisboa hasta Melinda.

XXXVII

Siguieron pasando días sin que nada interrumpiese la monotonía de aquella larga navegación. La Providencia, el destino, los genios o los númenes que gobiernan el viento y las olas, o la misma estrella de Morsamor, según cada uno quisiera explicárselo, dispusieron las cosas de manera que la nueva Argo no halló en su camino tierra alguna donde pararse. Aquellos mares parecían tan hondos, que habían reprimido el empuje del fuego central, impidiendo que brotasen islas montañosas sobre su superficie. El coral y las madréporas no habían levantado arrecifes por ninguna parte ni habían formado atolones. Así al menos lo presumían Morsamor y los demás tripulantes cuando, cada vez que rayaba el alba, tendían la vista hacia los cuatro puntos del horizonte y solo percibían el haz azulado y uniforme del vasto Océano. Tal vez habría islas y hasta grandes e ignorados continentes al norte o al sur de la derrota que seguían, pero todo se ocultaba a la vista de ellos.

El terror de los tripulantes se aumentaba con la persistencia de tanta soledad. Aunque había abundancia de víveres, arroz, harina de trigo, aceite y galleta hasta para años, se temía que faltase el agua potable. En la nave no dejaba de haber ya quien encontrase el agua malsana y corrompida. El cansancio, lo poco variado y apetitoso de la alimentación, el miedo, el mal humor y hasta el aburrimiento trajeron la enfermedad a bordo. En pos de ella vino la muerte y empezó a sacrificar víctimas. La resignación y la paciencia se fueron agotando. El amor, el respeto y la confianza que Morsamor inspiraba se trocaban ya en descontento y hasta en odio.

Tiburcio era quien permanecía más entero y confiado en medio de todo. Hasta de la no aparición de tierra alguna deducía él faustos pronósticos y la consideraba como signo de buen agüero.

—O no hay —decía—, o si hay, no quiere el destino que descubramos terreno donde fijar el pie para obligarnos así a que lleguemos al fin del continente que descubrió Colón; a que le atravesemos por un estrecho de mar o a que le rodeemos por su extremidad sur, como ya rodeamos el África por el cabo de las Tormentas y a que volvamos triunfantes a la gran ciudad de Lisboa.

A menudo arengaba Tiburcio a los marineros y a los soldados, pero los hechos eran más elocuentes y persuasivos que las palabras. Ora vientos contrarios y borrascas que combatían la nave, ora pesadas calmas que la detenían en su carrera, vinieron a dar pábulo a la irritación general. De temer era que la sublevación estallase de un momento a otro.

Tomás Cardoso, grande amigo, admirador y fiel satélite de Miguel de Zuheros, había apaciguado los ánimos durante no poco tiempo y había procurado mantener viva en todos la esperanza; pero Tomás Cardoso acabó también por perderla y por cambiar su papel de apaciguador en el de cabeza de motín.

Era Tomás Cardoso el más a propósito para este oficio. Por su gigantesca estatura descollaba sobre los demás hombres. Ágil y fornido, los dominaba y acaudillaba.

En su desesperación, no sabiendo a qué arbitrio recurrir, los tripulantes decidieron volver atrás con diferente rumbo, o para ver si hallaban alguna tierra en que remediarse, o para ver si lograban aportar al Japón o volver a la China o a la India.

Con esta embajada fue Tomás Cardoso para imponerse a Morsamor, a quien halló solo en la pequeña cámara del buque.

Morsamor se negó a todo, si bien más suplicante que enojado, y alegando con suavidad y dulzura que, en el extremo a que habían llegado, era ya más peligroso volver atrás que seguir adelante; que la misma razón había para suponer tierras intermedias siguiendo hacia el Oriente que dirigiéndose hacia cualquier otro punto; y que, si el mar que surcaban no era interminable, más cerca debían de estar ya del mundo de Colón que del puerto de que habían salido y hasta que de las costas japonesas.

Tomás Cardoso replicó a Morsamor no con razones, sino con quejas. La conversación se fue agriando y se trocó en disputa. Los dos interlocutores estaban solos. Cardoso había echado a rodar todo respeto. Tenía muy poca fe en la elocuencia de sus razonamientos y sobrada fe en la energía de sus puños. En mal hora quiso intimidar a Morsamor, quiso abusar de su fuerza y le echó mano al cuello con violento ultraje. Firme y poderosa era la mano de Cardoso. Si hubiera asido bien a Morsamor, le hubiera derribado y hasta aplastado; pero Morsamor, antes de que Cardoso le agarrase bien, se desprendió y se deslizó de entre sus garras, retrocediendo de un brinco hasta la pared de la cámara. Morsamor desenvainó entonces la daga que llevaba en el cinto, y, exclamando: «¡Defiéndete, miserable!», se arrojó sobre Cardoso, que desnudó también su puñal y le aguardó sereno.

El ímpetu y la destreza de Morsamor eran incontrastables. Con el brazo izquierdo paró el golpe que Cardoso le asestaba, y con acierto pasmoso hundió su daga en el pecho del rebelde hasta la empuñadura. Atravesado el corazón, Cardoso cayó con estruendo en el suelo sin poder decir «¡Dios me valga!» Al ruido abrieron la puerta y entraron en la cámara varios parciales de Cardoso. Allí hubieran vengado su muerte con la de Morsamor si no hubiera acudido Tiburcio en su socorro con no pocos que permanecían fieles. La lucha fue entonces horrible en toda la nave, y Morsamor, que tanto deseaba laureles incruentos, antes de los laureles tuvo la sangre. Mucha se vertió, aunque la rebelión fue vencida. Con la muerte sofocaron y castigaron Morsamor y Tiburcio aquella rebeldía. Quince cuerpos muertos de sus más valientes compañeros fueron arrojados al mar y pasto de los peces.

La autoridad de Miguel de Zuheros se restableció y fortaleció en cuantos quedaron con vida. Y aterrados unos por el castigo y entusiasmados otros por el valor y la serenidad que Morsamor y Tiburcio habían mostrado, resolvieron seguirlos sin más dudar ni vacilar, aunque los llevasen al mismo infierno.

Honda tristeza abrumó el ánimo de Morsamor después de su triunfo. A par que se complacía en él, se afligía de haberle pagado tan caro.

En la melancólica hora del crepúsculo vespertino su preocupación fue más intensa y revistieron más negros colores los fantasmas de su imaginación atribulada. Parecía que estos fantasmas, sabiendo de lo profundo de su mente, tomaban cuerpos vaporosos y se proyectaban y se hacían visibles en el aire. De esta suerte, con ceño adusto y vertiendo sangre de su honda herida, el espectro de Tomás Cardoso se mostraba a los ojos de Morsamor siguiendo la nave. En el rumor, que al quebrarse en sus costados, hacían las olas, Morsamor creía oír por momentos sollozos, maldiciones y gritos de venganza, y tal vez se figuraba que surgían de la mar las cabezas de los compañeros muertos que venían nadando y pugnando por detener la nave o por hacerla virar hacia el oeste.

Creció la oscuridad. La noche se venía encima. Miguel de Zuheros tuvo entonces una visión extraña de tal consistencia, que le pareció realidad y no delirio de la mente. Podría ser espejismo, algo cuya causa él no se explicaba, pero algo que estaba fuera de él: que era real y no imaginado. A no mucha distancia de su nave, vio Morsamor otra nave que navegaba a toda vela con próspero viento y en dirección contraria. Sin duda no era falsa la visión, porque Tiburcio y los marinos afirmaban que la habían visto, aunque pronto se había perdido en la sombra. El piloto Lorenzo Fréitas afirmaba más aún, porque su vista era perspicaz como la del águila. El piloto afirmaba que también había visto la nave, que en el tope de su palo mayor ondeaba la bandera de Castilla y que en su proa se figuraba haber leído este nombre simbólico: Victoria.

XXXVIII

Aquella noche caviló mucho Morsamor sobre la aparición, real o fantástica, de la nave Victoria, y habló del caso con Fréitas y Tiburcio. Tiburcio sostenía que todo había sido ilusión óptica, fenómeno parecido al de la fata morgana. Y por el contrario, Fréitas concedía completa realidad a la visión y hasta llegaba a triplicarla, sosteniendo que en pos de la nave Victoria, aunque a mayor distancia y esfumadas en la vaga penumbra, había visto pasar otras dos naves. Más que a la opinión de su doncel, se inclinaba Morsamor a la del piloto. Sobre ella alzaba un cúmulo de suposiciones. Recordaba que, hacía ya tres o cuatro años, dos portugueses, uno de los cuales se llamaba Ruy Falero, habían ido a ofrecerse al soberano de España para ir a la India, navegando hacia Occidente, salvando el mundo de Colón y surcando juego el ancho mar descubierto por Balboa.

¿Llevaría la nave Victoria por capitán al mencionado Ruy Falero?

Tiburcio respondía a esto que él también recordaba lo que decía Morsamor, pero que recordaba asimismo que Ruy Falero había perdido el juicio y, que habían tenido que encerrarle en una casa de locos. Fréitas dijo entonces:

—Será cierta la locura de Ruy Falero, mas yo os aseguro que el camarada que iba con él, y a quien conozco y trato desde hace años, tiene tan bien sentado el juicio, que es muy difícil que le pierda, y es tan tenaz en sus propósitos y tan brioso y capaz de realizarlos, que no me pasmaría yo de que lo consiguiera. Acaso la nave que hemos visto no lleva en vano el nombre de Victoria. Acaso va mandándola el otro portugués de cuyo nombre no os acordáis.

—¿Y cómo se llama ese otro portugués? —preguntó Miguel de Zuheros.

—Ese otro portugués —contestó Fréitas— se llama Fernando de Magallanes.

Rarísimo personaje era Morsamor. Tal vez los que lean esta historia calificarán de inverosímil su carácter, pero a menudo parece inverosímil lo más verdadero. Morsamor carecía de vanidad y era todo orgullo. La envidia y los celos no entraban en su alma. Hasta la misma emulación tenía en ella poca cabida. Y su orgullo era tan expansivo, que Morsamor, con tal de que él alcanzase y mereciese el triunfo, no se apesadumbraba, sino que se alegraba de que alguien pudiera alcanzarle al mismo tiempo que él, asegurándole así para la gente de su nación o de su casta.

—Si en la nave que hemos visto o imaginado ver va Fernando de Magallanes, yo —dijo Morsamor— me alegro con toda mi alma. Él o yo, o ambos, volveremos a la patria, después de haber recorrido toda la redondez de la tierra. Segura es ya nuestra gloria, y no será menor aunque sea compartida. Él y yo merecemos que se diga de nosotros que, al dar cima a nuestra empresa, ambos levantamos un arco triunfal y abrimos una nueva era en la historia del humano linaje; agrandamos por experiencia el concepto de las cosas creadas, y empezamos a revelar los arcanos del universo visible. Poco me importa que no sea solo del camino que llevo y de la nave en que voy, sitio también de la nave en que él va y del camino que él lleva de quien digan los contemporáneos entusiasmados: «Fue el camino que esta nao hizo el mayor y más nueva cosa que desde que Dios creó el primer hombre y compuso el mundo hasta nuestro tiempo se ha visto, y no se ha oído ni escrito cosa más de notar en todas las navegaciones después de aquella del patriarca Noé; ni aquella nao o arca en que él se salvó del universal diluvio navegó tanto como ésta».

Al rayar el alba de la noche en que Morsamor había pensado y hablado así, como si Dios quisiese darle premio, aparecieron en lontananza, destacándose sobre el fondo de púrpura y nácar del cielo oriental iluminado ya por el día, elevadas montañas que parecían dilatarse de norte a sur en extensión grandísima. La nueva Argo estaba ya cerca del continente que buscaba y todos sus tripulantes doblaron las rodillas y dieron gracias al cielo.

Harto sabía Morsamor, desde antes de que abandonase su convento, las tentativas infructuosas y desgraciadas que para hallar paso por mar del Atlántico al Pacífico se habían hecho hasta entonces. Recordaba sobre todo, por ser más reciente, el viaje de Juan Díaz de Solís, piloto de la Casa de

Contratación de Sevilla, el cual había navegado por los mares del hemisferio austral hasta más allá de los 35 grados de latitud, sin hallar término al nuevo continente, ni estrecho alguno por donde se pudiese salir navegando al mar del sur descubierto por Balboa. Juan Díaz de Solís había llegado hasta una inmensa bahía, por donde desembocaba en el mar un río muy caudaloso. Luchando allí con ciertos belicosos y fieros salvajes, llamados charruas, Solís había perdido la vida. El barco que él mandaba quedó abandonado en aquellas distantes e incógnitas playas, pero otros barcos que le habían acompañado en su expedición volvieron a Sevilla y dieron cuenta de todo. Morsamor sabia, pues, que no hallaría paso al Atlántico sino más al sur de los 35 grados. Por eso había navegado con rumbo al suroeste, y cuando se aproximó a la costa occidental del Nuevo Mundo, se hallaba a los 36 grados de latitud austral. No sin recelo y con extraordinaria cautela, para evitar encuentros y combates con gentes desconocidas y, bárbaras, Morsamor y los suyos saltaron en tierra en busca de agua potable. Fertilísimo era el agreste e inculto suelo que pisaron. Majestuosas montañas se levantaban no lejos de la costa, y desde los manantiales que brotaban en lo alto por entre las rocas descendían por la agria pendiente arroyos de agua cristalina y hasta caudalosos ríos de rápido curso. Selvas de lozana y frondosa vegetación, que en algunos puntos las hacía impenetrables, se extendían por dondequiera y venían avanzando hasta la orilla del mar. Nuestros viajeros reprimían su curiosidad y no querían explorar nada, anhelando solo hallar el paso que buscaban. Se contentaron, pues, con tomar agua potable y llevarla en odres y en pipas al buque y con cazar multitud de palomas y de ánades silvestres y algunos a modo de ciervos que en grandes manadas vagaban por la espesura de aquellos bosques.

El país era espléndido. Abetos y pinos de airosas y extrañas formas, nunca vistas por los europeos, descollaban sobre la pomposa verdura de helechos arborescentes, mirtos, laureles y otros árboles hermosos, desconocidos y sin nombre hasta aquel día. Pero Morsamor buscaba con ansia el estrecho o el fin del continente y nada de aquello le seducía ni le convidaba a detenerse.

El viento le fue propicio y avanzó con rapidez hacia el sur. Aunque había llegado el verano de aquellas regiones, el frío empezó a sentirse, La costa parecía que no acababa nunca. Lo que iba acabando era la paciencia de Morsamor y de sus compañeros.

El estrecho deseado apareció, por fin, consolándolos y entusiasmándolos. La nave Argo entró por él con valentía. Por intrincado laberinto de densos bosques, de tajados riscos y de altos cerros cubiertos de nieve iba prolongándose el canal en mil tortuosos rodeos. Ya menguaba su anchura como comprimida por los abruptos cantiles que se alzaban en una y otra margen alpestre, ya dilatándose el estrecho, formaba ingente lago, en cuya faz, que apenas rizaba la brisa, se reflejaban la luz del cielo, ora nubes oscuras, ora el Sol refulgente y los escarpados cerros que parecían circundar el agua, formando anfiteatro. La nieve de sus picos, como obeliscos y pirámides de bruñida plata, se duplicaba por el reflejo, y a par que resplandecía en lo sumo del aire, se veía en el temeroso fondo del agua, donde, duplicándose también el cielo, hacía que imaginase Morsamor que la nueva Argo estaba suspendida entre dos abismos.

Los que navegan hoy cómodamente por aquel estrecho, a bordo de un barco de vapor, no pueden ver la sublimidad de la escena ni pueden sentir el pasmo aterrador de los que por vez primera le cruzaron. No van, como Morsamor iba entonces, en frágil barco y a merced del viento, que se oponía a su marcha, si era contrario, o si amainaba, casi le dejaba inmóvil, a pesar de las más hábiles maniobras.

Hoy es corto el tránsito por aquel estrecho. Entonces parecía que duraba un siglo. Y la naturaleza circunstante, esquiva hasta entonces al hombre civilizado, que nunca fijó en ella sus miradas dominadoras, se alzaba soberbia en contra de él, procurando atajarle y sobreexcitando su ánimo con la amenaza de mil peligros, ya verdaderos, ya exagerados por la fantasía.

Espesa niebla envolvía a veces la nave, y a causa de la niebla, así como durante la noche, era menester ir con lentitud y precaución para no tropezar en un escollo o encallar en un bajío. A veces se encapotaba el cielo, deslumbraban los relámpagos y resonaba el trueno repercutido por los peñascos y multiplicado por los ecos. La tempestad acababa desatándose en torrentes de lluvia o en abundantes copos de nieve. Luego se serenaba el aire y el Sol resplandecía. Tal vez el iris se dilataba sobre el estrecho en arco majestuoso, cuyos estribos eran los cerros de una y otra margen.

A veces asaltaba a los atrevidos navegantes el recelo de no acertar a salir de aquel laberinto y de tener que morir allí. Los peligros, que en cierto modo habían sido silenciosos e invisibles en el grande Océano, se mostraban allí más a la vista y turbaban los espíritus y molestaban y herían los oídos con acentos y voces. Ya aparecían en los peñascos lobos marinos, ya se veían revolando y cerniéndose a grande altura águilas o buitres de mayor tamaño y pujanza que los de Europa, ya seguían o cercaban la nave bandadas de enormes albatros, hostigados por el hambre y buscando alimento: Lorenzo Fréitas y algunos otros marinos, que, a falta de catalejo, tenían muy perspicaz la vista, aseguraban haber columbrado en la costa de la izquierda vagar hombres salvajes y feroces, de descomunal corpulencia. No vacilaban en conjeturar que el menor de dichos hombres era de tan colosal estatura, que de fijo el más alto de cuantos iban en la nave no le llegaría con la cabeza debajo del brazo. Para acrecentar más el susto, no bien declinaba la tarde, salían de sus ocultas madrigueras feos murciélagos, que tenían en el hocico como un hierro de lanza y que se suponía que eran vampiros, y vagaban en torno de la nave y hasta se posaban en los mástiles y en las velas. En medio de las tinieblas nocturnas solía oírse el lúgubre silbido de las lechuzas y de los búhos.

Como no hay, mala ventura que no tenga término, la nave Argo logró casi vencer los obstáculos todos y se encontró al final del estrecho, y muy próxima a lanzarse en la amplitud del Atlántico. Larga y profunda calma tuvo, sin embargo, parada la nave e impaciente su tripulación durante muchas horas. Pero no hay mal que por bien no venga. Sin esta forzosa detención no hubiera ocurrido el extraño caso de que se dará cuenta en el siguiente capítulo.

XXXIX

Cuán pasmosa no sería la sorpresa de Morsamor, de Tiburcio y de sus compañeros, cuando al llegar la noche del día desde cuya mañana estaban detenidos, oyeron lastimeros gritos que se alzaban por el costado izquierdo de la nave, y que decían en lengua castellana: «¡Socorrednos: tened compasión de nosotros! ¡Recibidnos a bordo!»

Dirigieron entonces las miradas hacia el punto de donde venían las voces y vieron cerca de la orilla a dos hombres vestidos a la europea, si bien con trajes desordenados y rotos. Echaron al agua la chalupa, fueron en busca de aquellos dos hombres, los trajeron y se los presentaron al capitán, que, maravillada y compasivo, contemplaba los desencajados rostros, la palidez enfermiza y el aspecto abatido y miserable de sus huéspedes imprevistos.

—¿Quiénes sois, desventurados? —le preguntó Morsamor.

Uno de ellos, al parecer el más joven y el menos fatigado y enfermo, tomó la palabra y dijo:

—Yo, señor, soy Juan de Cartagena, y salí de Castilla mandando uno de los cinco bajeles que trajo el portugués Fernando de Magallanes para lograr su propósito de ir más allá de este continente, de llegar a la India, caminando siempre hacia el Oeste. La insufrible soberbia del portugués y los malos modos y la aspereza con que me trataba, me movieron a rebelarme contra él cuando aún estábamos en el Golfo de Guinea. Magallanes me venció y me tuvo preso. Fue tanta su crueldad, que permanecí en el cepo durante muchas semanas, hasta que llegamos cerca de estos lugares. Hartos mis compañeros de sufrir al portugués, a quien ya tenían por loco, y recelando que los llevaba a perdición segura, se sublevaron contra él en una bahía que no dista mucho de aquí. Tres fueron los bajeles sublevados. Las principales cabezas de la sublevación fueron Luis de Mendoza y Gaspar de Quesada. Ellos me pusieron en libertad, y yo combatí en favor de ellos. Solo dos bajeles quedaron sujetos al portugués. De los otros tres disponíamos nosotros. Magallanes, no obstante, pudo vencernos. Entró al abordaje en nuestros navíos, y Luis de Mendoza murió cosido a puñaladas. Horribles fueron los castigos que Magallanes impuso. A Gaspar de Quesada, por mano de su propio criado, que sirvió de verdugo, hizo que le cortaran la cabeza. Y descuartizados los miembros de Quesada y de Mendoza, fueron suspendidos de los mástiles para espantoso escarmiento de todos. No sé por qué Magallanes me perdonó la vida y tuvo compasión de mí, si compasión puede llamarse. El feroz capitán, al ir a entrar en el estrecho, me dejó abandonado sobre la costa inhospitalaria. Él siguió su viaje con solo tres bajeles, porque de los cinco uno naufragó y otro, el San Antonio, logro escapar, y yo espero

199

en Dios que a estas horas se hallará de vuelta en Sevilla, donde dará cuenta de la ferocidad y de la locura de que hemos sido víctimas.

Al oír Morsamor aquel relato, reflexionó melancólicamente que los laureles incruentos que él había imaginado acaso eran imposibles en aquella edad en que él vivía. Pensó que sin duda era menester regarlos con sangre: que el temple de voluntad de quien los cultivase había de ser como el del acero, y las entrañas, como las del tigre. Así se absolvió de su pecado, si le hubo, en la muerte de Tomás Cardoso. Así se calificó hasta de benigno. No por eso en absolución fue acompañada de alegría, sino que sintió pesar más negro en el fondo del alma al imaginar cuán difícil era, sin culpa, sin estrago y muerte, conquistar por la acción la suspirada gloria.

Sustrayéndose luego a las tristes reflexiones de su harto exagerado pesimismo, Morsamor preguntó a Juan de Cartagena:

—¿Y quién es éste que Magallanes dejó abandonado en tu compañía?

—Éste —respondió Juan de Cartagena— fue quien más nos solivianté y alborotó con sus discursos. Es un fraile cordobés, llamado fray Blas de Villabermeja.

Morsamor fijó entonces su atención en el fraile, le reconoció, fue hacia él, y le echó los brazos al cuello.

—¡Querido Paisano! —le dijo—. Cuánto me alegro de poder servirte y valerte en esta ocasión. Tú eres de un lugar que apenas dista un cuarto de legua de mi patria, Zuheros.

Morsamor, y también Tiburcio, reconocieron en el fraile abandonado a un antiguo colega del mismo convento en que ellos habían vivido; pero el fraile no reconocía a ninguno de los dos por más que maravillado los contemplaba. Se lo impedían el mágico remozamiento del uno y la gallarda e insolente apostura del otro, tan distinta dé la humildad claustral que había afectado cuando era novicio.

Pero sin que le importase mucho reconocerlos o no, fray Blas de Villabermeja se dejó querer y agasajar, y dio gracias al cielo que de su abominable destierro le libertaba.

Después de tan raro encuentro, la historia de la navegación de la nueva Argo nada notable ofrece ni refiere durante más de cuarenta días. Solo se sabe que Morsamor fue tan venturoso, que navegó con velocidad increíble.

Al fin vino a hallarse a corta distancia, casi a la vista de Sagres, como si la Providencia dispusiese que en el punto que había hecho famoso el infante don Enrique, iniciador de los grandes descubrimientos, terminase su viaje el hombre que iba a cerrar el cielo y a dar comienzo a nueva era.

XL

No todas las dificultades se habían allanado. Nadie hasta el fin puede cantar victoria. A veces el más hábil auriga, al ir a alcanzar la palma salvando la meta, suele tocar en ella y dar lastimoso y mortífero vuelco.

De repente, vieron Morsamor y los de su nave un gravísimo peligro que venía sobre ellos, de que ya no podían esquivarse con la fuga, y que era menester arrostrar con heroica y casi sobrehumana valentía.

Una enorme galera se aproximaba dándoles caza. En su proa y en su popa tenía sendas bombardas, y tres falconetes en cada costado. Estrecho era el barco de babor a estribor, y la longitud de su eslora hacía que hendiese rápidamente las olas a impulso de los treinta remos que llevaba en cada banda.

Lorenzo Fréitas no dudó ni un instante de que aquella nave era de corsarios argelinos.

—Salvarse huyendo —decía— sería un milagro que no debemos esperar de la bondad divina. Nuestra artillería vale poco o nada, y, si la emplearnos, solo conseguiremos provocar y enojar al cosario, que con la suya nos echará pronto a pique, sobreponiéndose, su cólera a la codicia que le mueve a apoderarse de la presa. Rica debe de imaginársela. Nuestro barco no tiene aspecto guerrero, sino trazas de lo que es: de nave mercante que vuelve de la India. En su imaginación verá ya el corsario los ricos tesoros de que pronto va a hacerse dueño. Podemos pelear y defendernos, pero sin esperanza. Señor Miguel de Zuheros, creo de mi deber deciros mi opinión con franqueza.

—Yo la acepto y la estimo —respondió Morsamor— y con la misma franqueza voy a exponer mi parecer, aunque ya en forma de órdenes imperativas e ineludibles, porque no hay tiempo para discusiones ni discursos. Espero que todos cumpliréis con vuestro deber, me obedeceréis ciegamente y haréis con puntualidad y exactitud lo que yo prescriba.

Soldados y marineros juraron obedecer a su capitán. Morsamor entonces dispuso las cosas con arreglo al plan que había concebido y dividió en tres partes sus fuerzas: la marinería, al mando del piloto; al mando de Tiburcio, lo mejor de la hueste, contándose en ella Juan de Cartagena y fray Blas de Villabermeja, a quienes excitó para que se luciesen, pagando así la franca hospitalidad con que los había acogido.

Él guardó bajo su inmediato gobierno a veinticuatro de sus más leales, astutos y valientes aventureros, en cuyo número figuraban los mestizos mongoles-castellanos.

Enseguida dio Morsamor sus instrucciones a los jefes y ordenó que ocupase su puesto cada uno. La nueva Argo siguió huyendo, pero con muestras de desesperación y de miedo, sin desplegar más velas, como si pareciese resignada ya a entregarse al enemigo.

El corsario, impaciente, lanzó, no obstante, tres disparos de falconete para que la nueva Argo se rindiera. Una de las balas tocó en el casco del buque y abrió en él ancho agujero, aunque, por fortuna, muy sobre la línea de flotación, cerca de la popa. Solo con mar muy alborotado y con arfar muy violento, podría la nave hacer agua. Nada contestó Morsamor a aquel daño y a aquel ultraje. Su nave, inerme, dejó que se le aproximase la galera, que la prendiese con enormes garfios, y, que los corsarios, armados de hachas, se lanzasen al abordaje, o más bien, confiados en su poder incontrastable, a tomar posesión de la nave sin recelar resistencia alguna.

Así fue en un principio. Morsamor y los veinticuatro capitaneados por él cejaron como amedrentados, aunque sin desordenarse ni separarse. Los corsarios, con su capitán al frente, llenaban ya la cubierta. El grupo de Morsamor se arrinconó hacia la popa; hacia la proa, Fréitas y sus marineros. En el barco no parecía haber más tripulantes. El aspecto de ambos grupos inspiraba compasión y fomentaba la confianza y el descuido de los corsarios. Sin duda Morsamor y Fréitas querían rendirse anhelando solo las menos duras condiciones. No intentaban hacer uso de las armas, aunque las tenían en las manos. A fin de que las entregasen, los corsarios se dividieron, dirigiéndose a un grupo y a otro.

En la pequeña, cámara de Morsamor, que estaba sobre cubierta, no parecía posible que hubiese capacidad bastante para que en ella se ocultasen muchos hombres armados. En ella, no obstante, estaban hacinados y apretados Tiburcio y su tropa.

De súbito abrieron la puerta de la cámara y salieron con inaudita rapidez. Todos corrieron hacia el lado opuesto al en que estaban Morsamor y Fréitas y hacia el punto en que la nueva Argo estaba asida al barco corsario. Con prodigiosa agilidad y con tal prontitud que no dieron tiempo para que se apercibiesen y cerrasen paso, saltaron todos en la galera. Y entonces, más listos y expeditos aún, dieron muerte a los cómitres, quitaron grillos y cadenas y pusieron en libertad a los galeotes, que eran más de sesenta cristianos, cautivos. Éstos hallaron sin dificultad armas de que apoderarse.

Tarde semicomprendió el capitán corsario la estratagema que le habían urdido, mas no desmayó por eso. Antes bien, arremetió impetuoso contra el grupo de Morsamor, mientras que otro buen golpe de su gente caía sobre Fréitas y sus marineros, los cuales tuvieron por desgracia que luchar proporcionalmente contra mayor número de contrarios. Fréitas fue uno de los primeros que perdieron la vida, abierta su cabeza de un hachazo. Otros ocho de su tropa sucumbieron también al principio casi de la pelea.

Morsamor, entretanto, parecía invulnerable, pero también sus enemigos eran más que los hombres de que él disponía. Acorralados Morsamor y los suyos, se mantenían a la defensiva.

Todo esto, no obstante, fue obra de pocos minutos. Tiburcio supo darse prisa. En la galera corsaria dejó a Juan de Cartagena y a fray Blas con diez hombres más de su fuerza y con veinte galeotes ya libres y armados y se precipitó en la nueva Argo con todos los demás que le seguían, y que eran más de sesenta. Ansiosos de combatir se sentían todos, y particularmente los ya libres forzados, a quienes aguijoneaba el rencor e impulsaba el deseo de curar con la sangre de los corsarios las llagas y los verdugones que la pena del cómitre había hecho en sus espaldas desnudas.

Atacados los corsarios por todas partes, no pudieron resistir. Aunque vendieron caras sus vidas, perecieron los más valientes y el capitán argelino, rindiéndose a discreción los otros, que fueron aherrojados y convertidos en nueva chusma.

Morsamor pasó en triunfo a la conquistada galera. Resonar de clarines, vivas, altos aplausos y el estampido de algunos disparos de los falconetes solemnizaron la victoria. Con lamentos y hasta con lágrimas se deploró la muerte de Fréitas y de las otras víctimas.

Para escarmiento ejemplar y para dar testimonio del brillante éxito de aquella lucha, Morsamor mandó colgar el cadáver del capitán argelino en el mástil de la galera, sobre el cual dispuso que se izase la bandera de Castilla.

Rodeado de Tiburcio, Cartagena, fray Blas y otros, se hallaba Morsamor presenciando aquella maniobra y recibiendo plácemes, cuando a deshora apareció una rubia y majestuosa dama, vestida de luto, y se arrojó en los brazos de Morsamor, y cubrió su rostro de besos, exclamando entusiasmada:

—O givia ed orgoglio del mio core! O coraggioso mio drudo!

XLI

Más sorprendido que complacido vio Morsamor la aparición de donna Olimpia de Belfiore, pues no era otra la dama enlutada que le saludó con tanto entusiasmo y cariño.

Hermosa como siempre estaba donna Olimpia. El tiempo no imprimía la destructora huella en su rostro, en el cual se notaba mayor majestad que antes y honda tristeza.

Donna Olimpia no había aparecido sola. Teletusa, tan regocijada como de costumbre, apareció con ella. Y aparecieron igualmente entre los libertados galeotes, siendo de los que mejor pagaron la libertad combatiendo a los corsarios los dos fieles y robustos escuderos a quienes llamaban Asmodeo y Belcebú, más por broma que con suficiente motivo.

Para satisfacer la curiosidad natural de Morsamor y de Tiburcio, donna Olimpia, en presencia de Teletusa y del doncel, no tardó en contar a grandes rasgos sus aventuras. Y como donna Olimpia era tan latina y tan abastada de erudición clásica, empezó diciendo como el Eneas de Virgilio:

In fandum, Morsamor, jubes renovare dolorem!

Traía ella consignados en precioso manuscrito todos los peregrinos sucesos de que había sido testigo, agente o paciente. Con ellos, imitando a

César, se proponía dar al público sus comentarios. Es indudable que si los hubiese publicado, y si no se hubiesen perdido, serían casi tan interesantes como los del dictador romano. Si nosotros los poseyésemos o pudiésemos reconstruirlos, compondríamos con ellos una historia no menos extensa que la presente, pero aquí deben entrar como episodio, y el episodio no debe extenderse más que el principal asunto. Para no faltar a esta regla de los preceptistas y cumplir con el semper ad aventum festina de Horacio, nos abstendremos de referir las cosas con la pausa con que las refirió donna Olimpia, y las referiremos tan en resumen, que más parezcan el plan o el índice de la historia que la historia misma.

Con la presencia en Melinda de nuestras dos damas, la corte estaba brillantísima; las fiestas y diversiones se sucedían sin tregua: cacerías, banquetes, cabalgatas, simulacros de batallas o algo a modo de bárbaros torneos, todo se sucedía con grande lujo y no menores gastos. El pueblo, negro y tacaño, se hartó de tanta magnificencia y halló que le costaba muy cara. Donna Olimpia tuvo indicios de que se conspiraba contra ella y contra el rey. Para aquel generoso príncipe temió un mal percance y para ella fin no menos trágico que el de la famosa Raquel, judía de Toledo, o que el de doña Inés de Castro, tan celebrada más tarde por los poetas épicos y dramáticos portugueses.

Donna Olimpia sabía eclipsarse y evadirse a tiempo. En esta ocasión no le faltó su habilidad. Con raro disimulo ganó el corazón y hechizó al capitán de una nave lusitana que tocó en Melinda de paso para Massauá, adonde iba a reunirse con la flota que había llevado a don Rodrigo de Lima, y que debía volver a la India con dicho señor y con toda su pomposa embajada, después que hubiesen visitado al preste Juan, o sea al monarca de Abisinia, o por otro nombre, de la alta Etiopía.

No tenemos espacio para describir aquí aquel país, desconocido hasta entonces de los europeos, ni para relatar los peligros y trabajos que pasaron y los triunfos que obtuvieron nuestras dos atrevidas viajeras.

La Etiopía alta era y es a modo de inmensa fortaleza natural, de nava dilatadísima, que se levanta, sostenida por abruptos cerros, muy sobre el nivel de las otras circunstantes tierras africanas. Allí, encastillado, resistiendo a la creciente inundación del islamismo, vivía, desde muy antiguo, un pueblo cristiano, y había un reino un tanto decaído ya, pero en otro tiempo muy poderoso, que se extendía por Arabia y por otras regiones.

Hacía ya más de treinta años que Pedro de Covillán había sido enviado a aquel reino por el príncipe perfecto don Juan II. Aquel varón simpático y astuto se había ganado la voluntad de los etíopes y singularmente la de la sapientísima reina Elena, quien le tuvo por consejero y muy por su privado. Pedro de Covillán se había hecho abisinio, grande del reino y gobernador o más bien príncipe feudatario de fértiles y dilatadas comarcas. Él influyó para que viniese a Lisboa y viviese en la corte de don Manuel el ilustre señor Mateo, embajador del rey David y de la reina Elena.

En respuesta a dicha embajada, había ido a visitar al preste Juan el ya mencionado don Rodrigo de Lima con gran pompa y séquito. En el séquito descollaba el reverendo padre fray Francisco Álvarez, elocuente y verídico historiador de la embajada misma, a cuya narración nos remitimos, y alma además de las negociaciones diplomáticas, porque el tal don Rodrigo era muito parvo, si hemos de dar crédito a las hablillas y murmuraciones de sus subordinados. Todo esto, no obstante, importa tan poco a nuestra historia, que debiéramos pasarlo en silencio. Bástenos decir que donna Olimpia se ingenió de tal suerte y se dio tan buena maña, que se hizo amiga de Pedro de Covillán, de don Rodrigo, y de todo el personal de la Embajada. Por este medio fue presentada en la corte, que iba siempre vagando de un lugar a otro y habitaba bajo hermosas tiendas en campamento vastísimo capaz de contener y que contenía más de veinte mil personas, desde el Abuna o Patriarca, la clerecía, las princesas de la sangre y los altos dignatarios, hasta los soldados y sirvientes.

En fin, para no cansar a los lectores, consignaremos sin más preámbulo que el preste Juan o soberano de aquella tierra, que se llamaba entonces David, se enamoró perdidamente de donna Olimpia, y acabó por casarse con ella.

David era ya casado, pero esto no era óbice, porque allí el rey podía y solía tener dos mujeres legítimas: una se llamaba cuan-baaltihat o reina de la mano derecha, y la otra, gerâ-baaltihat o reina de la mano zurda. Esta última dignidad fue la que obtuvo donna Olimpia, mas no por eso fue menos considerada, y según la etiqueta de la corte, severa y minuciosa por todo extremo donna Olimpia fue tratada, respetada y atendida como esposa del Negus Nagat, o rey de reyes y soberano señor de Aksum, de Homer, de Raydan, de Habaset, de Sabá, de Silhi, de Tiyam, de Kas, de Bega y de otros Estados, de la mayor parte de los cuales, ya in partibus infidelium, solo quedaba el título.

Algo influyó donna Olimpia en la renaciente cultura de los abisinios, y de ello con razón se jactaba. Censuró y condenó las muy frecuentes borracheras de onfacomeli, bebida de que se abusaba mucho en Abisinia, y de cuya composición, tal como la explica el diccionario de la Real Academia Española, tantos donaires y chistes acertó a decir nuestro amigo don Manuel Silvela. Con más eficaz energía se opuso aún a que los súbditos de su esposo comiesen carne cruda, y sobre todo, a que los refinados y sibaríticos la comiesen invirtiendo los trámites, o sea (no lo creeríamos si no nos lo contasen autores de grave autoridad y respeto), cortando la carne del buey vivo para que, sazonada con sal y pimienta, entrase en la boca conservando aún el calor vital inimitable y delicioso.

Nuestra heroína logró modificar también el desorden abominable con que solían terminar los banquetes, cuando se abusaba del onfacomeli y del buey vivo. El desenfreno era tal, que el pudor de donna Olimpia hubo de sublevarse, transmitiendo tan honrada sublevación a su esposo. Como en aquel país hay muchísimas hienas, que tan cobardes como carniceras devoran las bestias de carga y tienen miedo del hombre, aunque rodean e invaden a veces el campamento regio, cada personaje de la corte y el mismo rey van siempre armados de un látigo para osear y castigar las hienas con que tropiezan a su paso. De este látigo se valió, pues, el rey David, incitado por donna Olimpia, para infundir recato y compostura a sus cortesanos y hasta a las princesas de la real familia en una de aquellas orgías endemoniadas.

Un poco atenuó también donna Olimpia lo sobrado servil de algunas etiquetas o ceremonias de aquel ambulante palacio, impidiendo que en lo sucesivo se pusiesen todos de rodillas, besasen la tierra y se prorrumpiesen en jaculatorias o breves y fervorosas oraciones, no solo cuando aparecía el Negus, sino cuando cualquier rumor, como suspiro, tos o estornudo, indicaba su cercanía.

Con tales mejoras, con tan buenos consejos y con el ameno trato de donna Olimpia, el rey estaba cada día más prendado de ella. El nacimiento de un principito puso el colmo a la ventura de amantes esposos. Pero el rey enfermó y creyó a pies juntillas que era llegada su última hora.

No había que vacilar ni que retardarse. Muerto el rey, le sucedería al punto su primogénito, hijo de la reina de la mano derecha, príncipe muy apegado a los antiguos usos y muy receloso, además. De seguro que, no bien empuñase el cetro, encerraría a donna Olimpia y a su vástago en cierto castillo, levantado a este propósito encima de muy alta y escarpada roca, adonde solo podía subirse por estrecha escalera abierta en los duros peñascos y muy bien defendida y custodiada. En aquel retiro, a fin de evitar contiendas civiles, eran encerrados cuantos podían tener algún derecho a la sucesión de la corona, arrancándoles a menudo los ojos con sabia cautela.

Era menester evitar tan ruda catástrofe. El Negus tenía que enviar un embajador al bajá que, derribado ya el poder anárquico de los mamelucos, gobernaba en el Cairo. El Abuna, al mismo tiempo, tenía que enviar un mensajero y parte del diezmo al Patriarca de Alejandría, de quien era sufragáneo. Se aprovechó, pues, aquella excelente ocasión, y con la lucida y bien custodiada caravana se largó de Abisinia donna Olimpia, en compañía del principito, de Teletusa y de sus dos fieles escuderos, que nunca la abandonaron.

En su tránsito por Egipto vio y admiró donna Olimpia la esfinge, las pirámides y multitud de otros monumentos del tiempo de los Faraones.

Llegada sana y salva a Alejandría, se embarcó con su gente en un barco mercante de Venecia que navegaba con diploma o patente del gran turco Solimán, a quien para obtener tales diplomas pagaba un considerable tributo anual la Señoría.

A la vista ya de la costa occidental de Italia ocurrió la enorme desventura de que el barco veneciano fuese apresado por el corsario, o más bien, por el feroz y desalmado pirata cuya merecida y trágica muerte hemos ya narrado. El diploma del gran Sultán de los osmanlíes, aunque fue exhibido, estaba escrito en vítela con letras de púrpura y oro y era una maravilla caligráfica, no sirvió absolutamente de nada. El pícaro corsario supuso que era falso, a fin de no darle cumplimiento, y se llevó a remolque el barco veneciano, transbordando a su galera y hasta a su camarote a donna Olimpia y a Teletusa.

XLII

Terrible situación era ésta para una reina, aunque fuese de Abisinia y de la mano zurda.

Según los anales etiópicos, allá en tiempo del rey Salomón, hubo en Etiopía una señora llamada Makeda que no fue otra sino la misma reina de Sabá, la cual visitó al monarca de Israel examinó y tomó el pulso a su sabiduría poniéndole mil acertijos y enigmas, y le enamoró, además, hasta el punto de volver ella a su país muy ilustrada y en estado interesante. El augusto niño que nació de resultas, se llamó Menilek o Menelik, y fue antiquísimo y reverendísimo tronco de la dinastía a la sazón reinante, en cuya comparación eran frescas, plebeyas de ayer y de mañana todas las dinastías de Europa.

Ansiosa estaba donna Olimpia de rivalizar con la señora Makeda; y aun de oscurecer la gloria de otra reina de Etiopía llamada Candace, que se hizo cristiana y difundió la verdadera religión entre sus súbditos, inducida a ello por su virtuoso valido, aquel eunuco a quien convirtió el diácono Felipe, explicándole un texto oscuro de Isaías.

Donna Olimpia proyectaba criar y educar a su principito con el mayor esmero por monjes benedictinos, ya que todavía ni San Ignacio de Loyola, ni San José de Calasanz habían fundado escuelas, y luego que estuviese bien educado y crecido, enviarle a conquistar la Abisinia y a sacarla de la barbarie en que había caído.

El corsario argelino había venido en mal hora a contrariar tan altos proyectos.

Durante dos o tres días, sin embargo, renació la esperanza de donna Olimpia.

El Mediterráneo se hallaba a la sazón surcado de continuo por muchas galeras de los Caballeros de San Juan de Jerusalén los cuales vagaban sin hogar de un punto a otro. Acababan de perder la isla de Rodas, que era su dominio. Solimán, poderoso monarca de los osmanlíes, había dirigido todas sus fuerzas contra aquella isla, la cual, después de largo asedio y de una defensa pasmosamente heroica en que perecieron más de cien mil turcos, tuvo necesidad de rendirse. Honrosa fue la capitulación que firmó el Gran

Maestre Felipe de Villiers de Lisle Adam, quien salió con armas y banderas desplegadas y con cinco mil personas que le siguieron. La noble emulación entre los Caballeros de las ocho lenguas, su espíritu militar y su ardiente fe religiosa dieron aspecto de triunfo a aquella pérdida, hermoseándola con palmas y laureles.

Los expulsados Caballeros de Rodas vagaban por el Mediterráneo en sus galeras ansiosos de tomar en los corsarios algún desquite.

Dos galeras de los Caballeros de Rodas avistaron la galera del corsario y la persiguieron con ahínco; pero la galera del corsario era ligerísima y despiadados sus cómitres. El rebenque, cayendo sobre las espaldas de los forzados, acrecentó su fuerza locomotora, y el corsario logró escapar de la persecución, aunque sin arribar a Argel, sino llegando en su fuga hasta cerca de las Costas de Málaga. Desde este puerto divisaron el bajel corsario barcos de guerra de Castillo que salieron a darle caza. Acosado el corsario por todas partes pasó el Estrecho de Gibraltar para ponerse en cobro.

En aquellos días de angustia, el corsario, como era natural, estaba muy rabioso y se sentía capaz de toda suerte de atrocidades. Infortunadamente, el principito estaba muy empalagoso con los dolores y molestias de la dentición. De noche, sobre todo, tomaba estruendosas perras, berreaba mucho y no dejaba que ni donna Olimpia, ni Teletusa, ni el corsario pegasen los ojos. El corsario, durante tres noches, lo aguantó todo por galantería; pero en la noche cuarta, se puso tan nervioso y tan frenético, que apenas nos atrevemos a decir lo que hizo, tanto es el horror que nos causa. Imitando, o mejor diremos, prefigurando al héroe de una novela de Gabriel d'Anunnzio, aunque sin premeditación ni alevosía, sin sutilezas psicológicas y sin celos retrospectivos, sino en el arrebato y en la excitación del insomnio, agarró al principito y lo arrojó al mar por la ventana del camarote.

Desgarradores fueron los gritos que en aquella ocasión lanzó donna Olimpia, al considerar que se ahogaban sus más bellas esperanzas. Donna Olimpia tuvo, sin embargo, que callarse, porque el corsario, brutal e iracundo, la amenazó con arrojarla también al mar si no se callaba.

De lo que ocurrió al día siguiente ya hemos dado cuenta. Ya sabemos cómo el corsario pagó de una vez todos sus delitos.

Cuando Morsamor supo los lastimeros ocasos que acabamos de referir, se compadeció de donna Olimpia y procuró consolarla; pero el cuidado de su nave le preocupaba más todavía. Y como iba ya acercándose a la costa, Fréitas había muerto y no era muy de fiar el contramaestre, Morsamor velaba y solo por breve rato entraba a reposar en la cámara.

XLIII

Antes de amanecer, se levantó Morsamor y fue sobre cubierta.

Fresco vientecillo de Poniente empujaba la nave hacia la costa. Era de esperar que, al rayar el alba, llegase la nave a la desembocadura del Tajo, y penetrando y subiendo por el río, se presentase frente a Lisboa.

En pos de la nave de Morsamor iba el barco del vencido corsario argelino, brillante trofeo de la recién alcanzada victoria.

Tiburcio de Simahonda había tomado en él el mando. La bandera de Castilla, izada en el mastelero de gavia, continuaba allí en señal de posesión, a pesar de la noche. De las entenas pendían, cual horrible adorno y para ejemplar escarmiento, los cadáveres del capitán argelino y de ocho satélites suyos, cada uno de ellos colgando por el pescuezo con un lazo escurridizo.

Densísima niebla lo envolvía todo. En la vaga penumbra del crepúsculo solo se percibía la forma indecisa del bajel apresado, como negro bulto que se destacaba sobre un fondo de color de ceniza.

Ni los cercanos montes de la costa, ni las pálidas y moribundas estrellas, ni mar ni cielo se percibían con claridad. Si algo se vislumbraba era como a través de muy tupido velo.

Morsamor, triunfante, se engreía y deleitaba en la contemplación de su gloria, solo compartida acaso por Fernando de Magallanes. ¿Habría éste logrado o iría pronto a lograr su propósito después de pasar el Estrecho donde encontró Morsamor el rastro y las muestras de su cruel energía? Morsamor se lo preguntaba y no acertaba a responderse. Pero fuera cual fuera la respuesta que diese al cabo el destino, la gloria de Morsamor, aunque compartida, no menguaba. Él había circunnavegado el planeta, obtenido experimental conocimiento de su magnitud y de su forma, y cerrado el ciclo de los grandes descubrimientos y navegaciones.

Soberbio, engreído estaba Morsamor por todo ello. Y, sin embargo, en vez de ensancharse su corazón y de regocijarse, se sentía abrumado en aquellos momentos por amarga tristeza. Un enjambre de pensamientos desconsoladores acudían a su espíritu y le atormentaban y picaban con ponzoñoso estímulo. Y en aquel estímulo ponzoñoso había, como en el estro de los poetas, la eficacia de revestir de imágenes lo pensado, prestándoles movimiento y vida y poblando y animando con ellas el ambiente de nieblas que a Morsamor circundaba.

No, no era arco triunfal el que acababa de erigir y por donde gloriosamente se entraba en la edad moderna. Era más bien puerta con que él cerraba y terminaba un inmenso periodo histórico, una larga serie de más de treinta siglos, durante los cuales los pueblos que habitan en torro del Mar Mediterráneo habían sido guías, iniciadores, maestros y hierofantes del humano linaje. Egipto, Fenicia, Grecia, Italia y España, habían tenido sucesivamente el primado, el cetro y la virtud civilizadora.

El mismo orgullo de Morsamor, el superior valer que atribuía a sus hechos se revolvía en daño suyo y servía para deprimirle. Acabada por él la obra que incumbía a los pueblos meridionales de nuestro continente, la fuerza, el imperio y la inteligencia dominadora iban a pasar a otras manos.

Al reconocer Morsamor tal como es la tierra en que vivimos, había disipado el encanto que nos hizo señores de ella. La abandonaba su fe, y con su fe la abandonaban los genios, los dioses, y los poderes e inteligencias sobrenaturales que sucesivamente su fe había creado. Esquilmado y seco el suelo, no se prestaba ya, aun herido de nuevo por el corcel con alas, a que brotase de él otra Hipocrene. Circe y Calinso huían buscando refugio y sin hallar en los mares espacio misterioso y esquivo y afortunadas islas donde erigir espléndidos palacios, socavar frescas grutas y plantar deleitosos jardines para recibir, agasajar y embriagar de amor a los héroes. Venus no surgía ya del seno de las ondas salobres, ni las Nereidas, abandonando sus alcázares submarinos, venían a consolar a Aquiles por la muerte del amigo, ni aparecían en limpia y hermosa desnudez ante los ojos mortales de Jasón y de sus compañeros que iban a conquistar el Vellocino. Los oráculos callaban; cesaban los milagros. Parados y ocultos los cíclopes, ni en Letnos ni en las cavernas del Etna forjaban armaduras lucientes. Apolo y las musas sentían el prurito de abandonar a Delos, el Parnaso y el Pindo, de salvar las Montañas Rifeas y de instalarse en las regiones hiperbóreas, mientras no las visitaba algún viajero curioso y les quitaba todo su hechizo. En suma, era tan temeroso y destructor el desencanto que Miguel de Zuheros imaginaba haber producido, que hasta los santos y los ángeles se iban volando y abandonaban nuestra tierra desengañada. Pero las cristalinas esferas se habían desbaratado y roto, no giraban ya en arrebatada consonancia y nadie podía oír su musical armonía en los arrobamientos del éxtasis. Soledad y fúnebre silencio reinaban en la fría y desierta amplitud del éter sin límites. Muy lejos, muy lejos de los hombres tenían que subir les coros celestiales para acercarse al primer móvil y descubrir el Empíreo.

Así se atormentaba Morsamor con cavilaciones nacidas de vanidad atrabiliaria en que muchos después de él han caído y caen. Han creído que llevaban en una mano la férula del progreso y la antorcha de la razón en la otra, y que iban arrollando con ellas cuantas creencias y poesías se les paraban delante, despejando el mundo de visiones y de fantasmas para que solo quedase en él la realidad monda y escueta.

Y sin aquietarse Morsamor y pasando adelante en su cavilar lastimoso, supuso, por último, que la ciencia empírica, hija del exterior sentido, iba a arrebatarnos el imperio y a dársele a los pueblos del Norte, patentizando el jactancioso embuste de las profecías del padre Ambrosio. Morsamor dio entonces forma y vida a este nuevo pensamiento, y vio en torno suyo discurrir entre la niebla diminutas y vaporosas semideidades, geniecillos sutiles que apenas eran algo y casi se convertían en flores retóricas: gnomos deformes y enanos, que trabajaban sin cesar en el centro oscuro de la tierra y sacaban de allí para sus naciones favoritas piedras y metales preciosos, raros documentos de los archivos subterráneos, y primitivas selvas, alimento del fuego, motor y artífice infatigable. En pos venían los silfos y las ondinas. Y luego las aladas salamandras extraían del escondido seno de las cosas una incomprensible virtud, de mayor ligereza que la luz y el fuego, rápida y potente como el rayo, y se la prestaban a los hombres para que iluminasen y moviesen con ella los seres inertes y oscuros y transmitiesen con instantánea y casi ubicua rapidez el pensar y el sentir, la palabra y el sonido.

Salió al fin Morsamor de aquel piélago de tristes meditaciones en que se había engolfado.

El Sol, que se alzaba sobre los montes, desgarró los velos de niebla que los envolvían. Morsamor vio entonces el promontorio que estaba cerca y hacia donde dirigía el rumbo su nave. Enseguida reconoció que eran los cerros de Cintra, cubiertos de feraz y lozana verdura. En la más alta cima de la Peña, creyó distinguir con envidia al enamorado Bernardín Riveiro, que todavía oteaba la extensión del Atlántico y buscaba con lágrimas la estela de la nave que le arrebató a doña Beatriz.

Y vagando por la frondosidad umbría de aquellos valles apareció también a Miguel de Zuheros la virginal figura de doña Sol de Quiñones, que no le censuraba, sino que le compadecía de que volviese a verla, olvidado de su poético enamoramiento y acompañado y consolado por donna Olimpia. La Ínsula Firme se había sumergido también en el Atlántico como otras mil fábulas venerandas. En ningún mapa habría ya sitio en que ponerla. Ni era menester, porque el mágico Apolidón había derribado el Arco de los leales amadores, enojado de que ya nadie pasara por él, como pasó Amadís fiel a Oriana.

XLIV

Poco satisfecho estaba Morsamor de sí mismo en aquellos instantes. Cuando iba a llegar al término de su peregrinación, un fúnebre presentimiento contristaba su alma. La agitaba negra tempestad de pasiones.

De súbito se encapotó el cielo con densas nubes. Por breve rato hubo calma abrumadora como si algo pesado oprimiese el ambiente. Pero pronto se desencadenó la tempestad más furiosa. El viento del Norte sobrevino con ímpetu rabioso y sacudió y levantó las aguas del mar en gigantescas olas. Chocaron las nubes con estruendo. Intensos relámpagos iluminaron siniestramente el aire. Los rayos le surcaban de continuo.

El bajel apresado no tardó en apartarse de la nave de Morsamor. La borrasca le llevó lejos de su vista.

Morsamor hizo esfuerzos inauditos para salvar su nave, harto trabajada ya por larguísima navegación y por el choque y combate con el bajel corsario.

Los marineros todos le ayudaron con celo y con brío en la ruda faena, mientras que conservaban esperanzas; pero la nave, impulsada por los vientos y por las olas, ya parecía elevarse a las nubes, ya hundirse entre dos enormes montañas de agua, y no obedecía al timón, y se ladeaba a veces como si fuera a volcarse, y el agua subía por cima de la cubierta, la barría con furia y penetraba hasta el fondo.

Muchos tripulantes, en el delirio ya de la desesperación, blasfemaban o rezaban y no acudían a la maniobra.

Casi abandonada la nave de dirección y de auxilios humanos, corrió aún no poco tiempo con velocidad vertiginosa a merced del huracán que la impelía sobre la líquida faz del Océano, que ya la levantaba en sus oleadas, ya la precipitaba en la medrosa hondura que entre dos montes de agua a cada momento se abría.

La nave de Morsamor no pudo resistir más. Acaso bastó a destrozarla el furor de los vientos y de las olas. Acaso fue a romperse, chocando contra oculto bajío. Ello es que la nave, desbaratada la trabazón de sus tablas, se deshizo en pedazos.

Cada uno de los que la tripulaban luchó por la vida y procuró salvarse como pudo.

En aquel momento de angustia, Morsamor cayó en el agua y pensó salvarse nadando, pero pronto sintió un peso que le oprimía, que le estorbaba nadar y que fatalmente iba a ahogarle. Despavorida donna Olimpia, pálida por el miedo de la muerte, frenética de terror y de funesto cariño, se había agarrado a Miguel de Zuheros, ciñéndole y estrechándole entre sus brazos.

O la falta de brío o la sobra de piedad impidió a Morsamor apartar de sí aquel obstáculo que se oponía a su salvación: aquella mujer por quien iba a perderse sin que ella se salvara.

Morsamor, en vez de rechazarla, en aquellos instantes, acaso los últimos de su vida, la cogió con ternura.

Y movida ella por gratitud y por amorosa vehemencia, unió su boca a la de Morsamor y la regaló con hondo y prolongadísimo beso.

Extrañas fueron las impresiones de Morsamor. Se figuró que donna Olimpia absorbía con sus labios toda la mocedad y toda la vida nueva que las pociones mágicas del padre Ambrosio le habían infundido. Volvió la vejez a apoderarse de su cuerpo y empezó a sentirse casi decrépito. El frío del agua atravesaba su carne, penetraba en sus huesos y le congelaba los tuétanos y la sangre descolorida y pobre.

Todavía se sostuvo Morsamor en la superficie del agua, a su parecer, por extraño e imprevisto socorro.

Tiburcio de Simahonda le tenía asido por la cabeza, impidiendo que se hundiese; pero de sus hombres brotaron negras alas que velaron a Morsamor la horrenda claridad de aquel día.

Por último, una sensación grotesca, a par que espantosa, vino a colmar el delirio de aquella en su sentir postrera agonía. Los dos tremendos rufianes, Asmodeo y Belcebú, le habían cogido cada uno por una pierna, tiraban de él y le arrastraban al fondo de los mares.

Entonces Morsamor perdió el conocimiento y el sentido.

Reconciliación suprema

I

Después de las portentosas aventuras que acabamos de referir y del trágico fin que tuvieron, bien podemos asegurar que no murió Morsamor. No nos consta de qué suerte pudo salvarse. En nuestra historia hay aquí una tenebrosa laguna. Saltemos por cima de ella y volvamos al convento en que el padre Ambrosio seguía viviendo y ejerciendo sus artes mágicas.

Por su virtud, aunque se ignore de qué manera, nadie en el convento había notado la ausencia de fray Miguel y del hermano Tiburcio.

Acaso el padre Ambrosio había evocado y atraído a dos espíritus, que habían tomado la apariencia del fraile y del lego.

Acaso, sin evocar espíritu alguno, aquel gran mago había creado dos fantasmas que reemplazasen en el claustro a los dos ausentes. Ello es que nadie los echó de menos. Por lo demás, según imaginaban los otros frailes, fray Miguel vivía siempre retraído, encerrado en su celda y casi de continuo postrado en cama.

Lo que es ahora, bien podemos asegurar también nosotros que Morsamor o fray Miguel, de vuelta ya de sus excursiones, yacía en cama, en muy mísero estado. Sin duda, su segunda mocedad se había consumido toda en el cumplimiento de las grandes empresas a que su voluntad y la ciencia del padre Ambrosio la consagraron. Fray Miguel se hallaba casi ciego, más viejo, más acabado, más baldado por los dolores que antes de remozarse y de encontrarse apto para la fuga. Se diría que aquel impetuoso renacimiento de vitalidad, que aquella fuerza nueva que de la profundidad de su ser había surgido, se había derramado como torrente, se había volcado como ingente catarata y se había gastado toda con rapidez en inauditas acciones, sin dejar resto alguno, sino llevándose y arrastrando en su curso parte de la vida que él conservaba aún antes del cambio prodigioso.

Pasaron algunos días en esta situación. Fray Miguel estaba cada vez más enfermo y débil. Y, sin embargo, lejos de ofuscarse o de anublarse, su inteligencia se sentía bañada en luz serena y clara y fray Miguel creía o más bien estaba seguro de que iban disipándose las nieblas o rasgándose los velos que le encubrían la verdad, y de que empezaba a ver las cosas todas sin alucinación alguna que se las desfigurase y trastrocase. Era, no obstante, tan sigiloso y tan reservado, que nadie, ni el mismo padre Ambrosio, descubría los cambios que iban realizándose en el fondo de aquel alma, aunque el padre Ambrosio visitaba a menudo a fray Miguel y era perspicaz zahorí de los pensamientos ajenos.

Llegó por fin un momento en que fray Miguel se encontró menos agobiado de sus males, con la mente despejada, con las piernas y los brazos más firmes para accionar y moverse y con la voz entera para poder expresar sin fatiga ni esfuerzo cuanto sentía y pensaba.

Desvelado, en las altas horas de la noche, se levantó de su mezquino lecho, se vistió precipitadamente el sayal, encendió con eslabón, yesca y pajuela una lamparilla de hierro, salió de su celda, atravesó los claustros desiertos y sombríos, se dirigió a la puerta de la celda del padre Ambrosio, y llamó golpeando en ella.

Había cierto reposo enérgico en el espíritu de fray Miguel; mas, aunque parezca contradictorio, coexistía con este reposo la impaciente decisión, que no daba espera, de hablar al padre Ambrosio, de interrogarle sobre no pocas dudas y de pedirle cuenta y explicaciones que las resolviesen.

El padre Ambrosio se oyó llamar, reconoció la voz de fray Miguel, no pudo resistirse al imperio con que éste exigía que le oyese, se vistió el hábito y le abrió la puerta refunfuñando.

Entró en la celda fray, Miguel, colocó su lamparilla sobre la mesa, donde había papeles y libros, y la misma calavera y el mismo crucifijo que la primera vez que allí había entrado. Se sentó fray Miguel en la silla en que también se había sentado la primera vez, y diciendo tengo que hablarte, excitó por señas al padre Ambrosio a que tomase asiento.

El diálogo que hubo entre ambos, y que fray Miguel comenzó, requiere capítulo aparte.

II

—¿Qué delirio es el tuyo? —dijo el padre Ambrosio—. Me pasma que hayas venido a verme. Si te he de hablar con franqueza, no creía yo posible que pudieses salir de tu celda, débil como estás, baldado por los dolores y velados tus ojos de densa nube que desde hace algún tiempo apenas te deja ver distintamente las cosas, sino de un modo vago y confuso como a través de una neblina. ¿Qué quieres de mí? ¿Por qué has venido hasta aquí, con paso vacilante e incierto, a tientas y sin duda apoyándote en las paredes? ¿Qué es lo que de mí pretendes todavía?

Fray Miguel contestó:

—Pretendo que seas conmigo franco y leal, como yo lo he sido contigo. Yo abrí para ti los más escondidos senos de mi alma y te mostré todos sus arcanos. Nada te oculté ni de mis pensamientos ni de mis pasiones. Mi espíritu, lleno de confianza en ti se te rindió por completo. Derecho tengo a que tú también seas franco y leal conmigo. Vengo a pedirte cuenta de tu conducta y de tus promesas. Dime toda la verdad. ¿Te has burlado de mí? ¿Me has hecho víctima de un engaño? ¿Es cierto cuanto me ha ocurrido o ha sido todo como yo recelo, una endiablada fantasmagoría? ¿Acaso las pociones mágicas que me administraste, hundiéndome en hondo letargo, han suscitado visiones en mi cerebro, grabándose en él con el poderoso vigor y con la clara distinción de la realidad misma?

Interrogado el padre Ambrosio tan de improviso y de manera que hacía imposible toda respuesta ambigua, permaneció en silencio y como quien duda y cavila sobre lo que le incumbe contestar y sobre la forma en que la contestación ha de ir expresada, para que implique la justificación o la disculpa al menos. Después de larga pausa, contestó al cabo el padre Ambrosio:

—Sean cuales sean los medios que he empleado, ora se consideren realidad, ora vano prestigio, no debes tú dudar de la bondad de mis intenciones. Yo he querido sanarte a toda costa del peor de los males. Recuérdalo bien, de un orgullo satánico despechado que te hacía aborrecible hasta la misma bienaventuranza del cielo. Contra enfermedad tan horrenda, no hay remedio, por duro que sea, que pueda censurarse. Supongamos por un momento que cuanto viste, y cuanto hiciste, desde que por virtud de las pociones mágicas imaginaste despertar remozado, todo carece de ser real fuera de ti. Aun así, aunque yo haya tenido fuerza para crear en tu mente un mundo imaginario y para dártele en espectáculo y para hacer de él amplio y pasmoso teatro en que tú fueses el principal actor, bien puedes estar seguro de que he carecido de fuerza para sujetar a mi propósito tu juicio y para someter tu voluntad a la mía. Yo podré haberte ofrecido y presentado todas las ocasiones, todos los objetos, todos los premios a que podía aspirar tu codicia, en que podía hartarse tu sed de deleites y donde tu ambición y tu orgullo podían quedar satisfechos; mas para lo que yo no tuve fuerzas, ni aun teniéndolas las hubiera empleado, fue para violentar tu libre albedrío. Sueño o no, te considero responsable de todos los actos de tu extraña vida de descubridor y navegante. Si me cabe alguna duda es sobre el grado mayor o menor, sobre la intensidad de tus méritos y de tus culpas. Hay no pocos extremos hasta donde no llega mi ciencia, si bien presumo que no es tan sereno y firme el juicio en quien duerme como en quien vela, y que tu voluntad, sin ser violentada por mí, pudo ceder más fácilmente que en la vigilia a los incentivos que en sueños se le presentaron. De todos modos, aunque tu gloria hubiese sido soñada, tú has sabido mostrarte capaz de esa gloria, y aunque hayan sido soñados tus delitos, también eres responsable de ellos, aunque no en tanto grado. En sueños tiene la voluntad menos brío para resistir a la tentación que la provoca. Si no resiste y cede, entonces es menor su delito; pero esa mayor flaqueza de la voluntad, que atenúa su falta si incurre en pecado, tal vez da superior valer a toda acción buena que en sueños se realiza, porque si la voluntad, poco briosa, basta a realizarla soñando, mayor será su virtud cuando al despertar recobre todo su poder y le emplee en darle cima. La diferencia entre el éxito dichoso, ya en la realidad, ya en el sueño, es que en la realidad depende en gran parte de lo que llama el vulgo caprichos de la fortuna, o sea, de lo que los juiciosos y piadosos califican de inescrutables designios de Dios, a fin de que se cumpla el plan maravilloso de la historia y de que camine la humanidad hacia su término con dirección invariable y segura. Todos nos agitamos y todos contribuimos a que se cumpla dicho plan, quedando, no obstante, nuestra libertad en salvo, merced al soberano concierto prescrito desde la eternidad por la Providencia.

—Tu discurso —dijo fray Miguel— se quiebra de puro sutil. En mi sentir son alambicados y oscuros tus conceptos. Presumo, pues, o que no entiendes o que entiendes lo contrario de lo que dices para mi consuelo y para atenuar la crueldad de la burla que me hiciste. Es falsedad, es sofisma lo que sostienes. Si no debo condenarme porque mis crímenes han sido soñados, tampoco debo glorificarme si también han sido soñadas mis proezas. Convengo en que el mal éxito o el buen éxito final es obra de la fortuna o, hablando cristianamente, de Dios mismo; pero la acción, independientemente del éxito, no vale sino en la vigilia para quien la ejecuta. En sueños, el avaro es generoso, y tal vez quien despierto no se desprende de un maravedí para socorrer a un pordiosero, es capaz soñando de prodigar todas las riquezas de los Cresos y de los Fúcares. El cobarde puede soñar que es valiente. Hasta por lo mismo que despierto le humilla y le atormenta su incurable cobardía, en sueños se consuela creando y atribuyéndose el denuedo de que carece. En suma, yo infiero de lo que me dices estas desconsoladoras y amargas verdades: que te has burlado de mí; que mi segunda juventud, mis hazañas y mi gloria fueron soñadas; que mis delitos también lo fueron; y que siéndole, quedan en duda las energías de mi ser y no merezco ahora, ni más ni menos que antes, alabanza o vituperio, galardón o castigo.

—Muy extremada manera es la de tu discurso, y a mi ver, es falsa, pero no quiero que discutamos, porque así no lograríamos convencernos. Baste para mi intento de convencerte de la aptitud y del poder que hay en ti, tanto para lo bueno como para lo malo, la ilimitada confianza que en mí pusiste y la constancia y el valor con que te sujetaste a mis conjuros, arrostraste pruebas tremendas y no retrocediste, lleno de terror, ante mis mágicas operaciones. Quien fue capaz de todo esto es capaz también de todas las hazañas y digno de las victorias y de los triunfos. Solo de la fortuna, solo de las circunstancias exteriores, y no de la virtud del alma, depende que en realidad se logren o que solo se logren en sueños. Eres injusto al afirmar que me he burlado de ti. No; yo no me he burlado; yo quise confortarte, puse los medios para conseguirlo, y lo hubiera conseguido si no fueses tú tan descontentadizo y caviloso. Antes de que mi magia se emplease en ti, tú no habías sido héroe y además dudabas de que pudieses serlo. Ahora, aunque puedes dudar de que en realidad lo hayas sido, no puedes dudar del poder que para serlo habla en tu alma.

A estas últimas palabras del padre Ambrosio, no replicó fray Miguel para contradecirlas, ni mucho menos para manifestar que había quedado convencido y satisfecho. Su única contestación fue un sonido inarticulado que exhaló su pecho y que brotó de sus labios, de tan indefinible condición, que podía dudarse de si era suspiro o refunfuño, bendición o maldición, muestra de gratitud o de queja.

Hubo una larga pausa. Los ojos casi sin vista de fray Miguel se fijaron intensamente en el padre Ambrosio, como si fuese el alma sin el intermedio del material aparato quien por ellos mirase y viese. A pesar de su poder mágico, y a pesar de su ánimo brioso, bajó los ojos el padre no pudiendo resistir la intensidad y el fuego de aquella mirada. El padre, con todo, estaba sereno y tranquilo. No le remordía la conciencia. Su conducta con fray Miguel había procedido de la intención más sana.

Sin duda fray Miguel pensó lo mismo, después de la larga pausa y de la mirada escrutadora.

No quiso, sin embargo, hablar más. Se levantó de la silla, tomó su lámpara, pronunció un Dios te guarde, inclinando la cabeza, y se volvió a su celda sin más explicaciones, preguntas ni discursos.

III

Pasaron aún más de cinco semanas después del coloquio nocturno de que acabamos de dar cuenta. El esfuerzo violento y el consumo de vitalidad, hechos por fray Miguel, para ir hasta la celda del padre Ambrosio y para hablar con él lo que había hablado, produjeron terrible reacción, hundiendo a fray Miguel en el mayor abatimiento físico. Se diría que hasta para hablar, hasta para pronunciar algunas palabras, le faltaban ya bríos. Fray Miguel estaba postrado en cama y callado como muerto.

Solo acudían a visitarle en su celda el padre Ambrosio, cuya reputación de excelente médico era grandísima e indiscutible, y el hermano Tiburcio que, ayudante del padre, cuidaba de fray Miguel y le suministraba alimentos y medicinas.

En medio, no obstante, de aquella enfermiza inacción de su ser material y de aquel desmadejamiento y quebrante de su organismo, el pensamiento de fray Miguel lucía con más viveza dentro de su cerebro, y como si le hubieran nacido pujantes alas, se remontaba a luminosas esferas y veía o creía ver con mayor claridad y serenidad que nunca, lo pasado, lo presente y lo futuro fijando la mirada de águila en el radiante foco, donde lo real y lo ideal se compenetran, se confunden y son una cosa misma.

En la mente de fray Miguel se realizó así saludable mudanza. En virtud de ella, depuso todo enojo contra el padre Ambrosio. Lo que tal vez consideraba antes como burla, le pareció lección provechosa, rica en beatíficos resultados.

Harto bien conocía fray Miguel la postración de su cuerpo y la proximidad de su muerte; pero, al mismo tiempo conocía con reposado júbilo que nunca había estado su espíritu más sano, más perspicaz, ni más sereno que entonces.

En tal disposición, quiso fray Miguel comunicar a alguien que le comprendiese los pensamientos y las ideas que en aquellos momentos supremos había en su alma. Y, movido por este anhelo, con voz sumisa y débil, no en una vez sola, sino en varias veces, en diferentes visitas que el padre Ambrosio le hizo, le fue manifestando en breves discursos su pensar y su sentir más íntimos.

Piadosamente recogió el padre Ambrosio y puso por escrito aquellas confidencias que ahora trasladamos aquí y que son como siguen:

—Veo con claridad, padre Ambrosio que la hora de mi muerte se aproxima. La veo sin desearla y también sin temerla. Rara vez la duda ha entrado en mi espíritu, y menos aún ha entrado en él una negativa convicción. Pero aunque yo estuviese convencido de que la muerte era completa, de que para mí no había nada después, ni pena, ni gloria de que yo tuviese conciencia, ni siquiera una inconsciente prolongación de mi ser en el recuerdo de los demás hombres, la muerte no me aterraría ni me afligiría. No es que yo esté resignado. Es algo de más noble y de menos pasivo. Es que dando yo aún inmenso precio a mi vida, la daría, la vertería toda en el seno de la naturaleza, en una efusión de amor hacia ella y hacia el ser inmenso que lo ha creado todo y que todo lo llena. Pero no, yo no dudo de mi inmortalidad individual y consciente. Yo creo en ella, y ahora, cuando mis ojos, débiles y enfermos apenas perciben la luz material, de la que huyen medrosos, luz clarísima, procedente de foco increado, penetra e inunda mi mente, ilustrándola y enseñándole la verdad. Yo fui, días ha, a tu celda con el intento de interrogarte y de disipar dudas sobre mi última vida pasada. Ahora me arrepiento, y nada te pregunto, porque nada quiero saber. Me es igual, me es indiferente que hayan sido realidad mi razonamiento, mis peregrinaciones y mis ulteriores crímenes y hazañas o que todo haya sido prestigios, embustes o creaciones fantásticas formadas y sugeridas por tus elixires y linimentos y por el pasmoso poder de tus mágicas artes. En estos últimos días, desde que volví vi convento o desde que creí que había vuelto al convento, desde que me hallé más viejo y abatido que antes, he cavilado y meditado mucho, y siento que se ha mejorado y casi se ha transformado mi alma. Tal vez sin los últimos sucesos de mi vida, ora sean imaginarios, ora sean reales, no hubiera sobrevenido en mi ser esta transformación, esta conversión, que califico de dichosa. A ti te la debo, y por ello te doy las gracias. El pensamiento, cuando no se expresa y se determina por medio de la palabra, cuando persiste hundido en las profundidades de nuestro ser, sin comunicarse y declararse a otro ser inteligente, es confuso caos, de cuya verdad o de cuya mentira, de cuya bondad o de cuya insignificancia no estamos seguros. La plena conciencia no aparece sino con la palabra emitida y comunicada. Por eso es con Dios coeterno su Verbo. Ni el amor inefable y divino hubiera brotado nunca en la mente suprema, si de la contemplación del propio Verbo desde la eternidad no hubiera nacido. Débil trasunto, pobre semejanza de tan altos misterios hay sin duda en el fondo del alma humana. Dios, con su palabra, engendró el amor y creó el Universo. Yo, con mi palabra, si acierto a expresar con ella lo que agita mi mente de un modo confuso, engendraré también mi amor y daré consistencia a la todavía vaga creación en que este amor mío ha de satisfacerse y aquietarse, cumpliéndose así mi destino. Tales son los motivos que me impulsan hoy a dirigirme a ti y a hacerte una confesión sincera y amplia, procurando poner orden y concierto en mis ideas y expresarlas luego y presentarlas a tu inteligencia, creando yo así mi luz, mi amor y mi universo hasta donde alcancen mis limitadas y débiles facultades humanas.

IV

Fray Miguel se fatigaba tanto al hablar, que, en breve, tenía que suspender su discurso y dejarle para otro día. Prescindiendo nosotros de tales interrupciones, aunque en cierto modo marcándolas e indicándolas, pondremos aquí los diversos fragmentos, unos en pos de otros en que fray Miguel los pronunció y en el que el padre Ambrosio los conservó por escrito.

—Convencido estoy de que has querido darme una lección de moral, parecida en su traza a la que dio don Illán de Toledo, famoso mágico, a cierto ambicioso Deán de Santiago. Tú, con todo, no has querido demostrar que yo soy ingrato. Tú estabas seguro de mi gratitud. Más alta era la moraleja que de mi historia, semejante a la que refirió al conde Lucanor su consejero Patronio, has querido tú sacar ahora. Yo soy buen discípulo, aspiro a ayudarte en tu trabajo, y voy a sacar de él deducciones tan trascendentales que ya coincidan con las que tú esperabas sacar, ya vayan más lejos o suban más alto todavía.

—Alégrate y enorgullécete. Has querido curarme de mi ambición desesperada. Duro ha sido el remedio. Como quien con hierro candente quema un cáncer, tú has curado el que roía mis entrañas. No solo te perdono, sino que te agradezco la cauterización. Mi sed de poder y de gloria se aquietó y sació con satisfacciones soñadas. Hoy, al reconocer que fueron sueño, reconozco también la vanidad de tales satisfacciones, aun cuando sean reales. El sabio lo ha dicho: que ni la carrera es de los ligeros, ni la guerra de los fuertes, ni el pan de los sabios, ni las riquezas de los doctos, ni la gracia de los artífices, sino el tiempo y la casualidad en todo. De mis victorias y de mis triunfos no debo, pues, jactarme. Si al tiempo y a la casualidad se deben, para contentamiento de mi orgullo, lo mismo valen e importan, ora hayan sido realidad, ora sueño.

—Tales son las consideraciones que me mueven a desechar, primero, el engreimiento personal, y más tarde el engreimiento de nación y de casta. Por cima de todo está Dios, y, con él con la fe y la esperanza de que no hay mal que no sea aparente o caduco y que no se ordene a fin dichoso y grande. Así, en mi interior meditación vine yo a resignarme y a buscar y hallar dulce quietud y algo a modo de bienaventuranza en mi plena conformidad con los designios divinos. Me desnudé del estrecho egoísmo y arrojé lejos de mí el amor propio sin anhelar ya gozarle complacido y sin el temor ya de sufrirle lastimado.

—Conforme hubiera estado desde entonces mi voluntad con la voluntad del Altísimo, si un obstáculo, que me pareció insuperable, no se hubiera opuesto. Con este obstáculo he tenido que trabar tremenda lucha. Yo pude libertarme de la ambición y de la codicia, pude desdeñar y desdeñé gloria, poder y riqueza. El amor de la mujer quedó, no obstante, firme en contra mía, atajando el camino por donde ansiaba yo acercarme a la reconciliación suprema. Disípense en buena hora como niebla o como humo todas las proezas de que me sentí capaz, y que realicé o soñé. Lo que yo no consentía era que el amor de la mujer también se disipase. Hasta los crímenes, hasta las horribles tragedias que este amor produjo, no me resignaba yo a que se convirtiese en sueños, convirtiendo en sueños el amor mismo. Urbási, la bella Urbási, se me aparecía, como recuerdo vivo le algo real, no como sombra fantástica, y me mostraba su admirable y hermosa figura y el blanco pecho desnudo, donde yo veía, en el lado del corazón, profunda herida brotando hirviente y roja sangre que ansiaba yo restañar y represar con mis labios. Pena infernal me causaba esta aparición trágica; pero me causaba a la vez tan inefable y sublime deleite, que mi alma toda se enfurecía de que fuese aquello ilusorio y vano y pugnaba aún por mantenerlo, al menos por recuerdo, como real y consistente. No; la causa de nuestro amor a la mujer no reside solo en nuestro miserable cuerpo. Aunque el cuerpo decaiga, envejezca y enferme, el alma, inmortal, sigue amándola. El alma inmortal es alma de mujer o de hombre, y, a veces, imaginaba yo que esta diferencia de inmortal duración hacia también inmortalmente duradero e invencible el amor que una mujer me había inspirado. Y esta mujer, o, si se quiere, este hermosísimo, aunque terrible fantasma de mi mente, se interponía entre ella y lo infinito en que su raíz estriba, y no me dejaba llegar hasta él, reteniéndome cautivo y arrancando a mi espíritu las alas con que anhelaba volar tan alto y el ímpetu vigoroso con que pensaba sumirse en el abismo del ser y hacerse superior a todo lo creado y contingente al penetrar en dicho abismo. No acierto a ponderar el esfuerzo pasmoso de mi voluntad para llegar a destruir, después de haber destruido y roto los demás ídolos, la imagen seductora de la mujer amada. Esta imagen, que llegué a suponer indeleble, lo perturbaba y lo bastardeaba todo en mi alma. No había concepto moral ni religioso al que ella no diese forma, profanando mi religión y convirtiéndola en idolatría. Ella: su imagen, ya se me mostraba representando la ciencia, ya la filosofía, ya la caridad, ya cualquiera de las otras virtudes, ya la ninfa pulquérrima y predilecta del cielo, esposa o amante de los dioses inmortales y madre dichosa de los semidioses o héroes salvadores. Yo me explicaba a mi modo, porque también los sentía, los encontrados sentimientos que inspira la mujer, desde hace muchos siglos. Ora el misticismo amoroso y caballeresco la ensalza y la purifica como algo venido del Empíreo, como fuente inexhausta de todo noble sentir y de todo arranque generoso, y crea la Beatriz y la Laura de los egregios poetas; ora el ascetismo adusto la aborrece y la teme, como nido de víboras, como oficina de embustes y de pecados, y como el más seguro anzuelo de que se vale Satanás para perdernos. Rudo combate y grandísima pena me costó lanzar de mi pensamiento la imagen de la mujer, que con tan contrarios aspectos se me mostraba y que del efímero enlace o de la mentida concordia, producida por la atracción irresistible que nos lleva hacia ella, hacía brotar discordias sin término y dualidad irreducible, como si hubiese dos eternos creadores y conservadores del mundo y no uno solo. En fin, mi empeño fue tan obstinado, que logré borrar la imagen de Urbási, grabada en mi corazón como sello puesto allí por el demonio en señal de que yo era su esclavo. Entonces brotaron de nuevo y más pujantes las alas de mi espíritu. Y no por la ciencia, no por el presunto conocer, sino con humildad, desprendiéndome de todo afecto pasajero, de toda liviana inclinación a las cosas creadas, logré subir hasta el manantial inagotable de donde todas manan y en el amor del bien soberano cifrar y confundir todos mis otros amores, empezando por el de mí mismo. Hoy no hay mal que bien no me parezca, ni desdicha que no me parezca ventura, porque lo que Dios quiere no puede menos de ser lo mejor y lo más deseable. Aunque para el cumplimiento de su inflexible justicia y a pesar de su infinita misericordia tuviese yo que padecer las penas eternas, al padecerlas yo por su amor, gozaría de tan inefable deleite, que se me transformaría el infierno en cielo, de la misma manera que antes, dominado yo por el egoísmo, transformaba el cielo en infierno.

V

Tales fueron las principales confidencias que fray Miguel de Zuheros hizo al padre Ambrosio poco antes su muerte. Nada de semejante tuvieron, sin embargo, ni fray Miguel quiso que tuviesen con la confesión auricular y religiosa. Fueron más bien una expansión, un desahogo de ciertos sentimientos e ideas en el seno de una persona entendida y poderosa, que había contribuido con singular eficacia a que brotasen en el alma dichos sentimientos y dichas ideas.

Por lo demás, no bien receló fray Miguel que llegaba su última hora, sintió acrecentarse su repugnancia hacia la ciencia profana, aunque no fuese diabólica, del docto padre Ambrosio. Y como fray Miguel había vuelto a Dios, y creía haberse elevado, hasta Dios, no por el conocimiento, sino por el afecto, no por la ciencia, sino por el amor sencillo y puro, quiso tratar de Dios y prepararse a bien morir y recibir la absolución de sus culpas, no de un sabio mago, sino del fraile más cándido e ignorante que en el convento había, simple por naturaleza y por gracia, pero lleno de aquel fervor religioso y de aquella ternura que limpia, ilumina y enciende el espíritu del hombre igualándole a los ángeles y a los serafines.

Llamado por fray Miguel acudió, pues, a su celda y a la cabecera de su cama fray Pedro de Osma, el más sufrido, oscuro, silencioso y poco instruido de todos los frailes del convento, pero asimismo el mejor acaso y el más dulce y caritativo. Con él se confesó fray Miguel y de él recibió los Santos Sacramentos.

Después de su casi inmediato y apacible tránsito a mejor vida, como lámpara que suavemente se extingue porque se acaba el líquido que la sostiene, y no porque la mate violenta ráfaga de viento, sus escuálidos y consumidos restos mortales fueron sepultados en la huesa común sin que ninguna inscripción recordase su nombre, el cual, así como su propia persona, cayeron pronto en general olvido.

Solo el padre Ambrosio de Utrera y el hermano Tiburcio le recordaban a menudo y hablaban de él en sus conversaciones.

Muy orondo y satisfecho solía mostrarse el padre Ambrosio de haber hecho por su arte mágica la portentosa conversión de fray Miguel de réprobo a santo. De esto solía jactarse con el hermano Tiburcio. Pero aquel pícaro hermano era la propia duda encarnada, la personificación de todas las ideas negativas. Con insolente irreverencia se burlaba de las alabanzas que el padre Ambrosio se complacía en otorgarse y lo explicaba todo sosteniendo que fray Miguel de Zuheros, con colosal orgullo, no había querido dar su brazo a torcer, ni declararse engañado sin fruto por el ensueño mágico volviendo a caer en su nulidad y en su insignificancia antes de caer en la sepultura.

Fray Miguel de Zuheros, según la opinión del hermano Tiburcio, había inventado todo aquel misticismo de última hora para darse tono y para engañar a la vez al mágico que le había engañado.

Contrariado éste, empezó a mirar con extraña zozobra al hermano Tiburcio y acabó por sospechar que tal vez no era el hermano Tiburcio criatura humana, sino espíritu familiar, revestido de forma corpórea, o producto nefando de algún demonio o íncubo o súcubo, que con permiso del cielo y para castigo de sus culpas le ayudaba en sus hechicerías, que él hasta entonces había creído lícitas y naturales.

Tanto persistió el padre Ambrosio y tanto caviló sobre esto, que cobró horror a la magia, quemó los librotes en que la estudiaba e hizo tiestos o echó también fuego cuantos tatarretes, trebejos, chirimbolos y potingues para su magia le habían servido. Después no pensó sino en leer libros devotos, en rezar mucho y en hacer penitencia.

El padre Ambrosio, que vivió largos años siendo raro ejemplo de longevidad, se confirmó en la sospecha de que el hermano Tiburcio era un diablo o cosa parecida, porque no bien el padre Ambrosio se apartó del cultivo de la magia, dicho hermano Tiburcio se escabulló o se desvaneció, y nadie sabe hasta ahora dónde fue a parar, si es que los diablos alguna vez paran y se están quietos.

Hasta aquí la historia de fray Miguel de Zuheros y el padre Ambrosio, el notable mágico. Acaso nada enseñe. Yo la he contado, no obstante, porque me parece curiosa. Ojalá que mis lectores la hallen también divertida.

Madrid, 1899.

Libros a la carta

A la carta es un servicio especializado para
empresas,
librerías,
bibliotecas,
editoriales
y centros de enseñanza;
y permite confeccionar libros que, por su formato y concepción, sirven a los propósitos más específicos de estas instituciones.

Las empresas nos encargan ediciones personalizadas para marketing editorial o para regalos institucionales. Y los interesados solicitan, a título personal, ediciones antiguas, o no disponibles en el mercado; y las acompañan con notas y comentarios críticos.

Las ediciones tienen como apoyo un libro de estilo con todo tipo de referencias sobre los criterios de tratamiento tipográfico aplicados a nuestros libros que puede ser consultado en Linkgua-ediciones.com.

Linkgua edita por encargo diferentes versiones de una misma obra con distintos tratamientos ortotipográficos (actualizaciones de carácter divulgativo de un clásico, o versiones estrictamente fieles a la edición original de referencia).

Este servicio de ediciones a la carta le permitirá, si usted se dedica a la enseñanza, tener una forma de hacer pública su interpretación de un texto y, sobre una versión digitalizada «base», usted podrá introducir interpretaciones del texto fuente. Es un tópico que los profesores denuncien en clase los desmanes de una edición, o vayan comentando errores de interpretación de un texto y esta es una solución útil a esa necesidad del mundo académico.

Asimismo publicamos de manera sistemática, en un mismo catálogo, tesis doctorales y actas de congresos académicos, que son distribuidas a través de nuestra Web.

El servicio de «libros a la carta» funciona de dos formas.

1. Tenemos un fondo de libros digitalizados que usted puede personalizar en tiradas de al menos cinco ejemplares. Estas personalizaciones pueden ser de todo tipo: añadir notas de clase para uso de un grupo de estudiantes,

introducir logos corporativos para uso con fines de marketing empresarial, etc. etc.

2. Buscamos libros descatalogados de otras editoriales y los reeditamos en tiradas cortas a petición de un cliente.